Soli ma insieme
Vol.2

Stefania Romualdo

Gruppo Editoriale WritersEditor
www.gruppowriterseditor.it
direzione@writerseditor.it
ISBN 9788831962889

Dedico il mio romanzo a tutte le persone che credono ai sentimenti veri,
all'amore adolescenziale,
perché penso sia il più sincero
e seppure sofferto è appunto il più vissuto,
pur lasciando dentro una traccia in qualsiasi modo vada la vita.

Spesso mi sono sentita spiegare che solo il tempo mette le cose e persone al proprio posto. Il giudizio non sempre è per i santi. Ma se c'è qualcosa in cui ho imparato a credere è nel sorriso e nello sguardo di chi ci troviamo di fronte. Ci sono occhi da leggere, senza essere colti.

Stefania Romualdo

5 anni dopo

Londra - Oxford

Caro diario, oramai la svolta del tempo è arrivata. Troppe coincidenze mi stanno richiamando a Roma. Come se dovessi per forza tornarci e affrontare una vita lasciata a metà. Sono cinque anni che manco dalla mia grande città, forse neanche una vita sarà sufficiente per pensare a tutto questo tempo, a quando possa essere il momento giusto per tornare ad affrontare le crude verità.
A presto. Sara.

Chiudo il mio diario, rivolgo il viso verso questo bellissimo prato del piccolo parco di Oxford, mi alzo mentre la mia piccola Giuly mi viene incontro: «Mamma, guarda le violette!»

Eccola, la mia ragione di vita, bionda e minuta pur mangiando qualsiasi cosa, ma le sue guance sono tutte da mangiare, i suoi occhi che ovunque guardino è come intravedere sempre il mare o meglio gli occhi del suo papà. Vi starete chiedendo quale, vero? Denis. È sempre stata sua e anche per questo l'ho odiato. Non ho abortito perché non ci sono riuscita, ma sono riuscita a comparare da subito il suo DNA con l'aiuto di Alice e Marta che non ho mai smesso minimamente di sentire. Le ho sempre avute nella mia vita a patto che non svelassero mai niente di me a lui. Né dove fossi, né con chi, né se avessi o meno una figlia, tantomeno se fosse sua. Andando via mi sono portata anche una parte di lui, ed è sempre stata dentro di me. Mi sono sempre limitata a chiedere loro cosa facesse, come stesse e se si fosse fatto un'altra vita. Da quanto sapevo era solo e di tanto in tanto lo vedevano con qualcuna, sempre senza mai un fine. Le mie amiche spesso venivano a trovarmi, ma sempre a patto di non far mai dire la vera verità dai loro fidanzati anche se lo trovo quasi impossibile e scommetto che qualcosa sia scappato sicuramente, ma non le incolperei mai per ciò.

Mia mamma e la nonna vengono a trovarmi di tanto in tanto e hanno passato parecchi Natali insieme a noi godendosi la loro nipotina. Mi hanno sempre chiesto di tornare a casa, Giuly aveva il diritto di avere un padre, ma ero ancora troppo ferita per il tutto. Poi le notizie arrivano come colombe messaggere. Alice un giorno mi ha chiamata dicendo di essere incinta e allo stesso tempo Marta stava organizzando il matrimonio dei suoi sogni. Io dovrò farle almeno da testimone con Giuly che le porta le fedi, questa è stata una grande richiesta, alla quale mi tocca arrendermi mettendo il passato da parte per tornare a Roma. Ci ho pensato a lungo, ma il destino mi rivuole a Roma. Il dottore di base a Sacrofano a breve si ritirerà per l'età e le candidature sono state aperte. Misteriosamente avevo fatto richiesta, non avrei mai pensato di avere l'approvazione, sono al terzo posto e presto, in qualsiasi caso, dovrò recarmi sul posto. Il mio nuovo impiego. Non sono più medico legale ma un dottore di base dopo aver conseguito studi e ricerche presso l'università di Oxford a pieni voti. Sono specializzata in malattie degenerative per cui avrò un secondo studio tutto mio a Villa Borghetto.

La mia gravidanza l'avevo impiegata tutta nel mio studio, per poi dedicarmi a entrambi con lo stesso amore senza trascurare nessuno dei due e lavorando comunque in qualsiasi modo anche solo facendo punture ai vicini. Ed è così che ho conosciuto Erick e Robby, una coppia di gay che amo divinamente e che se non fosse stato per loro la mia depressione mi avrebbe uccisa. Fra le crisi post-partum, la depressione avuta dopo l'incidente e la partenza, spesso ho pensato di non farcela. Ma c'erano loro due con me, due persone fantastiche alle quali devo tutto.

Un giorno stavo studiando nella mia piccola camera, quando sentii una voce isterica cantare in modo insistente per ore con la musica a tutto volume, arrivai al limite della sopportazione, uscii di casa infuriata arenandomi a causa della mia pancia evidente e dalla mia porta bussai al vetro della sua finestra in modo insistente, si era affacciato lui, Erick, con tanto di trucco: «Ciao, tesoro, hai bisogno?!» - Disse con modi femminili, alché dopo sei lunghi mesi di serietà e isteria iniziai a ridere e lui disse con una mano alzata mentre gesticolava -: «Non hai mai visto una checca isterica? Anche a me da un po' non viene più il ciclo, sai?» E scoppiai a ridere ancora di più.

Da quel giorno non ci siamo più separati. Robby è il suo attuale marito, sono legalmente sposati e presto riusciranno anche ad adottare un bambino, ma per questo avranno i loro lunghi tempi. Loro sono come una famiglia per me e spesso si occupano di Giuly anche se ha la febbre e non sta bene, invece di rimanere io a casa si occupano loro a turno e mi fido ciecamente di loro. Sono maniaci del controllo e della pulizia, impiegano tutti i giorni ore a lucidare la casa e consumano quintali di detersivi e candeggina. Robby è un perfetto cuoco e uomo di casa, Erick la moglie esaurita di casa, quella moglie la quale permetterà al marito di scortarmi a Roma e che si è messo in testa di farmi tornare insieme a Denis dicendomi che devo tentare, perché il nostro è amore e siamo stati troppo deboli. Erick è un romantico e Robby continua a dire che mi salverà dall'astinenza sessuale. Sanno tutto di me e siamo legati come trecce, ovunque andrò, li porterò sempre nel cuore.

«Sì, amore, le violette, vuol dire che sta arrivando la primavera!» Le sue guance mi sciolgono in tutto l'amore del mondo. Quei suoi occhi, il suo sguardo e le espressioni sono lui al femminile. Ma ho paura di tornare a Roma, paura di avere ancora una delusione, non per me, ma per Giuly, io sono oramai rassegnata.

«Mamma, prendiamo le margherite e le portiamo a zio Robby e Erick.» - Mi chiede dolcemente e la aiuto inchinandomi, qualche professore passa salutandomi, facciamo una collana di fiori e ne raccogliamo ancora, poi alzandomi dico -: «Giuly… amore, dobbiamo andare a casa… portiamo i fiori agli zii e prepariamo le ultime cose, domani si torna a casa!» Stiamo camminando mano per mano verso casa.

«Ma adesso stiamo andando a casa.»

Sorrido alla sua dolce ingenuità. «Sì, ma domani torniamo dalla nonna Benedetta e dall'altra nonna, ha una casa grandissima, sai? E penso ti abbia creato una stanza tua e solo per te.»

«Wow, che bello…»

Prendiamo l'autobus, si siede sulle mie gambe e, come sempre, facciamo il gioco delle macchine colorate. Cinque fermate dopo scendiamo, percorriamo un po' di strada a piedi e poi eccola la nostra minuscola casa. Erick ci sta aspettando mentre Robby sono certa che stia ancora lavorando, lui è il direttore generale di una banca molto famosa e starà sistemando le ultime cose prima di partire.

«Dove'è la mia carotina?» Sibila gesticolando come sempre, non posso fare a meno di non ridere sempre a quel gesto e lui ormai non ci fa più caso.

Giuly corre verso di lui che apre le braccia per tirarla su in braccio. «Eccolaaa!!!» Si abbracciano dolcemente e quando lo raggiungo ci salutiamo con un bacio sulla guancia.

«Buongiorno, zuccherino.» Mi dice.

«Buongiorno a te, cara!» Lo saluto. Sì, è tutto un po' strano, all'inizio anche io ero imbarazzata, ma la prendo come viene, oramai anche lui ha capito che non è facile definirlo, se chiamandolo al femminile o al maschile.

«Ho appena fatto una crostata al cioccolato e pere!»

«Mmm... la voglio senza neanche pensarci due volte!» Dico subito ed entriamo in casa, lo aiuto con i piattini e prepariamo un ottimo tè nero, bevanda che da quando sono qui ho imparato sul serio ad apprezzare. Mangiamo la torta, poi Giuly si perde a giocare con delle bambole.

«Sara, confidi ancora nel tuo diario?» Mi chiede nel suo perfetto inglese.

«Sì! Penso di essermi abituata, non mi dispiace e anche tu quando hai attacchi isterici dovresti farlo!» Lo prendo in giro.

«Oh no, urlare mi fa sentire più libera, è più appagante!» Dice con fare smorfioso.

Dopo la nascita della mia bambina ho avuto un periodo di depressione, non mangiavo ed ero solo ossessionata dal fatto che a Giuly non dovesse mancare nulla. Ero arrivata a essere sottopeso ed ero entrata in un tunnel scuro dal quale faticavo a uscire. Robby mi aveva poi fatto conoscere una sua cara cliente psicanalista e con molti sforzi ho iniziato a seguire le sue sedute, così ho ripreso a stare bene, ma ci ho messo davvero molto tempo. Ogni giorno della mia vita l'ho passato a pensare a Denis e alla violenza subita, l'unica persona che mi dava il sorriso era la mia piccola bimba. La psicanalista mi aveva consigliato di scrivere ciò che ritenevo mi passasse nella mente, qualsiasi cosa anche in modo insistente e ossessivo fino a crearmi il malumore, con il tempo però è diventata un'abitudine e tutti i miei pensieri giorno per giorno si sono spostati dall'ossessione dei fatti accaduti, alle cose comuni fino ad arrivare ad avere una vita quasi normale. Spesso ero triste e molte volte avevo avuto la tentazione di tornare a Roma o anche solo di chiamare Denis. Ma quel pensiero veniva cancellato quando pensavo all'ultima volta che lo avevo visto, alle sue parole dette a casa così mi accontentavo di chiamare solo Marta e Alice. Qualche volta in alcune videochiamate avevo rivisto Massimo e Cristian, ma non avevo mai chiesto di lui e avevo solo parlato del più e del meno in modo discreto. La presenza di Denis mi è sempre mancata, anche solo la sua voce, e spesso mi trovavo a riascoltare dei suoi messaggi vocali vecchi, riguardavo le nostre foto fatte a Napoli o al mare, riascoltavo la canzone che avevo ballato insieme a lui a cena da Enzo e per gioco la riballavo con Giuly. Ma poi tutto spariva quando la notte mi svegliavo e guardavo le stelle. Spesso ripensavo alla storia di Apollo che mi aveva raccontato, pur negandolo a me stessa, mi rendevo conto che mi sentivo come la principessa e credo sia perché in alcuni momenti mi ci aveva fatta sentire. I miei sentimenti per lui non sarebbero mai cambiati, ma non potevo più ricambiarli perché mi aveva ferita e per la seconda volta umiliata. Ribolliva ancora la rabbia nei suoi confronti, specie quando guardavo la mia bambina dormire nel letto. Sua, nostra perché così era e oltre alla somiglianza, Alice era riuscita a prendere il DNA di Denis una sera mentre bevevano insieme. Io poi avevo esaminato quello della piccola, ma al risultato non ne rimasi stupita. Già da quando la aspettavo nel mio pancino sapevo che era sua e non mi ero sbagliata esattamente come quando dicevo che sarebbe stata una bimba, chiamatelo istinto, ma io me lo sentivo. Ed è in quelle piccole cose che cresce l'odio nei suoi confronti. La rabbia.

«Allora, pronta a fare ritorno, cara?» Mi chiede Erick.

«Non so, oramai devo praticamente per forza! Ma non so se sono pronta davvero!» Dico con sincerità sorseggiando il tè caldo.

«Sei emozionata nel rivederlo? Vedrai quando ti rivedrà con il mio Robby, morirà di invidia!» Rido.

«Sai che non mi interessa farlo ingelosire!»

«Fidati, la vendetta va servita su un bel piatto grande e d'argento!» Mordicchio le labbra.

«Vorrei solo che desse una possibilità a Giuly di farsi apprezzare come papà, io non ho bisogno di lui!»

«E invece secondo me anche tu hai bisogno di lui e vedrai, si dovrà strappare i capelli per te!» Rido.

«Non mi illudo e non mi interessa.» - Dico alzandomi e aiutandolo a risistemare -. «Voglio solo il bene della bambina, spesso mi chiede del suo papà e se lui non vorrà, mi riguarderò di non farla soffrire. Questo sarà ciò che succederà!»

Mi accarezza le braccia. «Quando vedrà Giuly si scioglierà se non prima con te!» Prende un matterello appoggiato al lavello e aggiunge: «Se no se la dovrà vedere con me! Capito?!»

Rido e parliamo ancora delle solite cose. Aspetto l'arrivo di Robby dal lavoro sistemando le ultime cose per il viaggio, al resto ci penserà la ditta di traslochi. Ci accordiamo per la partenza dell'indomani ed ecco che anche lui riparte con il suo film: «Cara la mia Sara, preparati perché io e te faremo un bel figurone! Daremo da parlare al tuo caro uomo.»

Rido. «Smettila e non metterti cose strane per la testa, come da accordo mi accompagnerai, starai qualche giorno e tornerai dalla tua mogliettina prima del matrimonio, capito?»

Ridono entrambi, e lui dice: «Parlerò con tua madre e vedrai se non mi darà ragione, lo farò impazzire di gelosia!» Mima con le mani poi mi prende per ballare una canzone blues -. «Balleremo qualcosa di passionale in questo modo…» Sento Giuly che ride mentre mi fa roteare accompagnandomi in una danza -. «Ci strusceremo come serpenti a sonagli…» - Inizio a ridere anche io, poi mi fa fare un casquè -: «Faremo venire voglia di fare sesso anche alle ultra ottantenni con i mariti sulle carrozzine!»

Ridiamo a crepapelle ed Erick con modo suo: «Non vorrete mica farmi ingelosire, spero!»

«Ha delle belle tette Sara, lo sai, Erika?»

Giuly mette le mani sulle orecchie e mima con la sua bocca rosea e carnosa. «Mamma non si dice…» E io faccio no con la testa, mentre i due iniziano un leggero battibecco.

«Un giorno quando te le farai, dovrai prendere esempio dalle sue…»

Scoppiamo a ridere, Erick in tutta risposta dice: «C'è la bimba, non parlare così.» E andiamo avanti per tutta la serata in armonia. Ci salutiamo alle rispettive porte e Robby mi aiuta a portare Giuly nel suo letto, poi mi saluta con un bacio sulla fronte accordandoci per il giorno dopo.

Chiudo tutte le finestre e la porta, poi mi dirigo verso la doccia prima di infilarmi nel mio letto. Guardo le stelle in silenzio attendendo che il sonno mi invada le palpebre, con la speranza di vivere sogni sereni, sperando, come molte volte capita, di sognare lui. Oramai sono abituata a viverlo di sogni, sperando almeno lì in un suo sorriso o una sua carezza.

Il giorno dopo mi alzo presto e faccio colazione con Giuly, ci prepariamo per la partenza e Robby non perde tempo ad aiutarci con le valigie. Erick è su di giri: «Ti avevo detto che saresti dovuta venire anche tu, mi fa così male lasciarti qui!» Piange come una fontana.

«Odio gli addii e saperti via con la mia piccola carotina… dio che strazio, non sai quanto mi mancherete!»

«Perché non vieni anche tu?» Provo a convincerlo ancora, ma ha la testa dura -. «Erick, davvero, io per te, per voi ci sarò sempre e davvero scapperò e verrò a trovarvi spesso, siete delle persone fantastiche!» Ci abbracciamo emozionati entrambi, poi il taxi reclama e saluta anche la piccola teneramente.

«Chiamate appena arrivate, e ricordati che vi voglio bene, siete importanti per me!» Ci salutiamo tristemente mentre Robby saluta la sua dolce metà per poi salire sul taxi.

Nel tragitto ci abbracciamo consolandoci entrambi per un piccolo addio.

Italia - Roma

Denis

Sono impegnato a prendere a pugni un saccone da box che da tempo mi sono appeso al soffitto, riscoprendo un modo nuovo per non uccidere chiunque mi si presenti davanti alla vista. Massimo lo sta tenendo fermo per me e Cristian sta facendo braccia. Il trio perfetto che non si dividerà mai. Ma da tempo ci sono novità importanti che mi rendono davvero felice per loro. Alice è incinta di sei mesi, aspetta un maschietto, hanno deciso di convivere da tempo. Poi Marta e Cristian, dal loro amore morboso è venuto fuori che fra due settimane si sposeranno. Ho sempre pensato a Sara, ma da un po' di tempo ho ricominciato a pensare a lei in modo diverso rispetto a qualche mese fa, in cui la odiavo intensamente. Mi è sempre mancata. Ma, sì, l'ho odiata e tanto. Sapere che tornerà per il matrimonio mi ha mandato in totale crisi di rabbia.

E la stronza di mia sorella, Laura, fa il suo ingresso con la nuova arrivata di casa, la piccola Sofia di sette mesi che ha avuto con Stefano e non perde tempo a stuzzicarmi. «Ciao, bei ragazzetti!»

Sono sudato, ma alla loro vista mi devo fermare respirando un po' pesantemente. «Ehi, chi c'è qua... scricciolo dello zio!» Faccio per avvicinarmi.

«Sei sudato e puzzi da morire.»

Sorrido e faccio una smorfia a Sofia, la quale non perde tempo per ridere, poi entra Kevin oramai in piena crescita, e lotta per la scelta della futura scuola. «Ciao a tutti» - Saluta nel suo apparecchio per i denti -. «Zio, anche io voglio allenarmi.» Fa per prendere le sue fasce da box e sorrido, Laura interviene -: «Allora tutti pronti per domani sera?»

Io non rispondo ma abbasso la testa e Massimo risponde fermandosi. «Ovvio!» Fa una smorfia alla piccola Sofia sempre sorridente -. «Ma quanto sei bella!» Emette qualche verso.

«Zio, domani sera posso venire in moto con te a cena da Enzo?» Mio nipote è molto affezionato a me e cerco sempre di non dargli mancanza di attenzioni anche se nella sua età adolescenziale inizia a essere troppo curioso.

«Vado in macchina domani sera, la moto è in officina da Massimo.» Fa sì con la testa un po' deluso -. «Vieni con me in macchina!»

Riprende a sorridere. «Ok!» Lo istigo a una piccola lotta di pugni, poi mia sorella rovina il mio umore : «Sapete chi torna, vero?»

Cala il silenzio, ed eccola sempre pronta a mettere il coltello nella piaga oltre alle numerose prediche già avute, la guardo. «E quindi?» Faccio spallucce innervosendomi.

«Quando metterai la testa a posto? I tuoi amici si stanno sistemando e tu? Hai ancora vent'anni per caso?»

Sbuffo roteando gli occhi e interviene Massimo: «Alice mi ha detto che verrà accompagnata da un bell'uomo conosciuto a Oxford, ricco e direttore banchiere! Quindi, cara Laura, non farti viaggi strani!»

A quelle parole mi assale ancora un pugno nello stomaco e non è Kevin che gioca con me, ma la mia gelosia ancora viva per lei, dovuta ai sentimenti che schiaccio tutti i giorni da cinque anni. «Laura, so che tieni a Sara, ma è finita, se ne è andata e si è rifatta una vita sua!» Dico orgoglioso perché a tutti dico da tempo che non la amo più e che non ho nessuna intenzione di impegnarmi con nessuna.

«Verrà con una piccola bambina, e se fosse tua figlia? Hai dei diritti e dei doveri!» Mi rimprovera per l'ennesima volta.

«Se fino adesso non mi ha interpellato vuol dire che non lo è e che non ha bisogno di me!» Cerco di mantenere la calma, ma al solo pensiero di trovarmela di fronte tremo, sento il cuore impazzire, prendo dell'acqua dalla borraccia e la mando giù in modo nervoso.

I miei amici si guardano in faccia e Laura trae le sue conclusioni. «Beh, sappi che se è mia nipote mi batterò per lei e questo a Sara se piace o meno non mi interessa, me lo deve perché le ho voluto bene a quella ragazza e mi è mancata un sacco!» Mi dice poi andandosene, sbuffo e Cristian mi pone una domanda : «Denis, Laura non ha torto, io se dovessi sapere di avere una figlia da Marta che non ho mai conosciuto e dopo tempo si ripresenta, vorrei conoscerla, rivederla! Davvero non ti tocca la cosa, minimamente, eppure ne eri follemente innamorato.» Faccio no con la testa, ma l'orgoglio mi ha sempre impedito di dire ciò che davvero penso su questa storia. Chiamatemi egoista, ma anche io ho sofferto e l'ho cercata fino allo sfinimento.

«Denis, almeno spero che verrai e ti comporterai bene! Non fare scenate per favore!» Mi dice Massimo che sa bene quanto mi costa.

«Verrò, non preoccuparti, e mi comporterò in modo serio ed educato, tranquilli, non rovinerei mai questi momenti, lo faccio solo per voi che ci tenete tanto a una rimpatriata prima del grande sì!»

Lascio il discorso dandoci appuntamento per bere qualcosa insieme in serata, vado in casa per farmi una doccia e sotto il getto dell'acqua tiepida il mio pensiero va dritto a lei e a quello che è sempre stata per me. Da quella sera, da quando mi ha lasciato, andandosene, sono quasi impazzito all'idea di averla persa. Ricordo perfettamente quella sera come se fosse ieri e come stupidamente ho scelto volontariamente di perderla. Ero arrabbiato e furioso, sapere che era incinta aveva destabilizzato tutto quello che era nel mio cuore facendomi pensare le cose più meschine.

Avevo bevuto qualche birra in più, non ero davvero ubriaco, ma giuro che avevo pianto per lei e per noi, per me, per come mi sentivo deluso di tutto. Poi una ragazza mora mi aveva attaccato pezza e preso dalla rabbia, mi chiedevo che fine avesse fatto Denis, quello vero. A una provocazione sessuale me la sono portata in bagno, volevo farmela in tutti i modi dimenticando tutto e soprattutto Sara, ma è una cosa impossibile. Indelebile. Non si era alzato se non per poco, ma poi ancora giù e preso dalla rabbia e dal caldo, mi sono tolto il pullover lasciandolo sullo sgabello del bancone, per voltarmi e vedere lei. Sara bellissima e sorridente appena arrivata, felice con tutti e sicuramente anche di come aveva pensato di incasinarmi la vita. Ero pronto anche a convivere con lei per starle appunto vicino nel pessimo periodo che stava passando e le avrei chiesto di venire a stare da me dopo il suo ritorno dall'Inghilterra. Le avrei fatto riempire l'armadio dei suoi vestiti e delle sue cose, le avevo comprato un solitario luminoso come il suo sorriso e azzurro come i suoi occhi, nel gancio le avevo fatto incidere un piccolo cuore con la mia iniziale come se fosse la mia pelle. Avevo programmato tutto. Invece poi l'ho tenuto fino a ora nel mio comodino, qualche volta guardo quella piccola pietra rimettendola via pieno di rabbia e di ciò non ne avevo mai fatto parola a nessuno. Pentimento. Pentimento per ciò che quella sera le ho detto.

Per la delusione accendersi nei suoi occhi mentre mi guardava e dove ancora una volta io colpivo e lei incassava. Le ho detto un insieme di parole cattive che ancora oggi mi pento e piango per lei. Mi sono reso conto del mio sbaglio dal momento che ho riportato in bagno la morettina e ripensavo agli occhi di Sara e alla sua espressione di piena delusione. Quella ragazza continuava a baciarmi mettendomi le mani ovunque, io chiudevo gli occhi, consapevole del fatto che da lì in poi l'avrei persa per sempre. E così è stato.

Nessuna è più stata come lei e nessuna donna da quella sera avrebbe preso il suo posto. Mi sarei punito in eterno, nessuno più è riuscito a farmi venire una erezione come succedeva con lei, cavolo se ci ho provato, ma, credetemi, era meglio una masturbazione a due mani ma non la bocca di chissà chi su di me. Nessuna ha mai più ripreso la mia mano come faceva lei.

In modo irripetibile mi sono chiesto come abbia fatto a dimenticare di prendere la pillola, voleva forse incastrarmi? Ma sapevo che lei non era quel tipo di persona e Laura addirittura mi aveva rimproverato spiegandomi più volte con quante probabilità si può rimanere incinta anche prendendola. Da quella sera, da quando mi aveva detto di essere incinta, pensavo a lei in modo strano e se immaginavo lei con la pancia mi piaceva, ma faceva paura. Io padre era impensabile. Le avevo chiesto di abortire e non vi dico mia sorella il disprezzo che ha provato nel sentirmelo dire, le ragazze, persino Cristian e Massimo mi avevano insultato fino a capire che in generale per una donna non è una richiesta facile, figuriamoci per una sensibile come Sara. Era stata la richiesta più deludente che potevo farle.

Solo dopo qualche mese ho iniziato a dare tutte queste spiegazioni ai miei amici sui miei atteggiamenti, poi ho iniziato seriamente a sentire la sua mancanza, ma lei mi ha bloccato in tutto quello che poteva essere un contatto possibile fra di noi. Non riceveva i miei messaggi, le telefonate e le e-mail, nulla di mio arrivava a lei. Non eravamo più niente e ricordo che avevo chiesto alle sue amiche come poter fare, ma la risposta di Marta era stata dura ma vera: «Non vuole essere trovata, se no sbloccherebbe i suoi contatti, solo per te sono bloccati!» Mi aveva detto con tristezza.

«Allora chiamala tu per me!»

Mi aveva detto no con la testa. «Non posso, non me lo perdonerebbe mai e ho promesso, mi dispiace, ma ha chiesto di tenerci fuori dalla vostra storia!»

Poi avevo deciso di fare a modo mio e, credetemi, l'ho cercata. Sono andato a Londra e non l'ho trovata, o forse non si è fatta trovare. Nessuno voleva darmi sue informazioni portandomi a tre giorni di ricerche e nessun risultato. Sara era come inghiottita nel nulla e anche noi eravamo diventati il nulla. Ogni giorno ho vissuto fra bei ricordi, pentimento e rabbia. Spesso mi sono chiesto di chi fosse quella bambina, per un momento ho creduto che avrei accettato tutto, anche il frutto di una violenza, ma dopo cinque anni ormai ero arrivato alla rassegnazione. Avevo smesso di chiedere di lei dopo che ero tornato da Londra, ma un pomeriggio andai a passeggio nei boschi sgranchendo le gambe al piccolo Polly, l'unica cosa rimasta di lei che accarezzavo e al quale qualche volta parlavo come se lo facessi con Sara. Incontrai sua madre, in modo imbarazzante mi aveva salutato scambiando qualche parola, abbracciandomi, poi mi disse: «Sei un bravo ragazzo, mi dispiace che sia finita fra di voi, farò sempre il tifo per te!» Rivedevo Sara in quegli occhi.

«Io non credo più a niente, ho ferito Sara, ma anche lei andandosene mi ha ferito!»

Chiuse gli occhi lucidi e disse accarezzandomi: «Lo so.»

Qualche volta rivedo Benedetta, chiacchieriamo davanti a un buon caffè e spesso mi fa dare un'occhiata ai suoi cavalli, non so se come scusa, ma a me fa piacere, non chiedo mai di Sara. Fa troppo male. Ma nonna Ginevra la sa sempre lunga, mi fa spesso ridere tirandomi su il morale e devo ammettere che forse è l'unica alla quale non riesco a rispondere male o a negare il tutto, è un'ottima confidente e credo sappia il fatto suo, se parliamo di qualcosa non è in grado di spifferare il tutto ma sa tenersi ogni cosa per sé. Le voglio davvero bene e sono affezionato a loro.

Mi preparo per uscire, salgo in macchina e mi dirigo al bar per passare una serata con i miei amici, direi un mini addio al celibato visto che siamo fra soli uomini. Beviamo qualche birra, parliamo fino a tardi sperando di non tirare in ballo il discorso Sara, ma una domanda a Cristian la devo fare: «Spiegami perché dobbiamo andare proprio a cena da Enzo, con tanti posti per mangiare che ci sono in giro!» -

Lancio una freccia verde quasi al centro del bersaglio, poi gli cedo il posto mentre mi dice -: «Una rimpatriata degna dei vecchi tempi! Qualcosa ti preoccupa?» - Faccio no con la testa, lancia poi tocca a Massimo : «Se si tratta dei vecchi tempi perché andare da un'altra parte, Alice mi ha anche detto che sta organizzando qualcosa a Ostia al lido!» Lancia e mentre abbasso lo sguardo dico -: «Wow, passeremo dei bei momenti direi! Di quelli che ti distruggono anche l'anima!» Parlo in senso ironico.

«Cosa ti fa più male, Denis? Vederla dopo tanto tempo o non averla più?»

Non rispondo, lancio la freccia come se stessi colpendo il mio cuore, perché ciò che mi ha chiesto avrebbe mille risposte ma tutte che fanno male.

«Non vuoi e ti rifiuti di parlare di ogni argomento che riguarda lei, perché?» Chiede insistente.

«Perché ci ho messo una pietra sopra e dovreste farlo anche voi! Ci sarà e la vedrò, forse ci saluteremo, non lo so, ma poi ognuno per la sua strada!»

«Io l'ho vista!» - Dice Cristian serio. Si appoggia al bancone e ci voltiamo a guardarlo. «Denis, so che non vuoi parlarne e forse è tutta rabbia quella che hai, ma io ho visto quella bambina bellissima.» Fa una pausa bevendo un sorso di birra poi digrigna i denti fra loro assaporando la schiuma bianca, so quanto ai miei amici dispiace non vederci più insieme.

«Non me l'hai mai detto, cazzone?» Fa l'offeso Massimo.

«Perché è stato per puro caso durante una videochiamata che si stavano facendo Sara e Marta. Mi ha scongiurato di non dirtelo, ne valeva della loro amicizia, e credo che fra loro sappiano più di quanto ne sappiamo noi, spesso si sono anche viste nei fine settimana, ma questo non è il punto.» - Dice seriamente per poi guardarmi: «Te lo chiedo con il cuore, Denis, io ho anche parlato con quella bimba e ti mentirei se ti dicessi che non ti somiglia. Giuro che è uguale a te in tutto e per tutto!»

Il mio cuore si stritola a quelle parole, ma da stronzo che sono diventato dico: «Non mi interessa, non cederò a nessuna richiesta!»

«Non credo che Sara voglia qualcosa da te, ma ti chiedo io una cosa, per favore. Se per caso dovessi vedere quella bambina, parlale e guarda i suoi occhi, poi dimmi che non provi niente e giuro che non ti dirò più un cazzo su tutta questa storia. Fallo per te!»

Faccio un lungo silenzio, poi dico, acido. «Non ho tempo per questi telefilm!» Bevo la mia birra e aggiungo: «È venerdì e rilassiamoci, basta parlare di queste cose!»

Torno tardi a casa, osservo a lungo dalla mia camera il buio, villa Borghetto e la camera di Sara. Cambio maglia mentre noto una luce fioca da lontano accendersi poi per un attimo penso alle parole di Cristian provando a immaginare quella bambina. Una gravidanza ci ha divisi, come posso guardarla negli occhi e pensare qualcosa di buono dopo tutto questo tempo? Provo ad addormentarmi cercando di non pensare più a niente.

Il giorno dopo mi alzo e procedo con la stessa routine. Maneggio, cavalli e ippoterapia alla quale abbiamo ampliato la cerchia e per questo sarò sempre devoto a Sara, per come mi ha aperto un mondo molto vasto. Abbiamo dovuto prendere cavalli in più e i box sono tutti pieni, i profitti sono molto soddisfacenti e abbiamo creato una piccola fattoria di animali per i bimbi facendo sì che i nostri affari vadano davvero al meglio. È pieno pomeriggio quando rimettiamo tutto a posto insieme ai ragazzi, salutiamo gli alunni e qualche cliente, poi arriva Kevin correndo in bici: «Zio… zio…»

Sobbalzo pensando sia successo qualcosa. «Ehi, tutto ok, cosa succede?!»

Lascia la bici e mi corre incontro facendomi davvero preoccupare: «Zio, l'ho rivista, ci ho parlato!» Fa un sorriso ferreo, appoggio le mani ai fianchi sospirando pesantemente, immaginando cosa voglia dirmi, nello stesso tempo mi raggiungono Laura e Stefano con orgogliosamente la loro piccola Sofia in braccio. «Chi hai visto, una volpe?» Chiedo sarcastico.

«Dai, zio, smettila…»

Mi fa sorridere il suo entusiasmo, poi torno serio e mi mordo l'interno delle labbra.

«Ho rivisto Sara e mi ha salutato, era nel sentiero con una bimba, si chiama Giuly!» Sembra davvero su di giri, innalzo un sopracciglio e deglutisco pesantemente.

«E tu perché eri in quel sentiero? Ti ho detto tante volte che non devi andare per quei boschi da solo! Sono più pericolosi di quello che credi!» Dico severo, lui mi risponde: «Vabbè, non fa niente!» Me lo dice carico di vita per sviare l'argomento, poi Laura si unisce al discorso: «Cosa succede, Kevin?» Chiede.

«Mamma, ho rivisto Sara, è stata felice di vedermi, ci siamo salutati e abbracciati come abbiamo sempre fatto, c'era una bimba con lei ed è bellissima, dovevi vederla!»

Guardo mia sorella con gli occhi quasi lucidi a quella frase, anche lei, felice, dice da vera stronza: «Dai, perché non le hai detto di venire qua? E dimmi, come sta Sara? La bimba come hai detto che si chiama? Giuly? Dio, quanto sono curiosa, non so se arrivo a sera!»

«Sara sta bene, ed è bella come sempre!» Riprendo il lavoro, ma le orecchie non le tappo, che sia chiaro. «Ha chiesto di tutti, anche di Polly e, appena può, ha detto che se tu vuoi lei viene!»

«Certo che voglio!» Non perde tempo la stronza. «Ma stasera la vedremo e le dirò che può venire quando vuole e dimmi, Kevin, ha chiesto proprio di tutti tutti?»

«Sì, di te, di Stefano, mi ha detto che sono diventato ancora più bello!» Ride felice.

«E poi non ha chiesto di nessun altro?» Chiede curiosa e io ascolto.

«Mamma, non ha chiesto dello zio Denis, se lo vuoi proprio sapere.» Rido al modo in cui lo dice, ma ne rimango male per me e inizio a mordere il labbro nervosamente. Inizio a essere incuriosito per la serata che verrà. «Però le ho detto di Sofia e ne è contentissima, non vede l'ora di vederla.»

Cerco di concludere con la mia uscita: «Vabbè, vado a farmi una doccia e mi rilasso un po'. Kevin, se stasera vuoi venire con me, non farmi aspettare, capito? Tanto c'è chi ti ha già detto che sei bello, non hai bisogno di ghingheri!» Faccio un occhiolino e me ne vado.

Infilo una camicia a maniche corte nera comprata da poco, mi risalta la muscolatura, e dei jeans chiari con delle Nike Classic, l'eleganza me la riservo solo per il matrimonio di sabato prossimo. Metto il mio solito profumo e prendo con me la mia giacca in pelle, chiudo tutto poi scendo di casa e busso rumorosamente a Kevin che ormai è pronto. Mentre scendiamo mi dice che Laura è voluta uscire prima per fare delle commissioni, ma giurerei che l'impazienza per la serata ha giocato a sfavore di Stefano che cerca sempre di accontentarla.

Saliamo sulla mia nuova Jeep Compass e Kevin non perde tempo a infilare una chiavetta usb con della musica inascoltabile. Resisto i cinque minuti che impiego ad arrivare all'imbocco della tangenziale poi cedo. Pensare che una volta anche io ascoltavo il rap, abbasso il volume dal volante.

«Dai, zio, ha ragione la mamma a dire che stai invecchiando!» Rido a quella battuta.

«Tua madre si sbaglia, non sto invecchiando, ma maturando!» E poi rialzo il volume e abbasso il pedale verso Roma.

Parcheggiamo nei pressi del ristorante e camminiamo nei viali piccoli del centro, tutte le volte rivivo quella sera, tutte le volte che sono tornato qui con i ragazzi ho sempre rivissuto ogni attimo passato con Sara e spesso ascolto quella canzone che abbiamo ballato mentre mi ubriacavo del suo sorriso, del suo profumo e poi il nostro primo bacio vero. Mi è sempre mancata e non so cosa mi aspetterà.

Entriamo nel locale e come sempre saluto rumorosamente Luigi, mi indica il retro riservato solo e unicamente a noi. Esco lentamente dietro a Kevin che saluta rumorosamente come me, i miei amici si girano salutandomi, vedo le ragazze che abbraccio affettuosamente e tocco la piccola pancia di Alice, mi giro a parlare con i ragazzi perdendo tempo. Mi sento nervoso, in un momento di pura coincidenza mi volto ed eccola, Sara, bellissima. Sta parlando con Laura e Alice che tiene la mano di una bambina dai capelli lunghi e chiari, dice alla piccola: «Vieni con me in bagno, ti accompagno volentieri, andiamo!» E la accompagna premurosamente con la scusa che ultimamente la sento lamentarsi sempre di avere pipì.

Rimane girata di spalle, Sara, a osservare loro tre che spariscono, il mio cuore batte forte ed eccole, non le sentivo da un po', le farfalle allo stomaco, proprio come la prima volta che l'ho vista, e il tremolio alle gambe. La osservo in un vestito a camicia che le arriva al ginocchio, nero trasparente, maculato con una cintura su quei bellissimi fianchi ai quali spesso mi aggrappavo, ha dei tacchi neri e le sue gambe lisce fluttuano radiose, penso si sia tagliata i capelli e forse li ha schiariti, sembrano morbidi in quei piccoli boccoli alle punte. Mi avvicino lentamente e lei come una calamita si gira verso di me, ha il suo bellissimo sorriso, quello che mi è mancato, ma che alla mia vista poi si spegne lentamente. Siamo uno di fronte all'altra, occhi negli occhi, oceano e tempesta in silenzio.

Nessuno dice niente, sono bloccato, così mi schiarisco la gola e abbassando la testa dico: «Ciao.» Sto nervosamente urtando la punta dell'unghia dell'indice con il pollice.

«Ciao.» Dice dolcemente.

La guardo con un nodo in gola, ha le labbra serrate e capisco solo in questo momento che la sua mancanza mi ha fatto più male di quanto voglio ammettere.

«Anche tu qui, dopo tanto!» Quasi sto implorando non so cosa, la mia voce trema come tutti i miei organi, giurerei di aver visto Massimo e Cristian scambiarsi sguardi per il nostro affronto e avverto solo un leggero brusio, ma intorno a noi si riforma la nostra bolla.

«Sì, ci sono molti eventi importanti, tanti cambiamenti, così sono tornata!»

Poi scoppio, facendomi prendere da lievi sentimenti. «Vorrei...» Vedo i suoi occhi diventare dolci, si incuriosiscono alle mie parole. «Tu sei qui e io... posso abbracciarti?»

Mi sorride lievemente, poi dice: «Denis.»

Mi sento uno stupido e dico: «Scu...»

Non faccio in tempo a finire la parola che sussurra: «Sì che puoi... puoi!» Mi sorride e succede, la avvolgo fra le mie braccia e ci abbracciamo lentamente e a lungo, la stringo al mio petto, chiudo gli occhi rivivendo tutte le emozioni che ho provato e l'amore che vive ancora in me. Si alza sulle punte, il mio cuore esulta alla sua vicinanza poi torna ancora il suo odore alle mie narici. Noto che è dimagrita, ma è pur sempre bella ed è bello ciò che sta succedendo. Giuro che sto trattenendo le lacrime da fontana come le femminucce, un minimo di orgoglio me lo devo pur tenere. Ma il seno di Sara contro il mio petto ha sempre la meglio. Poi qualcuno alle sue spalle, e cioè di fronte a me, richiama l'attenzione schiarendosi la gola, quella che da questo momento in poi strapperei con le mani.

«Mmmm...» Ci stacchiamo dalla presa e il tizio davanti a me dice: «Sara, tesoro, scusami, ma da un po' non vedo Giuly!» E questo chi è? Cosa vuole?

Lei risponde un po' a disagio: «Tranquillo, Robby, è andata in bagno con Alice e Laura, sua sorella.» Fa segno verso di me. «Robby, lui è Denis… Denis, ti presento Robby.» Ci stringiamo le mani e mi sento ribollire come tanti anni indietro, ma ho promesso di stare calmo e devo farlo.

Si crea una sorta di momento imbarazzante, si avvicinano i ragazzi e Marta entusiasta parla con lei sulla scelta della location del matrimonio, torna Alice tenendo una bimba per mano, andando verso Massimo, il quale si abbassa per socializzare con la piccola, torno a guardare Sara che sorprendo per un secondo spostare il suo sguardo da quel Robby a me, poi Enzo esce con dei vassoi di cibo quindi ci mettiamo a tavola. Osservo lei mettersi da tutt'altra parte rispetto a me, a fianco a quel tizio a cui non riesco a togliere lo sguardo di dosso. E lei è uno schianto che ho gettato all'ennesima difficoltà.

Cristian fa un suo discorso in piedi, dice di ringraziarci e che è felice di rivederci seduti alla stessa tavola dopo tutto questo tempo e, aggiunge, come avrebbe dovuto essere sempre stato. La guardo quasi soffocando. Faccio un sospiro giocherellando con pollice e indice fra le labbra, forse in questo stesso periodo siamo stati qui io e lei la prima volta, e sembra esserci un'atmosfera simile, lo sento nell'aria ed è qualcosa che avevo dimenticato. Il tempo passa, i miei amici mi distraggono parlando dei soliti discorsi e della mia moto che è in riparazione, nel tutto qualche volta le dedico qualche sguardo e noto quanto sembra serena e di questo non sono infastidito. Sono infastidito che sia un altro a farla sorridere, a metterle la mano dietro la schiena con la scusa di appoggiarla alla sedia e rivedo sguardi che una volta erano dedicati solo a me. Non può avermi dimenticato. Cosa ha vissuto in tutto questo tempo? Davvero non so spiegare cosa sento, ma credo che sto per impazzire, sorseggio un po' di vino dopo averlo annusato pensando all'odore della sua pelle. Entro un secondo nella mia bolla e quasi non respiro per quello che sento nel cuore. Poi quella scena durante la quale mi sciolgo completamente.

Per tutto il tempo egoisticamente mi sono preoccupato di pensare a lei, concentrato su di lei, dimenticando che ha una bimba. Una bimba che molto educatamente chiede quasi a bassa voce di potersi alzare e di andare a giocare. Sara credo le dica di sì mentre si pulisce gli angoli delle labbra con un tovagliolo, solo lì si alza per andare a prendere qualcosa e venire molto vicino a me, a giocare. La osservo in tutto il suo gesto, ma non riesco a studiare il suo viso. Prende una valigetta con dei trucchi finti, gioca con delle Barbie e come la forza di gravità alla terra, vengo attirato e incuriosito. Mi siedo più comodamente, la osservo. Il suo viso è bellissimo e tenero, i suoi movimenti mi attirano con quelle manine esili dalle dita quasi disegnate con perfezione. Ha le guance arrossate e le labbra rosa come caramelle alla fragola, gioca mimando dei versi e delle vocine, ho la peggio quando tira su lo sguardo, forse l'ho osservata troppo a lungo e se ne è accorta. Occhi negli occhi, stesso colore e stessa forma, uguale alla mia ed è bionda come lo ero io. Mi gratto una guancia e lei dolcemente mi dice: «Ciao.»

«C-ciao.» Rispondo timidamente, il mio cuore impazzisce a quella vocina piccola e tenera. Faccio un lungo sospiro. «A cosa giochi?» Chiedo cercando di tenere un discorso.

«Alla famiglia!» Incasso il colpo, non sapevo che esistesse un gioco del genere.

«Che bello, ci sono delle regole?» Fa un sorriso e giurerei che è lo stesso di Sara.

«La mamma dice che le regole non sempre sono importanti!» Sorrido.

«Quindi è un gioco libero?» Chiedo imbarazzato.

«Sì, è come la vita di tutti i giorni, solo che io lo faccio con le bambole per finta!»

«E per davvero com'è la famiglia?»

«Bellissima, a casa Robbi e zio Erick ci fanno sempre un sacco ridere, preparano un sacco di cose buone e facciamo tanti giochi insieme!»

«Wow, allora hai una famiglia divertente!»

«Sì, a volte sì… lo sai che domani è il mio compleanno?» Mi dice dolce con quella vocina, un altro colpo che sto per incassare sta per arrivare, a me che odio in modo nauseante il mio compleanno.

«Quanti anni compi, piccola?»

«Non mi chiamo piccola, il mio nome è Giuly!»

«Hai un bel nome, Giuly!» Mi incuriosisco sempre di più, Cristian penso stia ascoltando tutto.

«Comunque domani compio così…» Apre la mano. «Cinque!!!» Rido a quel gesto perché è buffa ed è la bimba più bella del mondo.

«Senti, Giuly, di solito per il compleanno si esprime un desiderio, tu ne hai uno?»

«Veramente ne ho due.» Si sposta i capelli dalla fronte.

«Due iniziano a essere tanti.»

«Lo so, infatti non so quale scegliere. Ma tu sei mio amico?» Si avvicina e le dico un po' spaventato : «Forse sì.»

Tira su gli occhi e dice: «Ma che risposta è forse sì! O sì o no, voi grandi siete sempre così indecisi.» Mi dice come se fosse un'adulta, io e Cristian ci guardiamo, anche lui è serio.

«Va bene, allora dico di sì, va bene?» Si avvicina ancora, quasi ho paura.

«Quindi devi mantenere il mio segreto se no non sei più mio amico.» La assecondo e le do il mignolo tornando bimbo per un secondo, quel contatto di pelle mi manda tanti brividi fino a farmi bollire il sangue, si avvicina all'orecchio ma non troppo, con una mano davanti alla bocca mi dice: «Il primo è che vorrei vedere la mamma felice e il secondo vorrei tanto vedere il mio papà!» Mi si gela il sangue e incasso anche questo colpo. Cerco di stare calmo mentre si scioglie dal mio dito e dice: «Sai, sei simpatico, mi piaci come amico… ci vieni anche tu al mio compleanno?»

Sorrido gelidamente e quando mi volto, solo in quel momento realizzo che nessuno ha sentito ciò che mi ha detto, ma tutti ci stavano guardando. La bimba torna a giocare e io mi riavvicino al tavolo allargandomi il colletto della camicia che inizia a essere stretto. A spezzare l'atmosfera è Enzo con la sua entrata: «Allora come stiamo andando, tutto bene, ragazzi?» Tutti annuiamo e lascia dei piatti con le polpette. «Eccole, tutte per voi! Polpette e sugo, *magnate tutto è*!» Sara fa un sorriso quasi lieve e credo abbia gli occhi lucidi, io invece mi sto ancora riprendendo da quanto può avermi sconvolto quella bimba.

Tutti le mangiamo dai nostri piatti, tranne Cristian che decide di condividerlo con Marta e Massimo con una gomitata mette il piatto fra noi e dice: «Allora chi la spacca?» Guardo lei, Sara. Sguardo basso e triste verso il piatto con le mani sotto al suo mento. Mi sento come in un temporale e il mio migliore amico ha capito.

«Spacca tu, Massimo!» Dico con il nodo alla gola, gli appoggio una mano sulla spalla dicendogli : «Scusa, ma devo andare in bagno!»

Non ci riesco più, prendo come scusa la prima cosa che mi passa per la testa e mi chiedo quanto mi sono davvero perso in tutti questi anni.

Dubiti di me

Sara

Da quando sono a Roma le emozioni non sono mancate. Rivedere mia madre e nonna Ginevra è stato bellissimo, sono impazziti per Giuly, l'hanno riempita di coccole. Si è ambientata subito e anche Robby ha avuto modo di farsi conoscere con dolcezza e armonia per la persona che giustamente è. Nel pomeriggio ho passeggiato con la piccola fra i boschi, mi è mancato questo posto, l'ho portata fino ai laghetti e ammetto che quando ho intravisto da vicino il maneggio, il mio cuore è impazzito e sono voluta tornare indietro. Ma forse qualcuno ci ha visti, non lo so, poco dopo nel sentiero ho rivisto quello che avevo lasciato un bellissimo bimbo trasformato in un ragazzo. Ho rivisto Kevin e ci siamo abbracciati, ha conosciuto Giuly e abbiamo chiacchierato a lungo. È diventato alto e bello ancora di più, mi ha chiesto di andare a trovare Polly e penso che lo farò prima o poi. È bello sapere che a qualcuno ho lasciato bei ricordi.

Quando arriviamo al ristorante, una ondata di ricordi mi invade, rivivo come in un sogno quella bellissima serata. Le mie amiche che abbraccio forte, Massimo e Cristian al loro fianco poi arriva Laura con la quale ci abbracciamo a lungo. Conosco la sua bimba bellissima e Stefano, anche lui mi saluta affettuosamente. Ci raggiunge Mario che sembra abbia chiuso il locale per stare con noi. Manca solo lui, chissà se ci sarà?

Laura mi fa un sacco di domande chiedendomi come sto, parliamo di Sofia e della sua gravidanza, dà qualche attenzione a Giuly che poi con Alice accompagnano al bagno. Le guardo allontanarsi quando una sensazione mi fa sentire strana, come a casa, mi abbraccio strofinandomi le braccia come autoconsolazione e quando mi volto, eccolo.

Dopo tutto questo tempo, lui. È stato strano, imbarazzante. Ci siamo riabbracciati come vecchi amici, non so se mi ama ancora, ma penso che qualche segno di me anche in lui sia rimasto, gliel'ho letto negli occhi. Nel vedere Giuly è stato freddo, ma d'altronde cosa mi aspettavo?. Vorrei guarire dai sentimenti che riesce ancora a farmi provare Denis, mi ha chiesto di abbracciarlo e forse anche io lo volevo. È stato incredibile, per quanto mi sia emozionata, ho fatto il possibile per rigettare tutte le lacrime dentro, ormai non so se ne ho ancora, spesso mi sento vuota di sentimenti. Poi ho osservato come improvvisamente si è avvicinato a Giuly che senza farlo apposta giocava proprio su un tavolino al suo fianco, non so bene cosa si siano detti, si sono anche avvicinati molto scambiandosi il mignolo, quindi credo fosse una sorta di gioco. Non voglio saperlo, non ho mai dato influenze negative su di lui parlando alla mia bambina. Voglio che creda alla parte buona di lui, il cattivo lo tengo per me, il male che ci siamo fatti, e che mi fa ancora vederlo, non lo riverserei mai su Giuly. Lei ha visto tante foto di suo padre, ma non sa che lo è, sa che era un amico, conosce le mie amiche e ha avuto modo di farlo di persona. Non voglio illuderla. Sapevo che prima o poi un confronto ci sarebbe stato, ma vederli uno di fronte all'altra mi ha dato una piccola speranza, almeno per lei.

Negli ultimi tempi, soprattutto dopo la festa del papà dell'anno scorso e da Natale di questo ultimo anno, in Giuly è scattato qualcosa, ha iniziato a chiedermi se avesse un papà e sapevo che prima o poi sarebbe successo.

Stavamo ritagliando le mascherine di carnevale e lei mi ha chiesto: «Mamma, io ho il papà?» Mi ero gelata a quella domanda.

«P-perché questa domanda, amore?»

«A scuola la maestra ci ha detto che fra un po' arriva la festa del papà, io lo porto sempre a te il regalo, ma tu sei la mamma.»

L'ho guardata a lungo e in primis, dovuto a un attimo di rabbia, le ho detto: «E non ti basto solo io?»

«Sì, mamma, tu sei tuuutto l'universo, ma perché io non ho un papà?» Poi si è appoggiata al tavolo con i gomiti e mi sarei strozzata per la gola secca, cosa potevo spiegare a una bimba di tre anni? Che il suo papà non l'ha voluta e rinnegata, che voleva farmi abortire e la sera dopo avere scoperto di averla nella mia pancia l'ho visto chiudersi in bagno con un altra?.

«Sì che ce l'hai un papà, amore, un giorno lo vedrai, ma è lontano!»

«Tanto?» Risposi sì con la testa . «E come ci si può arrivare? Forse Robby e Erick ci possono accompagnare se hai paura!» Sorridevo con le lacrime agli occhi.

«No, amore, non ce ne è bisogno!» Feci un sospiro profondo. «Prima o poi ti ci porto dal tuo papà, e ci giocherai!»

«Ma come è? È bello il mio papà?» Risi a quella domanda.

«Bellissimo. Ha gli occhi come i tuoi!» Poi era scesa dalla sedia andando verso l'ingresso e prendendo la sua giacca e l'ombrello. «Dai, mamma, andiamo, voglio conoscerlo! Vediamo se ci aiuta a ritagliare le mascherine!» Mi alzai.

«No, amore, adesso non si può, ma prima o poi ti ci porto!»

Questa è stata la prima volta che Giuly mi ha chiesto di lui e non è stato facile. Ricordo che piansi tutta la notte perché le cose potevano essere diverse, invece era tutto uno schifo se pensavo a lui.

Un attimo dopo Denis l'ho visto alzarsi e andare verso la toilette, Massimo e Cristian lo hanno seguito. Non so cosa sia successo, ma poco dopo, sorridente, Giuly è venuta da me salendo sulle mie gambe, le ho chiesto: «Vuoi assaggiare un po' di polpette italiane?» Le abbiamo mangiate tutte, a lei sono piaciute.

Laura, la quale è stata felicissima di vederci, ha chiesto: «Sei una buona forchetta, come la tua mamma, Giuly?»

Con la bocca piena ha risposto di sì con la testa.

«Vai a scuola?»

Con la coda dell'occhio ho visto poi ritornare i tre al tavolo e Denis ha iniziato a fissarci a lungo. Lo guardo un secondo affondando nello stesso sguardo ed è indecifrabile, serio, forse anche arrabbiato e torno ad ascoltare Laura che invece è gentile.

«Sì, da lunedì inizio una nuova scuola e conoscerò tanti bambini nuovi!»

«Wow, quindi starai qui tanto!»

«Sì, anche la mamma farà il dottore qui! Tu sai cos'è un dottore?» Siamo al centro dell'attenzione.

«Penso di saperlo» Dice Laura in modo scherzoso.

«La mamma sa visitare il pancino e a volte mi fa sentire il cuore dalle cuffie!» Ridiamo. «Anche tu sei un'amica della mamma?» Io e Laura ci guardiamo sorridendo, in fondo ci siamo sempre volute bene e rispondo: «Sì che siamo amiche, hai qualche richiesta da fare, lo so!» Avevo già intenzione di dirlo io, ma per i bimbi è sempre impaziente il giorno del proprio compleanno.

«Dai, mamma, ma quando arriva domani?!»

Laura chiede incuriosita: «Perché, che giorno è domani, se posso saperlo?»

«È il mio compleanno!» Risponde Giuly ad alta voce. «Mamma ha detto che mi porta al mare!»

Rido e dico: «Sì, domani festeggiamo al mare! Sarei felice se veniste... siete tutti invitati se avete piacere!»

Laura fa un sorriso, riesco un secondo a vedere lui, il quale sembra una statua, ha una caviglia sul ginocchio e il pugno sotto al mento, posso vedere chiaramente il suo respiro dal petto.

«Io, Kevin e Sofia ci siamo di sicuro.» Poi tutti fanno eco.

«Anche noi!!!»

Ma lui non dice nulla, si massaggia le tempie, ma sembra privo di emozioni. Provo a parlare di qualcosa o potrei alzarmi e picchiarlo. «Visto che siamo tornati, pensavo di stare a Ostia al lido e di festeggiare il suo compleanno, sarebbe bello stare ancora insieme, mi siete mancati!»

Alice mi abbraccia. «Anche tu, dottoressa, dobbiamo brindare anche a questa novità, sapete? Sara è diventata un dottore bravissimo e sarà a Sacrofano, seguirà il suo studio personale e quello di base del paese!»

A quelle parole la rimprovero. «Non esagerare, dai, non è così importante!» Dico imbarazzata e Marta dice: «Sì che lo è, dipendiamo dalle tue cure quindi dobbiamo trattarti bene per forza!»

Ridiamo, lui fa un lieve sorriso e sorseggia del vino, ma è assente. Riprendiamo i discorsi soliti e Robby si avvicina al mio orecchio, mi bisbiglia: «Tutto bene, piccola?» Mi lascia un bacio sulla guancia e mi sposta i capelli dietro le orecchie. «Sei forte!» Sorrido e mi stringe nelle sue braccia, non ho il coraggio di guardare lui.

«Robby, di te cosa ci racconti?» Chiede gentilmente Massimo, subito risponde con spallucce: «Ho trentotto anni e sono il direttore di una banca londinese, una delle tante filiali...» Spiega con calma con il suo accento inglese.

«Come vi siete conosciuti?» Chiede insistente e adesso arriva il pezzo forte, se non fosse perché è gay potrei davvero amarlo. «Io e Sara siamo stati vicini di casa per molto tempo, ma non ci siamo mai parlati e un giorno...» Ci guardiamo negli occhi sorridendo perché non so cosa mi aspetti che possa dire. «Avevo lo stereo a tutto volume, facevo le pulizie con il mio inquilino, il quale è molto bravo a cantare, e Sara ci ha bussato, perché non riusciva a studiare, penso di essermene innamorato appena l'ho vista, il suo sorriso, la sua dolcezza… ma era tremendamente incinta! Ma sola! Da quel giorno non ci siamo mai più lasciati. Spesso andavamo in autobus insieme e poi è arrivata carotina, ci siamo presi cura uno dell'altro come una famiglia!» Gli sorrido perché in fondo è vero, sento Alice e Marta dire: «Che persona fantastica che sei!»

Mi strofina in segno di affetto la spalla e mi lascia un bacio sulla guancia, mi bisbiglia: «Sta per morire, lo vedo.»

A denti stretti dico: «Mmmm… non esagerare.»

Intraprendiamo poi discorsi comuni, ma Denis rimane sempre sulle sue.

La sera arriva e Giuly inizia a essere stanca, mi sta sulle gambe e dico: «Forse dovremmo andare, Giuly sta per addormentarsi!» A quelle parole Robby prende la bimba in braccio tenendola, sto per alzarmi e Denis fa lo stesso.

Prendo la borsa e lui si mette dietro Laura e Stefano, che per tutta la sera ho avuto di fronte, e guardandomi con un sorriso sarcastico dice: «Sara, potrei parlarti in privato per favore?»

Cala il silenzio, i bisbigli finiscono e le risate che c'erano fino a qualche minuto prima spariscono. Ci guadiamo a lungo e chiedo: «Adesso?»

«Quando?» Risponde seccato.

Guardo Robby e dico: «Ti do le chiavi dell'auto, ti ricordi dove ho parcheggiato?»

Fa sì con la testa. «Tranquilla, mi avvio, ti aspetto in macchina! Non metterci troppo!»

Quando mi volto Denis ha il labbro inferiore fra i denti e la rabbia la leggo negli occhi. «Te la riporto subito!» Ecco, sta per scoppiare e il mio cuore trema al suo tono, ma non posso essere debole. Lascio Robby davanti al locale, va subito al parcheggio dell'auto e un po' distanti siamo io e lui, lo abbiamo visto allontanarsi in silenzio. Ha le mani ai fianchi e quando si volta verso di me il suo sguardo è di ghiaccio: «Sara, non voglio essere arrogante, vederti è bello, ma esattamente cosa vuoi da me?»

Lo guardo confusa. «In che senso? Non capisco!» Inarco il sopracciglio, inizio ad avere caldo per la lieve rabbia che inizia a salire.

«Ti presenti qui dopo tutto questo tempo, con il tuo principino di Oxford e una bambina di cinque anni, fai la donna perfetta! Cosa cerchi?» Ecco la delusione che torna.

«Io non ti ho chiesto un bel niente, tu hai detto di volermi parlare. Quindi, tu cosa vuoi?» Alzo il tono e sono arrabbiata almeno quanto lui.

«Sara, non facciamo troppi giri di parole, perché sei qui? Chi è il padre?» La sua arroganza è fastidiosa, vedo i ragazzi dal vetro del locale.

«Neanche il tempo ti ha reso migliore. Sai che ti dico, non sono affari tuoi! Ho fatto a meno di te per cinque anni, posso andare avanti ancora, davvero credi che dopo tutto questo tempo io sia qui per te?! Scendi dal tuo podio, non sei l'universo.»

Si arrabbia e intreccia le labbra emettendo un sospiro pesante: «Voglio sapere se è mia figlia.»

«Davvero? Cosa ti importa? Io per te potrei anche avere abortito!» Mi avvicino puntandogli l'indice. «Avevi detto che era uno sbaglio, beh, forse per te, non per me! Vaffanculo, Denis, anche per me è stato bello vederti!» Lo lascio così e me ne vado. Rimane in silenzio e per il viale di Roma posso sentire solo i miei tacchi.

Salgo in macchina e torno a casa con al mio fianco Robby, il quale sa che se c'è Giuly non parliamo di certe cose. Dice solo: «Tutto bene?»

Ho il magone e con la testa faccio no, ma dico sì. «Sì, tutto bene.» Ho la voce rotta ma guido in silenzio.

Porto Giuly nella sua camera, mia madre ha di nuovo rivoluzionato casa e mi ha costruito un appartamento da quelle stanze vuote. Passo davanti alla camera di Robby, vicina alla cucina, e lui mi aspetta, vuole sapere e io mi sfogo con un'ancora solida.

«Dai, vieni, cosa ti ha detto?»

Racconto ciò che ci siamo detti e il tono che aveva. Concludo che so che da qualche parte c'è ancora il Denis che ho conosciuto, o forse davvero non l'ho mai conosciuto. Mi addormento a notte fonda.

Il giorno dopo, mentre Giuly disegna, approfitto della freschezza del mattino per passeggiare in giardino, mi siedo sulla panchina vicino alla porta che conduce al sentiero e scrivo quanto è successo nel mio diario. Tutto mi fa rabbia, soprattutto il suo modo di fare, il suo tono superbo e freddo. Ho paura per Giuly. Sento delle foglie pestate quando mi volto ed è lui.

«Cosa vuoi?» Chiedo aspra, abbassa la testa, non entra, ma si ferma al cancello.

«Parlarti.»

«Quindi sei tu a volere qualcosa da me, non io, e sembri anche insistente!» Fa un sospiro e da quando l'ho rivisto ne ha fatti troppi.

«Vorrei parlare in modo civile, ieri sono stato arrogante, lo so!»

«Certo, solo ieri!»

«Posso rivedere Giuly?»

«Per quale motivo? Non hai nessun diritto!» Chiedo con quasi paura.

«Vorrei fare il test del DNA!» Mi alzo piena di rabbia e apro il cancello affrontandolo.

«Ascoltami bene, oggi è il suo compleanno e se sei qui per rovinare questa giornata, torna da dove sei venuto!»

«È un mio diritto…»

«Non ora, non oggi. Non te lo negherei mai, ma tu rovini il tuo compleanno, non quello di mia figlia, perché per me oggi è il giorno più bello della mia vita!» Mi guarda a lungo e penso di avere colpito a fondo, rimane in silenzio poi cerco di darmi una calmata. «Hai davvero bisogno di un test? Sai, ne ha cento di papà, tutte persone che si sono prese cura di lei con poche pretese, è cresciuta con amore e non le manca nulla! Se sei qui per fare il padre, comportati prima da persona rispettosa nei confronti di una bambina di cinque anni!»

«Non so come si fa il padre!» Mi dice facendo spallucce e mi avvicino ancora con rabbia.

«L'ho tenuta in pancia per nove mesi e partorita da sola come un cane, non avevo nessuno con me se non amici, nessuno mi ha mai spiegato come si fa la madre e quando è nata non ho avuto un libretto delle istruzioni, sai?» Ha gli occhi lucidi.

«Non so cosa fare, come posso rimediare.» Mi si rompe la voce e distolgo lo sguardo lanciandolo al cielo, con i dorsi mi asciugo le lacrime che poi stoppo e torno ai suoi occhi.

«Non elemosinerò il tuo affetto per lei, cosa posso dirti, parti dalle piccole cose, oggi è il suo compleanno quindi muovi il culo e rendila felice!» Ci guardiamo a lungo, delusi e consumati dalla rabbia.

«Mi dispiace per tutto.» Prova ad avvicinarsi e mi allontano.

«No! Fermo lì. Non mi farai più del male, ho sofferto troppo!» Si ferma.

«Ti ho davvero fatto così male?» Non voglio rispondere a quella domanda, non ora.

«Sei suo padre, lo so, ma lei non sa di te. È piccola e le cose deve apprenderle con i suoi tempi, falle del male e ti ammazzo con le mie mani!»

Si addolcisce. «Come faccio a crederti?»

«Pensi ancora che voglia incastrarti? Credi quello che vuoi, io so che è tua figlia e se ne hai il dubbio non stare qui, aspetta l'esito del DNA! Facciamolo quando vuoi! Anche domani!» Si sfrega la fronte.

«Ti credo, ma...» Torna nervoso e diventa rosso, pieno di rabbia, mi ringhia: «Dove sei stata fino adesso, perché sei sparita così?»

«Sono scappata da te e se potessi lo rifarei ancora!» Gli urlo allo stesso modo dispiacere, delusione, leggo tutto dai suoi occhi.

«Perché?!!» Ringhia.

«Perché dovevo salvarmi da te, Denis! Da me e da tutto quello che era successo, io...»

«Parla! Tu cosa?» Si avvicina calmandosi.

«Io adesso devo andare, le ragazze mi staranno aspettando al lido.» Mentre me ne vado rispondo a me stessa che io non ho mai smesso di amarlo, ma la violenza subita non l'ho mai davvero dimenticata, pensare che Giuly poteva essere sua figlia era l'unica speranza per andare avanti.

La mattinata è passata allegra, ci mettiamo in macchina e andiamo al lido. Vivamente spero che non venga, la mia rabbia per lui arde come fuoco, mi ha chiesto cosa voglio? Vorrei il padre di mia figlia.

Indosso un vestitino fino al ginocchio a maniche lunghe in lino e per sicurezza infilo il costume, dei sandali dorati e Giuly dopo aver messo il suo vestitino rosa da mare, si riguarda nel ricordarsi di mettersi una corona argentata. Robby è in bermuda e polo e mia madre ci segue con la sua macchina insieme alla nonna, così da poter andare via quando vogliono, raggiungiamo subito il lido. Le mie amiche sono tutte in spiaggia e per un po' siamo sole, riusciamo a parlare liberamente mentre Robby gioca con Giuly in riva al mare a non bagnarsi i piedini con l'acqua, la mamma e la nonna passeggiano per la riva, ormai non fanno che quello.

«Sara, penso che lo hai fatto impazzire, Denis, ieri sera! Quando ti ha visto giurerei che a momenti piangeva!» Alice e Marta sono le solite romanticone.

«Però è stato bello come vi siete riabbracciati!» Mordo le labbra nervosamente a quello che dice anche Marta.

«Mi ha chiesto il DNA. Che faccio?» Chiedo confusa.

«Fallo! Poi gli presenti anche quello che abbiamo fatto noi!»

«Mi rinfaccerà a vita che lo sapevo da tempo e non ho detto niente, si arrabbierà dando di matto e di sicuro mi accuserà di averlo tenuto nascosto!»

«Fregatene, per una volta sii tu a ferire lui. Ricordi quella sera che te ne sei andata? Come ti ha trattata? Sara, io per prima vorrei rivedervi insieme, che troviate una tregua, un equilibrio a tutto quello che c'è fra di voi, ma deve davvero capire che lui non ti ha mai capita, lui non ha capito da cosa scappavi!»

«Dall'unica persona che pensavo mi potesse guarire e invece mi ha fatto ancora male!» Ci guardiamo e guardo Giuly giocare con Robby, stasera partirà per tornare a Oxford e già mi manca.

Arrivano prima di pranzo Kevin, Laura insieme a Stefano e la piccola Sofia. Ci salutano e ci sediamo sulle sedie a prendere il sole, la piccola Giuly arriva correndo: «Mamma, mamma, vieni sullo scivolo!»

«Amore, non ci sto! Sono troppo grande!»

«Ma guarda, anche Robby lo fa.» Ridiamo perché lo sta facendo davvero e nel mentre arrivano Massimo, Cristian e Stefano. Mi alzo a salutarli poi vado verso lo scivolo, capisco perché mia figlia è innamorata di lui ed Erick. Spesso tornano bambini anche loro, mi invogliano così ad andare sull'altalena e a giocare.

È quasi ora di pranzo, ci avviciniamo ai tavoli, il barista ha preparato un piccolo aperitivo e sotto richiesta di Alice ha addobbato tutto con festoni, trombette, cappellini rosa e gialli; abbiamo anche le collane colorate e palloncini colorati in un angolo, Giuly è fra le braccia di mia madre e la nonna si rilassa a guardare il mare. È bello averli tutti qui che si divertono, ma lui non c'è. Lo speravo e sapevo che sarebbe partita subito male, Robby si avvicina e mi pizzica il mento perché ha già capito: «Non farmi pentire di lasciarti qui.»

«Tranquillo, sopravvivrò o mal che vada mi rivedrai a Oxford, non immagini quanto mi mancherete, verrete spesso a trovarci e porta anche la checca isterica!» Ridiamo a quella battuta, poi dopo un po' ci sediamo a tavola, arrivano i primi e io quasi non ho fame.

«Scusate il ritardo!» Tuona nella sala, alzo il viso e lui mi guarda serio. Il mio umore ricomincia ad agitarsi, tutti lo salutano e Giuly gli corre incontro.

«Ciao, pensavo che non venivi più.» Lui ride e le dà un pacco regalo abbassandosi sulle ginocchia.

«Scusami ma non riuscivo a scegliere il regalo più bello!» Sono meravigliata dal tutto, Giuly mi guarda e io la incalzo con lo sguardo.

«Grazie... i regali si aprono dopo la torta, non lo sai?» Tutti sorridiamo.

«Emh... scusa ma non sono molto bravo in queste cose, dimentico sempre quando vanno aperti!»

«Sempre? Eppure sei grande, non lo sai?» Gli dice nell'orecchio e lui ride, in tutta la sua bellezza.

«Giuly!» La rimprovero lievemente ma lui mi sorride.

«Cercherò di tenerlo a mente!» Si alza e saluta subito mia madre abbracciandola e si dicono qualcosa nell'orecchio, lei lo accarezza poi si guardano e la nonna fa l'occhiolino. Chissà quante cose non so.

«C'è un posto anche per me?» Chiede Denis e tutti cercano di fargli posto, ma Giuly dice: «Vieni qui, così dopo apro per primo il tuo regalo!»

Laura smorza la situazione. «Quindi non vedi l'ora di aprire i regali!»

«Sìì, non vedo l'ora!»

Iniziamo a mangiare e tutto procede al meglio, sembriamo quelli di una volta. Finito di pranzare andiamo in spiaggia e gioco con Giuly, ci rincorriamo per poi finire a fare le formine con la sabbia. Vedo un attimo Denis parlare con Robby, sarei proprio curiosa di sapere cosa si dicono. Poco dopo Denis viene verso di noi e dice: «Posso giocare anche io con voi?» Lo guardo cercando di sorridere.

«Sìì... guarda, ho fatto una stella!» Ci aiuta a fare le forme di animali, a costruire un castello, ridiamo tutte le volte che cade quando gira il secchiello.

«Ma io non so come ti chiami!» Dice Giuly e io sto per sprofondare, perché lei il nome del suo vero padre è l'unica cosa che conosce.

«Non te l'ho detto, davvero? Mi chiamo Denis!»

Lei ingenuamente dice guardandolo con i suoi occhi glaciali: «Anche il mio papà si chiama così, vero, mamma?» Ci blocchiamo e sono senza parole.

«Sì.» Rispondo abbassando la testa.

«Che pura coincidenza.» Fa un sorriso sarcastico lui, che Giuly non vede, presa a giocare con la sabbia.

«Forse è ora della torta!» Dico alzandomi e pulendomi dalla sabbia. «Venite adesso o ci raggiungete dopo?»

«Stiamo ancora, dai, non ti diverti, mamma?» Io e Denis ci guardiamo.

«Resto con lei, se vuoi, poi ti raggiungiamo!» - Mi batte forte il cuore -. «Tranquilla!» Me ne vado, amareggiata dalla situazione pesante.

Come promesso, ci raggiungono poco dopo, cantiamo la canzoncina con le candele da spegnere, facciamo la solita foto io e lei e una con anche Robby, poi una di gruppo tutti insieme e Denis chiede: «Possiamo farne una anche solo noi?»

«Va bene!» Faccio per spostarmi, ma prende la mia mano ed è un contatto pieno di elettricità. «No, noi tre!» Giuro che vorrei morire.

«Sì, dai, mamma, ti prego, siete amici dai... sì... sì!» Mi avvicino mettendo il mio viso vicino a quello di Giuly, lui fa lo stesso e Massimo scatta con il mio telefono. Quando mi alzo dice lui: «Puoi mandarmela?» Poi capisco quanto è furbo, lo ha fatto perché lo sbloccassi dalle chiamate, rivuole un mio contatto e il mio petto si infuoca.

«Stasera, appena torno a casa!» Rispondo in modo freddo.

Mangiamo la torta e i regali vengono aperti, Denis le ha regalato Barbie in scooter e lei ne è contentissima, devo ammettere che ha guadagnato un punto. Anche gli altri regali sono apprezzati, Robby le ha preso un monopattino e Laura una bambola alla quale dover cambiare il pannolino, ridiamo prendendoci in giro, Marta e Alice dei kit di smalti e trucco, Giuly vanitosamente ne impazzisce. E poi il mio, un elmetto e guanti per andare a cavallo. Lei impazzisce abbracciandomi: «Davvero mi ci porti, mamma? Prometti?» È fuori di sé e mi abbraccia . «Me lo insegni?»

«Per quello che riesco a ricordarmi, sì!»

Denis dolcemente dice scherzando: «Giuly, se vuoi potrei insegnarti io! Se tua madre è d'accordo ovviamente!»

«Sai andare a cavallo?» Gli chiede dolcemente Giuly, piena di speranza.

«Ho anche tanti cavalli, puoi venire quando vuoi!» Sorrido alla sua espressione sbalordita.

«Ma, mamma, anche…» Diventa triste.

«Tutto bene, Giuly?» Le chiedo preoccupata.

«Sì, mi avete regalato tante belle cose, ma… è solo che non tutti i miei desideri sono diventati veri!»

La abbraccio e le dico: «Forse perché è ancora presto, devi avere pazienza, amore mio!»

Mia madre spezza la situazione. «Vabbè, io vi saluto. Giuly, tu vuoi rimanere ancora, amore, o vai con mamma ad accompagnare Robby?»

«No, vado con mamma!» Robby va subito per salutarla e Denis a bassa voce dice: «Il tuo principe azzurro torna nel castello di Robin Hood!» Lo guardo in malo modo.

«Anche se fosse, tu le tue principesse occasionali in quale bagno le aspetti?» Fa una smorfia lieve con le labbra, quasi un sorriso finto.

Riordiniamo il disordine, aspettiamo ancora un po' e quasi tutti se ne vanno, Alice è stanchissima e Massimo premurosamente la sorregge per un fianco, io le accarezzo la pancia. Robby sale in macchina e Giuly si allaccia la cintura poi chiudo lo sportello, Denis mi sta ancora aspettando.

«Sara, come ci muoviamo per il test?» Chiede seriamente.

«Come vuoi, stasera preparo la richiesta e se vuoi domani passa da me, solo un tampone per la saliva è più che sufficiente!»

«Chi li analizza?» Mi chiede presuntuoso.

«Tranquillo, non io, so che non ti fidi!» Abbassa la testa.

«Tu perché sei così sicura che sia io il padre?»

«Poco dopo essere rimasta incinta me lo sentivo, non poteva essere di Leucci! Dio non poteva darmi questo dispiacere!»

«Ma se è così vuol dire che, quando è successo quello che è successo, tu lo eri già!» Lo guardo con fare ovvio.

«Tu, piuttosto, mi hai chiesto cosa voglio ma hai premura per il test! E se non è tua, cosa farai, cosa vorrai ancora da me? Dato che sembra ti sia svegliato in sole ventiquattro ore? Ma sono sicura che speri non sia tua.» Fa per dire qualcosa. «Pensa che io speravo fosse nata dal nostro amore, ma sono una illusa anche su questo, vero?»
Salgo in macchina, l'accendo e accompagno Robby in aeroporto.
Odio gli addii, anche se questo non lo è, perché sono sicura che presto tornerà o io andrò da loro. Ci lasciamo piangendo e anche Giuly è triste. «Robby, perché vai via?!»

«Mi tocca, piccola! Stai sempre con la mamma e non fare la presuntuosa come lei!» Ridiamo, mi fa fare una piroetta poi mi dice: «In un'altra vita sceglierei di essere etero solo per te!» Rido, ci lasciamo un bacio sulla guancia poi lo vedo andare via.

Non voglio niente da te

Il mio primo giorno di vita normale è stato tutta una corsa. Porto a scuola Giuly per poi recarmi al nuovo studio del piccolo paesino. Sono molto vicino alla piccola piazza Diaz, nelle prime ore sono molto impegnata e ho una serie di pazienti anziani, i quali hanno bisogno di visite e accertamenti.

Finalmente arriva la pausa pranzo e prima di andare a casa, ho il piacere di conoscere il sindaco, sembra giovane e molto cordiale, per di più è single.

«Ci siamo affidati a una bella dottoressa questa volta!» Rido alla battuta.

«Sarò felice di prestare servizio nel mio comune natale!»

«Signorina Guidetti, sono felice della sua presenza, mi piacerebbe averla a pranzo se lo permette!» Molto diretto lui, ma non ceno e pranzo più con nessun uomo da tempo.

«Mi dispiace ma devo andare via, oggi ho altri pazienti che verranno allo studio nuovo e come primo giorno sono molto impegnata!»

«Va bene, vada per la prossima!»

«Cercherò di non mancare!» Sorrido in modo imbarazzante, lo liquido il più velocemente possibile e torno a casa affamata.

Mia madre ha preparato con l'aiuto di nonna una amatriciana divina, anche se sono servite e riverite si divertono in cucina e chiacchieriamo a lungo.

«Sara, hai poi inviato la foto a Denis?» Ero quasi riuscita a non pensarci più, a parte le dodici ore precedenti fino a questo momento.

«No, mamma, non l'ho fatto!»

Parla mia nonna, la più saggia. «Quel ragazzo morirebbe per te!» La guardo sbalordita.

«Nonna, che dici?»

«Ciò che vedo e che ho visto fino adesso! Prima o poi dovreste parlarvi o morirete di dolore e di amore! Giuly non ha bisogno dei vostri attriti e dovreste risolvere anche i vostri, di problemi!»

Mia madre aggiunge: «Sara, io non mi sono mai intromessa molto, ma perché non ci riprovi? Amare vuol dire anche perdonare!»

«Sai, lui una volta mi ha detto che l'amore prima o poi finisce e che siamo costretti a soffrire, forse non si sbagliava!»

«O forse non sapeva di avere appena detto una sciocchezza! Giura che dopo non si è pentito e non ti ha chiesto scusa!» Rimango in silenzio alle parole di mia nonna, lo aveva fatto ed eravamo morti quasi di dolore.

«Penso che ormai sia finita!» Dico e mi alzo.

«Vado a prendere Giuly poi vengo a casa!» Mi dice mia madre.

«Ok. A dopo, vado nello studio!»

Apro il pc e ripenso a lungo alle parole che mi sono appena state dette, faccio la richiesta di paternità e la stampo, preparo le provette, poi prendo il telefono e guardo a lungo quella foto di noi tre. Il sorriso di Giuly è bellissimo e sembra felice, forse anche noi. Poi la invio a lui dopo averlo sbloccato dai miei contatti, appoggio il telefono sulla scrivania e mentre infilo il camice bianco sento il suono in segno di messaggio. Mi blocco e metto in tasca lo stetoscopio, il cuore batte forte, mi avvicino prendendo il telefono fra le mani: «Grazie per la foto, bentornata fra i comuni mortali!» Che simpatia.

«Comune mortale, se vuoi alle 16.30 passa che prelevo i campioni!»

«Ok!» Riappoggio il telefono e poi per pura curiosità prendo una cartellina che non vedevo da tempo. Forse dovrei davvero giocare di azzardo provocandolo, o meglio svelando che sapevo la verità per l'esame fatto dopo due mesi dalla nascita di Giuly. La riguardo, la rileggo ed è completamente comparabile a lui, rimetto la cartella nel cassetto e ancora "pin", sbuffo sperando che sia lui, ma non troppo.

«Dopo il test cosa ne pensi se Giuly la porto al maneggio, ti fidi di me?» Rido perché di lui potrei dire tutto, ma non le farebbe mai del male, mi fa male sapere che siamo vicini ma anche lontani.

«Se lei vuole, sì! E comunque mi fido di te! Perché portarla con te se non sei sicuro di essere il padre?» Attendo la risposta.

«Mi fido di te!» Non rispondo più ma attendo il momento di questo confronto.

Le ore passano troppo velocemente, mi guardo allo specchio e noto il mio viso un po' sciupato rispetto ad anni indietro, do una sistemata alla gonna a campana e risistemo le calze nere, metto un po' di burrocacao perché le mie labbra oggi le ho distrutte.

Il campanello dello studio suona, guardo l'orologio, è in anticipo di mezz'ora, mi alzo e apro la porta. Torno alla mia postazione lasciando la porta dell'ufficio aperta e cerco di stare calma scrivendo una e-mail al pc di lavoro.

Bussa allo stipite della porta e alzo gli occhi.

«Posso?» Mi schiarisco la voce.

«Ciao, sì, entra!»

«Ciao!» Denis è imbarazzato e abbassa la testa, lo capisco dalla sua espressione.

«Siediti pure, non ci vorrà molto!» Si avvicina lentamente, mi volto a prendere la sua cartellina stampata precedentemente. «Se vuoi intanto puoi compilare inserendo i tuoi dati.» Gli passo una penna e lui chiede: «Giuly non c'è?» Guardo l'orologio al polso.

«Dovrebbe arrivare a breve!» Cerco di non guardarlo.

«Hai un bello studio!» Dice guardandosi intorno. «Hai realizzato i tuoi sogni!»

«Sembrerebbe di sì!»

«Così adesso sei anche il mio dottore direi!»

«Sì, quindi spera di stare sempre bene!» Ride.

«Perché vorresti vedermi stare male?»

«No, dovresti stare sempre bene in modo che possa vederti il meno possibile!» Lo dico in modo calmo, lui ride mostrando i suoi denti bianchi.

«Vedremo, ma sembra che il destino ci voglia comunque vicini, sembra!»

«Averti vicino per Giuly non vuole dire che devi farlo anche con me, forse avremo qualche dialogo ma non c'è bisogno di stare sempre a contatto!» I nostri occhi sono un'unica cosa, ci guardiamo così tanto che potrei fare una radiografia al suo sguardo e ripenso a ciò che ho appena detto quasi pentendomene, ma non posso abbassare la guardia con lui. Riprendo a scrivere ancora, poi lui mi guarda e io perdo la concentrazione riguardandolo.

«Hai qualche dubbio su quello che devi scrivere?» Chiedo con il cuore a mille.

«No. Ti stavo solo guardando.» Mi sto sciogliendo al suo sguardo, alla sua presenza e quasi avverto delle scosse al mio basso ventre proprio come la prima volta che ci siamo visti.

«Perché?» Chiedo.

«Perché guardo qualcosa di bello!» Faccio per dire qualcosa, poi con il malloppo alla gola sibilo distogliendo lo sguardo: «Se compili... così posso farti il tampone, o vuoi aspettare Giuly così lo fate insieme?» Si morde il labbro poi prende i fogli in mano.

«Intanto compilo, poi aspetto lei così lo facciamo insieme!» Studia i fogli leggendoli.

«Dopo ti darò una busta così potrai consegnare tu di persona in laboratorio. Ti preparo anche l'indirizzo, dovresti andare a Roma però!»

«Non ti occupi tu di questo?»

«No.» Faccio un sorriso finto. «Lo porterai tu con le tue manine e lo ritirerai tu.»

Strabuzza gli occhi: «Io? Da solo?» Lo guardo dritto negli occhi.

«Io ho fatto cose molto più importanti in questi cinque anni, credimi, non penso che un gesto del genere possa sciuparti la pelle e comunque non vorrei che pensassi che possa manomettere gli esami!» Dico in tono sarcastico.

«Colpito e affondato, Sara, va bene, non preoccuparti!» Si innervosisce e inizia a compilare poi in silenzio, io ricevo qualche telefonata da alcuni pazienti ai quali rispondo sotto i suoi occhi ed è la mezz'ora più lunga di tutta la mia vita, soprattutto dopo che finisce di compilare i fogli e spesso ci sorprendiamo occhi negli occhi.

«Ciao, mamma...» All'improvviso mi corre incontro Giuly. «Guarda, l'ho fatto per te!» Sorrido a quella voce.

«Ciao, amore.» Mi sposto dalla sedia con le ruote e la abbraccio.

«Ciao, Denis, guarda, ne ho fatto uno anche per te!» Prendiamo i nostri disegni e lei con la sua vocina innocente dice: «Siamo noi al mare che facciamo i giochi sulla spiaggia, come ieri!» Sorridiamo e ci guardiamo furtivi, avverto un segno di emozione nei suoi occhi quando nervosamente la sua guancia fa un movimento involontario come un tic.

«Giuly, amore, dobbiamo fare un giochino veloce, ti va?» Fa sì con la testa e la faccio sedere sulla sedia. «Metto i guanti e con un bastoncino ti guardo la bocca!» dico in tono scherzoso così che lei rida.

«Perché, cosa devi guardare, mamma?»

«Devo controllare se hai mangiato troppa pasta oggi, metti che ne hai tanta, devo dire alle maestre di dartene meno!» Ridiamo alla sua faccia.

«Mamma, giuro che non ho chiesto il bis, però ho mangiato due volte le crocchette di pesce!» Prendo due involucri.

«Mmmm, oggi pesce…» Prendo uno sgabello e mi avvicino. «Apri grande grande, vediamo se c'è la coda del pesce…»

«Ma no, mamma, non era intero!»

«Sicura? Vediamo, amore, apri grande grande.»

«Guarda!» Apre la bocca e sorrido, cerco di essere il meno fastidiosa e più veloce possibile, tolgo il bastoncino che infilo nell'involucro e ci scrivo su i dati poi dico: «Va bene, hai detto la verità e sei stata bravissima, in quel cassetto c'è un premio per te!» Lei contenta apre il cassetto e tira fuori un lecca lecca.

«Wow, mamma, grazie!» Mi abbraccia, mi giro per passare a lui che non ha mai tolto lo sguardo da noi, sorridendo. Tolgo i guanti e ne prendo altri puliti, li infilo e percorro quei pochi passi verso di lui con il cuore a mille mentre prendo l'involucro e tiro fuori il bastoncino, lo guardo.

«Vediamo Denis se ha mangiato squali o fiori!» Lui ride e io anche involontariamente.

«Anche per me c'è il premio?»

«Dovrebbe esserci un altro lecca lecca, vediamo, se non sei bravo, dovrai accontentarti di una ricevuta di pagamento!» Apre la bocca dopo avermi guardato e sorriso lievemente, mi avvicino e sento Giuly dire: «Allora, mamma, che vedi?» Sorrido mentre passo il bastoncino e Dio quanto sa ancora essere bello e profumato.

«Tante cose che non vedevo da un po'!»

«Uuu,cosa ha mangiato?» Finisco e sorrido mordendomi il labbro.

«Scommetto una insalata triste con del pollo!» Ridiamo e Giuly ci guarda credendo al gioco. «Ma è stato bravo e, se vuoi, puoi dargli un lecca lecca, forse c'è e anche un cioccolatino, magari si addolcisce!» Ci facciamo un sorriso come smorfia poi mi volto per scrivere i dati sull'involucro. Giuly prende il cioccolatino e si avvicina a lui che lo prende e le si avvicina dicendo: «Grazie.» Lo osservo mentre preparo la busta, spezza la piccola barretta di Kinder cereali e dice: «Questa la diamo alla mamma così si addolcisce anche lei!» La bimba risponde sì con la testa e io alzo lo sguardo verso di lui. Non so bene quando abbiamo smesso di volerci bene. E parlo di bene non di amore. Penso siano due cose diverse, amerò sempre Denis, ma per volersi bene intendo sperare, attaccarsi alle cose e alle persone come lo eravamo anni indietro a seconda delle necessità e se non siamo più ricambiati, soffriamo. Io e lui soffriamo ancora, non ci corrispondiamo più da tempo, lo sento da come ci guardiamo frustrati e delusi. Amare, beh, è un'altra cosa, per me significa desiderare il meglio per lui e anche quando le motivazioni sono diverse o anche se lui davvero non mi amasse più, io continuerei a farlo in silenzio, sperando davvero di vederlo sereno.

Giuly mi dà la cioccolata: «Tieni, mamma.» La prendo lentamente e la infilo in bocca mangiandola a piccoli morsi.

Giuly ci tiene impegnati raccontandoci la sua giornata a scuola poi Denis le dice: «Ti andrebbe domani di venire al mio maneggio a vedere i cavalli?»

«Sì, che bello, perché non adesso?»

Sigillo la busta e dico: «Perché adesso Denis deve portare questa busta in un posto.» Ci guarda delusa.

«E poi torni?»

«Se la mamma vuole, possiamo andare tutti insieme, così dopo andiamo al luna park!» Vorrei essere folgorata in questo momento stesso.

«Mamma, vuoi?» Guardo lui e chiedo: «Tu vuoi?» Fa spallucce. «Io non so, forse dovrebbe essere una cosa più vostra!»

«Va bene.» Dice lui. «Andiamo solo noi!» Giuly mi guarda e io guardo lei confusa.

«Denis, non pensi che…»

«Che?» Chiede dolcemente, io mi sento come se qualcuno mi stesse portando via qualcosa di troppo mio.

«Non lo so, è la prima volta che…»

«Mamma, stiamo un pochino dai, Denis mi è simpatico!» Gonfio le guance di aria ed emetto aria pesante, forse lui capisce.

«Pensi non sia giusto?» Mi chiede.

«Non lo so se è giusto! Non è mai stata con qualcun altro che non sia…»

«Che non sia io?!» Mi gratto le sopracciglia confusa. «Prova a fidarti davvero, proprio come se fossi...» Non lo dice.

«Non farmi stare in pensiero, per favore, e poi non venite tardi! Giuly, stasera a letto presto se no domani non ti alzi per andare a scuola!» Fa sì con la testa e lui le prende la manina, una scena quasi commuovente, ricordandomi quando ero io a prendere quella mano. Mi alzo e dico ancora seguendoli: «Denis, allacciale la cintura e blocca gli sportelli dietro.» Si volta a guardarmi quasi con rimprovero. «Per sicurezza, e vai piano in macchina! Per favore!» Sorride nel guardarmi in ansia.

«Fidati di me! Non la porto tardi!» Faccio sì con la testa e mi abbraccio le braccia nel vederli scendere le scale di casa. Mi volto, sento lui dire a Giuly a bassa voce: «Inizia ad andare, ti raggiungo subito!» Quasi non lo sento, ma lui torna indietro rumorosamente, mi giro trovandomi di fronte a lui, troppo vicini a guardarci negli occhi, ma lui mette una mano sul braccio e mi dà un piccolo bacio sulla fronte accarezzandomi per poi riguardarci a lungo e sono in apnea: «Stai tranquilla, facciamo un breve giro poi torniamo!»

«Va bene!» Strofina delicatamente ancora la mano sul mio braccio come una carezza.

«Siamo qui prima di quanto credi!» Faccio sì con la testa poi se ne va lentamente lasciandomi a un vortice di sentimenti. Il mio stomaco è in subbuglio e le mie gambe sono come foglie tremolanti, torno nello studio, mi accosto alla finestra per guardarli sorridersi e salire in auto, vedo lui fare quello che ho chiesto, sto trattenendo le lacrime ma riesco a farlo fino a quando sale in macchina per poi andare via. Sto bruciando e riassaporo quel suo piccolo gesto accarezzandomi la fronte, mi è mancato e mi mancano le sue carezze, le sue mani. Chissà per quanto lo amerò ancora. Ma penso di non potermi più illudere a certi gesti, forse per lui sono facili da fare, per la persona che è.

Chiudo lo studio, attraverso il corridoio e vado in casa, mi faccio un bagno rilassante e non riesco a non pensare a lui e a tutto quello che è stato. Mi asciugo, infilo un leggings e maglietta, cammino scalza e guardo il telefono, mia madre mi chiama al citofono e rispondo: «Sara, venite per cena?»

«No, mamma, Giuly è con Denis e io mi sto rilassando, sinceramente!»

«Dove è andata Giuly?» Chiede quasi ridendo.

«Con Denis a Roma per portare i test, fanno un giro poi tornano.» Ride.

«Lo trovi così divertente, mamma?»

«Sì, quell'uomo è un rubacuori e tu ti stai punendo bruciando da sola!»

«Mamma, non mi aiuti affatto così, sai?»

«Perché non sei andata?»

«Perché no, è una cosa loro, non vedo perché approfittare, voglio dire, non deve capire che io ne approfitti solo perché sono la madre!»

«Non ti ha invitata?»

«Sì ma io ho rifiutato.» Dico tristemente.

«Per quale motivo?!» Sento mia nonna dall'altra parte della cornetta. «Di cosa hai paura, sentiamo?»

«Uuu, per favore, nonna!» Le sento brontolare dicendo: «Se fossi al tuo posto sarei già fra le sue lenzuola!» Mia madre sbraita.

«Mamma, alla tua età non si dicono queste cose!»

«Infatti, si dovrebbero fare!» Rido e cerco di tagliare corto.

«Va bene, mamma, a domani, ciao!»

Infilo un golfino e vado a fare un giro al box dei nostri cavalli, mia madre ne ha comprati due da quando sono andata via, li accarezzo dolcemente ricordando quanto lui mi abbia insegnato sui cavalli, al modo con cui se ne prende cura venerandoli. Il rumore di ruote sulla ghiaia mi distrae da quel pensiero tornando alla realtà, è stato di parola e non è ancora buio quando Denis fa ritorno con Giuly. Li vedo ridere dal finestrino, quando scende dall'auto, apre lo sportello alla piccola, si guardano in modo complice avvicinandosi.

«Mamma, guarda cosa ti abbiamo preso!» Si avvicina con un sacchetto e lui infila le mani in tasca.

«Cosa avete combinato voi due insieme?» Chiedo abbracciandola.

«Ti abbiamo preso il gelato!»

«Grazie! Lo mangiamo insieme!» Lei fa no con la testa.

«No, è tuo, mascarpone e cioccolato!»

«Mmmm, il mio preferito!» Lo guardo. «Grazie!»

«Non c'è di che!» Gli occhi più dolci del mondo mi stanno sciogliendo.

«Dove siete stati di bello?»

«Al luna park, poi abbiamo mangiato un panino grande cosi…» Mima con le mani. «Con dentro la em… come si chiama?» Chiede a Denis che ride.

«La porchetta!» Si morde il labbro con quei suoi denti bianchi.

«Mamma, era buonissima!»

«E lo so, è tanto che non ne mangio!»

Lui dice: «Se vuoi, una sera andiamo insieme, siamo stati dove anche noi…»

«Lo avevo intuito, avete mangiato anche il supplì?» Chiedo guardando lui.

«No, però ho ripensato a lungo a quella volta!» Ecco di nuovo quella leggera fitta di vuoto al petto, quella scossa che mi fa sgommare le valvole del cuore.

«Ti va se saliamo? Faccio il bagnetto a Giuly poi se vuoi parliamo un po'!» Dico con paura: «Se non devi andare via ovviamente!»

«Va bene!» Saliamo rumorosamente in casa ed entriamo. Lui si guarda intorno notando la disposizione del reparto giorno.

«Sapevo che tua madre stava continuando dei lavori, ma non pensavo che avesse ancora rivoluzionato tutto!» Rido.

«Sì, mia madre ristrutturerebbe casa due volte all'anno.» Andiamo in bagno mentre Giuly già sa cosa deve fare, riempio la piccola vasca di acqua tiepida e la osserviamo sbadigliare, sorridiamo poi raccontano di quello che hanno fatto e delle giostre su cui sono saliti.

«Vi siete proprio divertiti!» Dico ridendo e lei riprende i suoi discorsi dai quali noi siamo avvolti. La asciugo premurosamente, le infilo il pigiama e le intimo di lavarsi i denti, poi va diretta nel suo letto. Le lascio un bacio ma ha già gli occhi praticamente chiusi.

«Buonanotte, piccola!» La copro con le coperte ed esco accendendo una piccola luce e socchiudendo la porta.

Denis mi segue fino alla cucina e faccio per prendere il gelato quando lui mi chiede: «Vorrei vedere delle sue foto, vostre…» Lo guardo curiosa. «Intendo di quando è nata, vorrei sapere cosa mi sono perso sul serio.»

«Perché, se non sei sicuro che possa essere tua?» Ci pensa un attimo.

«Ma è tua e mi basta!» Avete mai sentito una bottiglia di vetro cadere sul pavimento ma non rompersi? Bene, non era la bottiglia ma il mio cuore.

«V-va bene!» Poso il gelato nel freezer e gli faccio strada nel piccolo salotto, mi siedo a terra sul tappeto appoggiando la schiena al divano dopo aver preso due grandi album e inizia una trafila di foto. Sorride a tutte, anche alle ecografie dove non si capisce nulla, poi le studia una alla volta con calma, dalla prima all'ultima, io con la pancia lieve sotto una maglia a maniche corte, io con il pancione vestita elegante e chiede: «Eri a un matrimonio?»

«Sì, di Robby ed Erick!» Mi guarda strano. «Robby è gay e siamo grandi amici, ha ufficializzato il suo matrimonio con il suo compagno!»

«Quindi voi due…» Rido alla sua espressione.

«No, tranquillo, però abbiamo un bellissimo rapporto, molto stretto!»

«Eri bellissima qui, cioè lo sei già normalmente, ma incinta lo eri ancora di più!» Non rispondo, lui mi guarda e continua a sfogliare finché non si sofferma su una prima foto dove ho appena partorito e la mia faccia parla da sola, Giuly è girata di spalle mentre prende il latte dal mio seno. Mordo l'interno del labbro rivivendo quei momenti e tutte le sensazioni provate. Felicità, angoscia, rabbia e tristezza. Mi sentivo sola e avevo paura. Ha gli occhi lucidi o almeno sembra, ma in modo nervoso mordicchia le labbra, poi riprende a girare e ci sono io in primo piano con la bimba vicino al viso, sorridiamo insieme.

«È bellissima questa foto!» Sorrido e andiamo avanti così per molto. Le guarda tutte con sorrisi e malinconia.

«Le altre dovrebbero arrivare a giorni, credo siano in viaggio con le altre cose del trasloco!»

«Ok!» Torturo una pellicina, al suo sguardo mi sento in imbarazzo.

«Hai consegnato tutto? Non hai faticato, vero, a trovare il laboratorio?»

«L'ho trovato subito, in quarantotto ore manderanno i risultati al mio medico di base!»

«Va bene!»

«Ma ho chiesto anche una copia sulla mia posta e-mail!»

«Giustamente!» Rispondo chiudendo gli occhi.

«Sara, non è mancanza di fiducia, è solo che… non lo so!» Sospiro. «Ti ho cercata tanto quando sei andata via e mi sono reso conto di aver sbagliato tutto… ti ho cercata fino a impazzire! Sono venuto a Londra, ho ribaltato quella città per tre giorni, ma di te non c'era traccia.»

«Non volevo essere cercata… ma soprattutto trovata!» Ci guardiamo.

«Non ti ho mai dimenticata, mai! E quella sera…»

«Basta così, Denis, è passato del tempo e rimuginare parlando sempre del passato non ha senso!»

«Volevo solo dirti che non c'è stata nessun'altra dopo di te!»

«Non mi devi spiegazioni!» Mi alzo da terra e lui fa lo stesso, mi volto e lui mi prende per mano stringendomela e intrecciando le dita.

«Vorrei solo che andassimo d'accordo, anche se non possiamo essere quelli di una volta, vorrei tregua!»

«Va bene!» Lascio lentamente la sua mano: «Ora se non ti dispiace, vorrei andare a dormire, sono stanca!»

«Va bene!» Sembra un cucciolo bastonat. «Domani verrai a trovare Polly insieme a Giuly? Secondo me ne sarà felice!»

«Direi di sì, mi fermo a prendergli tante carote poi arrivo!» Lo accompagno fino al portone di ingresso. «Allora a domani!»

«Buonanotte, Sara!» Mi guarda come solo lui sa fare.

«Buonanotte, Denis!» Poi torno in casa invasa da tanta nostalgia.

Solo per Giuly?

Ci sono tante categorie di pazienti, ma di una cosa sono certa, dal momento che ho fatto il mio giuramento devo rispettarlo. Gli anziani che si perdono in chiacchiere raccontando le loro storie dolcemente e fanno tenerezza, poi ci sono quelli scorbutici, i quali tu visiti premurosamente ma loro si sono già fatti la diagnosi da soli e quando scrivi la ricetta medica e spieghi come assumere il farmaco ti rispondono: «Ah vabbè, poi ci penso io a come prenderlo, voi dottori non sempre capite!» Ma devo sorridere e far finta che tutto va bene.

Ci sono le persone che ti spiegano i sintomi e per paura di morire per un fungo all'unghia fanno due fotocopie delle spiegazioni di quello che spiego nel foglio bianco. Poi ci sono loro! I dottori professori non laureati che prendono informazioni da Google e quando vengono in studio sembra più un confronto che una visita, il vero problema è spiegare loro che internet è come il bugiardino delle medicine. Vi siete mai chiesti perché si chiama in quel modo? Prima ti spiega le mille patologie che non dovresti avere, perché quello che elenca sono rischi con mille parole ed è associato a "sei morto", bisognerebbe solo leggere la parte "come assumere il medicinale", invece no. Non contenti vanno su internet, si mandano in pappa il cervello e diventano malati e professori immaginari.

Ho davanti una donna di circa trentanove anni che mi spiega da mezz'ora il suo dolore alla spalla, le spiego che da quanto ho visto dalla sua cartella, esaminando i suoi raggi e gli esami, è sana come un pesce ma ha una forte cervicale, purtroppo il cambio di stagione non aiuta.

«Signora, metta per qualche giorno un collarino, di quelli di lana, le scrivo il nome sulla ricetta, e se il dolore persiste prenda questo antidolorifico!» Dico gentilmente.

Si alza e ringraziandomi fa per uscire, la seguo per vedere se ci sono altri pazienti e chiedo alla segretaria: «Tanya, non c'è più nessuno?»

Tira su il viso dallo schermo del pc, ha un viso bellissimo affusolato con qualche lentiggine e una grande chioma bionda a riccioli fini, è un po' robusta ma ha dei modi gentili e molto carini. «Dottoressa, i pazienti sono finiti per stamattina, ne avrà due oggi pomeriggio ma la raggiungeranno nel suo studio privato a casa!»

«Ok, grazie!» Mi lavo le mani e tolgo il camice, prendo la giacca in pelle con la borsa e la ventiquattro ore per poi uscire. «A domani, Tanya, e ricorda di fare il trasferimento di chiamata!»

«Va bene, dottoressa, buona giornata!»

Mi sbrigo ad arrivare alla macchina per poi dirigermi all'azienda dove sono sicura di trovare le carote per Polly, ricordo di esserci venuta parecchie volte con Denis. Trovo subito il posto, mi accoglie una ragazza bionda molto prosperosa e in mostra, a fianco c'è il titolare e poi ricordo subito come una folata di vento di quella volta in terrazza, Denis stava ascoltando un messaggio vocale e in sottofondo quella voce da civetta che è la stessa di quella che mi accoglie con un sorriso, avvolto da un rossetto rosa pongo mentre mastica un chewing-gum come se fosse la centrifuga di una lavatrice.

«Buongiorno, come posso aiutarla?» Sento un'auto arrivare, ma non ci faccio caso e non mi volto.

«Mi servirebbe un sacco da venti chili di carote per animali.» La ragazza sposta lo sguardo da me a di fronte a sé mentre inizio a parlare e lei sorride ancora di più: «Ciao, playboy!»

Non la sopporto a prescindere, ma la maleducazione proprio no, le sto parlando e… tolgo gli occhiali da sole cercando il suo sguardo, mi guarda tornando a darmi attenzione. «Sì, sì, vieni pure! Prendi il carrello così le carichiamo!» Poi mi volto alla presenza di Denis alle mie spalle e lei dice fastidiosamente: «Ci aiuterà lui a caricarle, vero, tesoro?» Lo guarda in modo provocatorio.

Io e lui ci salutiamo con un semplice ciao, ha gli occhiali da sole ed è splendido in una t-shirt nera della Nike e jeans chiaro con stivaletti da lavoro, ha la testa bassa, sorridendo lui mi dice: «Le stai prendendo per Polly o per tutta la fattoria?!» Sorrido.

«Per tutti, ma già che sei qua le posso caricare direttamente in auto da te, se non ti dispiace!» Fa sì con la testa, mette il sacco nel carrello, ma la civetta non perde tempo, mi avvicino all'auto e lui le carica nel baule.

«Che nome carino Polly, senti, Denis, quando mi farai fare una lezione a cavallo, sai quanto mi piace cavalcare!» Non ditemi dove posso trovare un'armeria o farò una strage e andrò in galera.

«La prossima stagione, anche questa è piena di prenotazioni!»

Lei fa l'offesa mettendo un finto broncio. «Mmm, dici sempre così!»

Denis sorride, tira su gli occhiali poi mi chiede: «Giuly è a scuola?» Lei ci guarda sorridendo.

«Sì, alle quattro la va a prendere mia madre.» Spingo il carrello per rimetterlo al suo posto poi vado verso la cassa, lui mi segue, ma la civetta lo ferma, continuo verso la mia direzione e la sento dire.

«Parliamo un attimo, ti va?» Mentre pago, vedo lei toccargli il petto e mordersi le labbra, va con le mani sulla patta dei pantaloni, gli dice: «Ieri sera ti ho aspettato.» Sto per vomitare, chiudo la porta alle mie spalle e decido di pagare per poi andarmene.

Esco abbassando gli occhiali, stanno parlando in modo molto passionale, lui mi guarda e lo sfido: «Non deluderla, playboy!» Salgo in auto per poi andarmene sotto ai suoi occhi. Dio che rabbia, dice che non c'è mai stata un'altra, ma non perde mai tempo. Nervosamente guido. Che rabbia e che brutti che erano insieme, lei con quel sorriso finto e lui si lasciava anche toccare, ma cosa dovevo aspettarmi, quelle sono il suo tipo, giusto? Vado a casa, poso le mie cose e cerco di calmarmi, in fondo non deve interessarmi, io insieme a lui non ci sto e non voglio tornarci. Che zoccola però.

Raggiungo mia madre dandole un bacio sulla guancia e abbraccio nonna Ginevra che non perde tempo. «Allora che ci racconti?» Dice allegra.

«Nonna, che vuoi sapere?» Rispondo maliziosamente.

«I dettagli sono sempre importanti, ricorda! Dai, dimmi cosa è successo.»

«Niente!» Addento una forchettata di rosbif con patate. «Buono, lo avete fatto voi?»

«Sì, ma questo non è importante! Raccontaci come è andata con il bel playboy.» Mi blocco a quel nomignolo.

«Nonna!!! E no, da te non me lo posso proprio aspettare, da quando le persone non si chiamano più per nome?»

Giustamente non può capire e dice: «È un bel pezzo di manzo, dai, lo so che fra voi ragazzette dite così!» Sorrido, so che non mi darà tregua e lo fa per tutto il pranzo con mia madre che la sgrida di continuo per cosa dice, poi conclude: «Sai cosa farei io a voi due? Vi chiuderei in una stanza e non vi aprirei per tutta la notte!» Non do importanza a quella frase e dopo che le ho aiutate a ripulire, torno allo studio aspettando Giuly.

Visito i pazienti come richiesto e all'arrivo della mia bimba mi vado a cambiare mettendo dei jeans e una maglietta a maniche lunghe con una giacca di jeans e stivaletto basso, metto un po' di cose nello zainetto poi usciamo. Per tutto il tragitto Giuly ha lodato Denis parlando di lui e della sera precedente, è un uragano, non si ferma un attimo, camminiamo fino al maneggio, annuso il posto ricordandone l'odore di erba e fieno, noto che la casa è sempre la stessa ma ci sono dei recinti in più, i box sono tutti pieni e poi lui, Denis, girato di spalle che parla con un signore in giacca e cravatta, guardano un disegno su un foglio e sorridono. Ci sono persone nei recinti, vedo Laura fare lezione a una bimba, mi saluta con la mano guantata sorridendo, faccio segno che vado da Polly e lei capisce perché mi dice sì, a quella risposta Denis si gira sorridendoci e non ha occhi che per Giuly.

«Ciao, piccola!» Evidentemente chiamerà tutte così, che illusa che sono. Giuly gli va incontro, lui le fa battere il cinque abbassandosi e la accarezza dolcemente, poi saluta il signore con la mano, se ne va, ci passiamo di fianco salutandoci educatamente. Arrivo di fronte a lui che si gira a guardarmi.

«Ciao, non ti ho più vista oggi!» Che simpatico.

«Non fa niente, ci rivediamo adesso!» È illegale come mi guarda. «Vado da Polly se non ti dispiace, le carote?»

«Te le ho preparate lì» Indica con un dito, mentre mi avvicino, osservo. «È sempre più bello qui, avete aumentato i recinti, i box sono tutti pieni!» Mi segue alzandosi da terra sorridendo a Giuly che ci segue guardandosi intorno.

«Quel signore che hai visto lavora per il comune alle "Aree verdi", dobbiamo ampliare ancora perché lì in fondo abbiamo fatto una mini fattoria con caprette, galline, oche… un po' di tutto! Dopo ci portiamo Giuly se vuoi!» Lei esulta con entusiasmo.

«Sì, mamma, per favore!»

«Certo, siamo qui per questo, amore!» Poi vado da Polly che ritrovo invecchiato, ma solido e dolce, Denis se ne è occupato con cura per tutto questo tempo, gli do una carota che mangia rumorosamente, Giuly ridendo fa quello che faccio io, un po' intimorita mentre lui si inginocchia, il pony muove gli occhi in modo frenetico.

«Penso ti stia mostrando quanto gli sei mancata!» Lo accarezza.

«Dici davvero?» Osservo il pony muovere anche le orecchie su e giù, Denis si avvicina sorridendo. «Grazie per essertene occupato!» Cambia discorso, credo.

«Sì, lo dovresti capire dai suoi atteggiamenti.» Giuly continua a dargli le carote e lui continua: «Dai movimenti delle orecchie, hanno una memoria amplia come gli elefanti. Ricordano le persone che hanno mostrato affetto e amicizia dando questi gesti di riconoscenza, tu in primis gli hai salvato la vita!»

Interviene Giuly curiosa. «Davvero, mamma, e come? Raccontamelo!» Denis inizia a ridere e a raccontare di quando lo avevo comprato senza pensarci due volte pur di salvarlo, anche se in primis non sapevo dove metterlo, rido anche io.

«Non sapevo minimamente come dirtelo e pensavo che ti saresti arrabbiato!» Ridiamo.

«Ti eri inceppata nel dirmelo ed eri arrossita, avevi trovato mille scuse per convincermi a farlo venire qui!»

Giuly ci ascolta in silenzio e dice: «Mamma, ma voi due siete stati fidanzati?» Cala il silenzio e sale l'imbarazzo.

«E-era un periodo bello!» Lo guardo a lungo, non so quanto dura quel momento, vorrei scappare, ma le mie gambe sono bloccate, capisco però che abbiamo perso qualcosa entrambi dalla nostra separazione.

«E io come potrei dimostrarti quanto mi sei mancata?» Non rispondo, serro le labbra fra di loro, però mi salva Giuly.

«Mamma e tu sei salita su un cavallo grande? Di quelli alti alti…»

Risponde lui per me. «Sì, con me, su Zeus.» Non mi toglie gli occhi di dosso.

«Davvero, e chi è? Posso vederlo?» Sento le pulsazioni del cuore anche nelle orecchie.

«Certo che puoi, sai, la tua mamma è salita con me su Zeus.» Non smette di guardarmi e io sto per prendere fuoco, i suoi occhi mi toccano e le parole mi accarezzano. «Siamo andati insieme al laghetto qua dietro, ci siamo tuffati come bimbi, abbiamo riso tanto quel giorno!»

«Allora voglio farlo anche io, sono una bimba!»

«Qualche volta ti ci porto e ci lanciamo dalla gomma del trattore!» Rivivo quel giorno come se fosse ora e i sentimenti ancora vivono nelle nostre pupille come un film alla televisione. Mi alzo e ingoio la saliva, esco seguita da loro e andiamo da Zeus, lui prende in braccio Giuly per farglielo accarezzare e mi guardo intorno, arrivano i cagnolini a salutarci e io, felicissima di vedere loro, mi inginocchio ad accarezzarli, scodinzolano energicamente, Giuly ride alle loro lingue veloci, Laica fa la pipì addosso dall'emozione e io le faccio i grattini sotto la pancia mentre lei si arrotola per terra.

Denis dice: «Ti sei fatta mettere ko, amica!» Ridiamo, poi mi alzo e lui dice: «Grazie ancora, se abbiamo tutti questi cambiamenti è solo per merito tuo!» Lo dice con dolcezza.

«Allora farti arrabbiare è servito a qualcosa?» Ride distogliendo lo sguardo.

«Hai sempre reso migliore la mia vita e questo te lo devo, non ti ringrazierò mai abbastanza!» Si morde il labbro e mi guarda abbassando il petto, il mio cuore sembra dopato.

Ci porta a vedere la piccola fattoria, entriamo nel recinto e ci raggiunge anche Kevin per dare da mangiare ai capretti.

Passiamo piccoli momenti di divertimento e ridiamo quando un piccolo pulcino vuole scappare dalle mani di Giuly e lei fa il broncio.

«Zio, portiamo Giuly a cavallo, io prendo il pony e tu Zeus!» Lui mi guarda cercando il consenso e sorridendo.

«Posso? Cosa dici?»

«Va bene, stai attento però!»

Mi sfida. «Che mamma premurosa che sei! Non ti facevo così!» Mi prende in giro e corruccia la fronte, dico: «È piccola!» Ride avvicinandosi alla bimba.

«Andiamo, Giuly, passeggiamo con Zeus, vediamo se hai lo stesso stile di tua madre!»

«Simpatico!» Rispondo, e lei contenta: «Sììì!»

Lui mi chiede: «E vieni anche tu?» Lo dice indicandomi con l'indice.

«No, preferisco andare da Polly, magari chiacchiero un po' con Laura.»

«Mmm, se vuoi provo a sellarti Polly!» Mi prende in giro. «Sono sicuro che riusciresti a domarlo!» Mi prende in giro mentre seguo il trio.

«Non sono famosa per le cavalcate, ma tu hai una buona nomina per questo, giusto? Playboy!» Marco l'ultima parola, ride di gusto.

«Che ci vuoi fare, qualcuno che mi apprezza ci sarà sempre!» Lo guardo a malo modo, poi mi si avvicina all'orecchio facendomi salire dei brividi dal basso ventre fino dietro la testa, tenendomi per le braccia mi dice: «Ma fra tutte le cavalcate, tu sei sempre stata l'unica che ha saputo domarmi!» Poi se ne va, faccio per dire qualcosa però mi blocco osservandoli mentre sellano i cavalli, Giuly è su di giri. Lui la fa salire prendendola in braccio e mettendole l'elmetto che ha tanto insistito per portare, ride emozionata alla sua prima volta che sale a cavallo e Denis le dice dove tenersi con le mani.

«Ha più paura tua madre di te, sei coraggiosa!» Rispondo con una smorfia alla quale ride e risponde allo stesso modo, traina il cavallo fino a entrare nel recinto con dietro Kevin che è diventato anche lui esperto. Mi appoggio per un po' alla staccionata e li osservo, lui la tira dal cavallo poi poco dopo le sale dietro accompagnandola per una passeggiata, li sento parlare in complicità.

«Vorrei tanto rivedervi come una volta.» Mi volto e Laura si appoggia a fianco a me alla staccionata. «Sareste una famiglia bellissima!»

«Laura, non ti ho sentita!» Sorride.

«Sara, ti va se parliamo da donna a donna e… da mamma a mamma!» È calma e serena, guarda le sagome muoversi sui cavalli.

«Sento il tono di una predica!» Sorride come Denis.

«Non è una predica, però mi dispiace per tutto quello che vi è successo, lui non l'ho mai visto preso come lo era con te e dopo che te ne sei andata non è stato più lo stesso! Ha sofferto, se proprio devo dirtelo, penso che sappia cosa ha sentito perché anche tu avrai sofferto! Ricordo bene l'ultima sera al club.»

«Ormai non ha più importanza.» Vorrei davvero non parlarne mai, di quella sera e del giorno prima.

«Dovresti parlarne invece, so che ti ha chiesto di abortire e ne hai sofferto. So bene quello che hai passato, l'ho provato sulla pelle, insieme alla frustrazione che si prova in un momento che dovrebbe essere il più bello della nostra vita e che è schiacciato dal dolore provocato da uno stronzo. Perché lo so che lo è stato, non lo difendo solo perché è mio fratello!»

Mi viene spontaneo sussurrare: «Mi sono sentita tradita, violata fisicamente dai Leucci e mentalmente da lui.» La guardo e lei fa lo stesso, ha le lacrime agli occhi come me -. «Ero impotente di comunicare con lui e fargli capire che non potevo uccidere un'anima innocente dentro di me!»

«E hai tutta la mia comprensione, davvero!» Le scende una lacrima. «Me lo sento che è vostra Giuly, non chiedermi il perché ma lo sento e hai fatto bene a non abortire! Ti prego, lasciami essere zia di quella bambina!»

Mi avvicino. «Non ti negherei mai il suo affetto!»

«Lui sa di aver sbagliato, ti ha cercata quasi fino a impazzire perché ti ha amata e ti ama ancora, è solo che, lo conosci, non è bravo a chiedere scusa davvero. Anche se lo dice non se ne motiva del perché, è un uomo!»

«Laura…»

«Perdonalo! Dagli una possibilità, non credo che quando lo guardi negli occhi non provi niente!»

«Provo tante cose, tornare qua, rivedervi e avvicinarmi a lui non è facile! Nel mio cuore l'ho sempre perdonato, è sempre stato un uomo fantastico e oltre a non negargli Giuly, non me la sento di fare altro! Questo concedimelo, non riesco a tornare indietro perché per me è come tornare a cinque anni fa e fa ancora male! Mi fa paura…» Fa sì con la testa e si asciuga le lacrime, io le sto trattenendo ma a vederla così vuol dire che tiene a noi. «Scusa, avrò ancora gli ormoni un po' sballati!» Ridiamo a quelle parole.

«Ma davvero, Sara, lui non sa come affrontare la cosa e so che chiederti il test non ha senso perché comunque vi cerca. Anche se non è sua, è tua e per lui il fatto che sei qui è come una calamita! È ancora innamorato di te, lo sarà sempre, e so per certo che anche tu… siete solo orgogliosi feriti! Ma faccio il tifo per voi!» Sorride guardandoli ancora. «E se proprio non tornate quelli di una volta, ti vorrò bene lo stesso! E Giuly sarà sempre la benvenuta, sai, assomiglia tanto alla mamma!»

Ci abbracciamo come sorelle e le dico: «Grazie! Ti voglio bene, Laura!» Ci guardiamo, poi ridendo ci asciughiamo le lacrime che infine sono arrivate anche a me senza sentirle.

«Anche io te ne voglio e non sai quanto, mio padre sarebbe contento di conoscerti!»

«Avrebbe fatto piacere anche a me!»

Si avvicinano a noi Denis e Giuly, cerchiamo di ricomporci mentre Kevin va a riporre il cavallo.

«Mamma, è bellissimo!» Urla felice lei, si dicono qualcosa a bassa voce avvicinandosi.

«Laura, tutto bene?»

Fa sì con la testa lei. «Sì, tutto bene!»

Lui scende da cavallo e prende la bambina. «Eccoci qua, piccola.» Rivolgendosi in generale lui dice: «Accendo il barbecue, vi va di rimanere a cena?» Rimango stupefatta.

«Non so se è una buona idea.» Ma lui guarda Giuly che ha ancora in braccio. «Ti va di andare con zia Laura, tua madre ha dimenticato cosa vuol dire mangiare un mio hamburger!» Chiede serio e Laura non perde tempo. «Vieni, piccola! Ti va se entriamo in casa, ci laviamo le mani e facciamo i biscotti, mi aiuti?» Chiede e io imbarazzata non so che dire.

«Sìì, dai, mamma, facciamo i biscotti!»

«Giuly, non saprei, stiamo diventando invadenti!» Dico guardando Laura.

«Sara, fai un giro a cavallo con Zeus mentre loro vanno dentro!» Lo guardo strabuzzando gli occhi, fa il suo sorriso impeccabile e dico: «Non salgo con te a cavallo!»

Laura ride e dice: «Noi andiamo dentro intanto, voi litigate pure con calma, ne avete bisogno!» La guardo sconcertata, Giuly la segue salutandomi con la mano sorridendo e io faccio spallucce, poi mi tocca guardare lui che mi dice: «Dai, vieni, passa da sotto!»

«Non salgo! E poi p-perché hai detto zia Laura?» Tira in giù il labbro come a dire non lo so : «L'ho detto senza pensarci, presentimenti che mi ronzano alla testa!» Mi guarda e allunga ancora la mano, dico ancora: «No!!!»

«Ok!» Prende il cavallo e si fa seguire fuori dal recinto trainandolo dalle redini, non credo abbia capito dallo sguardo che mi fa mentre si avvicina, ha lo stesso sorriso di quando al club mi ha caricato sulla moto per la prima volta. «Sei sicura di non voler salire davvero?»

«Non vedo per quale motivo dovrei salire e per giunta con te!» Non so in quale momento, ma in modo molto veloce si abbassa prendendomi da dietro le ginocchia e mi tira su, sono sulla sua spalla, mi mette di peso su Zeus. «Denis!!!» Sorride alla vista dei miei capelli sparsi ovunque e sale con abilità dietro di me, cerco di non cadere ma è poi lui a tenermi per i fianchi. Siamo molto vicini, mi sistema i capelli accarezzandomi lievemente il viso, sento il suo respiro caldo. Prende le redini senza mai lasciare il mio sguardo, iniziando a camminare, andando verso l'aperta campagna. Passiamo davanti alla casa dove Laura, Stefano e Kevin ci salutano ridendo.

«Fa' come se ti avessi detto di sì!!!» Sorride.

«Perché non vuoi salire con me a cavallo? Ti è sempre piaciuto passeggiare insieme così!» Mi sussurra all'orecchio.

«Sai che ho un po' paura.»

«Del cavallo o di me?»

«Soprattutto di te!»

«E di noi? Che mi dici? Cosa ne è stato?»

«Noi non esistiamo più già da un bel po'!»

«Perché dici così? Eppure dici che abbiamo una bambina nata dal nostro amore!»

«Ma tu sai bene che l'amore finisce! Lo hai sempre pensato ed è finito, basta, fra me e te non c'è più niente!»

«Davvero?» Si guarda intorno mordendosi il labbro inferiore e Dio quelle labbra. «E se adesso ti baciassi, tu giureresti di non provare niente per me?»

«Non dovresti provarci a prescindere e dal momento che ti sto dicendo di non provare più niente!» Mi guarda in malo modo dicendomi: «Sai, una volta ho cercato su Google il significato della parola "amore" e sai come era descritto? Una rappresentazione bidimensionale e tipico al tempo, l'amore esplora le persone come parti imperfette nella condizione umana, e sai? È considerata come la forza della natura terrena e inquieta! Perché come il mare e come tutti i fatti legati alla natura succede e non si sa perché!»

Ascolto le sue parole e cerco di essere sarcastica dopo delle parole così belle: «Beh, in cinque anni ti sei dato da fare anche con la cultura non solo con le commesse! Hai quasi fatto i compiti, complimenti, e dimmi l'hai imparata solo a memoria o ne hai capito anche il significato?!»

«Tu dai significato alla mia vita e per me sei la forza della natura!» Mi sto mordendo il labbro talmente forte da non sentire il dolore: «Dammi una sola possibilità! Almeno di farmi perdonare per tutti i danni che ho fatto quella sera! Voglio riprovarci, una sola possibilità, l'ultima, e se non funziona…»

«Se non funziona cosa? Ci ho messo cinque anni a guarire da te, e se non funziona? Dovrò soffrire ancora e io non so se avrò le forze di raccogliere ancora i pezzi di me!»

«Farò funzionare tutto! E se sbagliamo ti prometto che non mi comporterò in modo cinico, questa volta sarà diverso.»

«Sono passati cinque anni, non puoi pretendere niente, non siamo più ragazzini, io sono diversa e ho delle responsabilità, devo stare bene per Giuly, non posso stare con una persona che al primo ostacolo mi getta egoisticamente senza affrontare i problemi! Quindi no, siamo amici e forse anche genitori, dovremmo cercare di andare d'accordo solo per lei e non per altro!» I suoi occhi mi stanno uccidendo, ferma il cavallo e sono secondi dove un solo gesto potrebbe cambiare tutto. Ma se solo lo volessi! Lui sa però che non mi è indifferente, io so quanto mi ama e riaverlo accanto non è mai abbastanza, ma una cosa vorrei farla. Lo accarezzo con le mani e Dio quanto mi è mancato e quante volte ho sognato di stare ancora così con lui. Lo abbraccio affondando il naso nel suo collo, annusando il suo odore che mi è mancato, accendendomi in un lieve sorriso, lui mi abbraccia forte sussurrandomi: «E questo abbraccio?!» Quasi ha l'affanno.

«Non voglio stare con te, ma ti porto sempre con me, non ti ho mai dimenticato.» Gli dico rimanendo così. «Sarai sempre importante per me, tutto quello che c'è stato fra di noi lo è, soprattutto i momenti belli che non se ne vanno!» Gli do un bacio sulla guancia, un po' più lungo.

«Sara…»

«Shhh… stai zitto un po'!» Lo sento ancorarsi ancora più a me. «È difficile da spiegare, ma a me basta averti anche solo così!»

«Va bene, allora starò più zitto e ti abbraccerò di più!» Ridiamo perché i suoi concetti svincolano sempre ad altri significati, stiamo ancora così ripensando a quello che siamo stati.

«Se è questo che vuoi, un abbraccio un po' più spesso e meno parole, ci sto, non mi dispiace, anzi! L'importante è averti nella mia vita!» Ci guardiamo ancora.

«Denis, fra noi non può più esserci niente e, per favore, rispettalo!»

«Dai, andiamo, ho detto a Giuly che le avrei fatto gli hamburger e tu le patatine fritte!»

Lo guardo ridendo: «Da quando mangi tutte queste calorie?!»

«Il mio dottore ha detto che solo con insalata e pollo è triste, dopo ti tocca darmi la cioccolata come premio e sono altre calorie quindi preferisco mangiare hamburger e patatine, ma con l'insalata...» Andiamo avanti così, ridendo come amici di sempre, e sembra davvero una tregua prima della tempesta.

Accende il barbecue e cuoce hamburger per tutti, io e Laura facciamo le patatine, Stefano apparecchia mentre Sofia dorme e Giuly con Kevin guardano la tv commentandone i contenuti. Passiamo una serata serena e potrei giurare di rilassarmi e non pensare a nulla, ridiamo ai racconti di Laura sulle marachelle che ha fatto da ragazzo Denis e promette a Giuly che farà raccontare altre cose, perlomeno quelle che può ascoltare, da Massimo e Cristian.

Finita la serata, Giuly crolla e Denis ci riporta a casa in auto portandola fino in casa e appoggiandola nel letto. Mi aiuta a metterle il pigiama dicendo a bassa voce: «Non ha fatto il bagnetto, pensi faccia qualcosa?»

«Al massimo sarà più carica di anticorpi, comunque per una volta non succede niente! Domani mattina prima di andare a scuola comunque si rinfresca dalla nottata!»

«Sei una mamma fantastica, ma devo ammettere che sei troppo premurosa!» Quasi mi rimprovera e sempre sotto voce.

«Parli facile tu, non hai idea di quanto faccia male partorire e poi pensa ai nove mesi passati a vomitare per poi averla in braccio e il risultato? È che assomiglia solo al papà quindi sì, voglio essere premurosa quanto basta!» Ridiamo alzandoci e usciamo dalla stanza, ripenso a ciò che ho detto. Giuly è sempre stata uguale a Denis sin da quando è nata, ha qualche mio lineamento ma anche il carattere è molto simile al suo.

«Tutto bene, ho detto qualcosa di sbagliato?» Avverte il mio cambio di atteggiamento.

«No, è solo che quando ho detto…» Ride.

«Ok, ho capito… è come quando ho detto "vai dalla zia Laura", sono frasi che vengono fuori senza pensarci e va bene, non me la prendo!»

«A parte quello, non è vero che non sai quanto fa male partorire, cioè non lo puoi sapere in prima persona, ma la tua mamma… ci ha rimesso la vita quindi sai comunque quanto è doloroso.» Siamo davanti al portone di casa sotto a una piccola luce.

«Diciamo che, a modo mio, mi sono anche corretto nei miei atteggiamenti su alcuni discorsi! Riesco a non arrabbiarmi davanti a frasi del genere e cerco di parlarne senza problemi!» Lo dice gesticolando e giurerei che sorride: «Anzi facciamo un accordo? Se entro questa estate cadrai fra le mie braccia, per il mio compleanno pretendo una super torta con tanto di festa e candeline!» Iniziamo a ridere.

«Ma come? Giurerei che una commessa ti sta aspettando con chissà quante caldane e vorrebbe, anzi pagherebbe per uscire come premio da una torta gigante solo per te!»

Ride, mi punta il dito e dice: «Dopo che hai detto questa cosa so per certo che ancora prima di questa settimana tornerai da me e ci ameremo più di prima!»

«Cosa te lo fa pensare?» Distende le labbra mostrando i denti.

«Perché sei ancora pazzamente gelosa di me!» Diventa serio: «Esattamente come quando io ti ho visto dopo cinque anni insieme al tuo Robby!» Aiuto, che faccio? Dio, quanto lo rivorrei, ma solo fino a qualche ora fa gli ho detto di non dargli un'altra possibilità e quello che mi ha appena detto è la conferma a un'ascia di guerra, so per certo che farà di tutto per riconquistarmi e sono in confusione totale!!!

«Io gelosa di te? Ma per favore, ma poi per cosa, e di chi?» Sorride distogliendo lo sguardo.

«Ok, adesso vado, buonanotte!» Mi dice.

«Buonanotte!» Rispondo e poi eccolo, si avvicina e ho paura, mi lascia un piccolo bacio dolce sulla fronte per poi andarsene.

Vado in casa a farmi un bagno caldo, mi siedo sul divano rilassandomi con una tisana e nel mio diario scrivo, raccontando gli ultimi aggiornamenti.

DNA

Il giorno dopo credo sia quello che un po' tutti attendiamo, l'esito del test. Ripensando al tutto durante la notte, ho avuto modo di rivivere quello che ne può essere di noi. Denis vuole avvicinarsi a me, consapevole di avere delle possibilità che Giuly non sia figlia sua, e mentre guardo il test che ho appena stampato e pongo nella sua cartella, mi dico che se potessi tornare indietro farei tutto quello che ho fatto fino adesso, anche andare via da lui. Questo test anche dopo cinque anni mi conferma che Giuly è figlia nostra, non ho esultato nell'avere la verità sotto al naso ma ho pianto come la prima volta che l'ho fatto, anni indietro. Ho pianto, per il senso di pace che mi ha ridato, perché sentivo che il nostro amore non doveva finire e soprattutto così. Seppur sofferto e macchiato nell'anima, doveva essere ricambiato e l'amore di Giuly è il più sincero di tutti. L'amore di Denis è pura confusione e se un giorno o entro l'estate dovessi tornare insieme a lui come sostiene, non vorrei scheletri nell'armadio quindi decido di fargli sapere che non ho fatto un test ma due e sono consapevole del fatto che non la prenderà bene. Denis si infurierà come non mai, dicendomi le più brutte parole per il fatto che io so da cinque anni la verità e nonostante tutto non sono tornata prima per farglielo sapere. Lo deluderò. Ma deve saperlo anche se so per certo che, preso dalla verità, non capirà mai il perché. Quindi allego tutto nella cartella e stampo, imbustando. Nel pomeriggio ho sentito Alice e mi ha detto che passeranno a casa di Denis per dare una mano al maneggio e che le ragazze si sono date appuntamento per un caffè.

«Alice, proprio oggi?»

«Sì, perché? Verrai, vero?»

«Per forza, porterò gli esiti a Denis e ho deciso di dirgli che l'ho sempre saputo, ecco, e…»

«Caspita, Sara, secondo te…»

«Glielo devo! Deve sapere… urlerà, sbraiterà, ma deve sapere anche come e quello che abbiamo fatto per saperlo! Ieri mi ha detto che vuole un'altra possibilità e ancora una volta dobbiamo guardarci negli occhi e dirci la verità.»

«Tu vuoi tornare con lui?» Mi chiede.

«Il problema non è questo, da stasera sarà così arrabbiato con me che non vorrà più tornare da me!»

«Dai, non essere così pessimista, secondo me non è così grave!»

«No, ma non so lui come la prenderebbe!»

«Ti dispiace se parlo con i ragazzi di questa cosa, in modo che se saranno presenti…»

«Sì, sì, va bene! Ma qualunque cosa succeda stasera non dovrete intromettervi! Anzi è un bene che ci siate, magari terrete Giuly.»

Come immaginavo, poco dopo quella chiamata Denis mi invia un sms: «Ciao, Sara, ho provato a chiamarti ma è sempre occupato, non mi hai bloccato o sei volata via, vero?»

«Paura, eh! No, è solo che ero al telefono, avevi bisogno?»

«Vieni al maneggio oggi? Dobbiamo parlare, i risultati sono arrivati!» Sorrido amaramente a ciò che immaginavo.

«Lo so, e da dottore professionale quale sono, sarei passata appunto per portarti tutto!»

Manda una emoji sorridente.

«Dobbiamo parlare sul serio di Giuly e di tante altre cose!»

«Lo immaginavo, finisco alcune cose e arriviamo!»

«Vi aspetto!»

La resa dei conti sta per avvicinarsi. Arriva Giuly come sempre rumorosamente, questa volta facciamo una doccia prima di andare via e ci inoltriamo nel sentiero verso il maneggio. Cammino lentamente perché non ho molta voglia di andarci e quando arrivo sono già tutti lì, ma lui non lo vedo. Laura mi abbraccia e dice: «Te lo avevo detto che era vostra, vai, su, ti sta aspettando. Denis vorrebbe parlarti da solo.»

Guardo i ragazzi con aria tesa, Massimo sembra abbia appena smesso di lavorare da come è vestito e Marta mi dà l'impressione che abbia appena litigato con Cristian che neanche mi guarda, siamo in cucina e ovviamente Laura, non sapendo proprio tutto, dice: «Tranquilla, Sara, badiamo noi a Giuly!»

«Lo so, Laura, vado su e… sappi che in questi cinque anni tutto quello che ho fatto è stato solo a fin di bene!»

Mi accarezza e mi dice: «Lo so, non preoccuparti!»

Parla Alice: «Sara, vai, spieghiamo noi a Laura! Tranquilla, vedrai che tutto andrà bene!»

Passo dalla porta interna e salgo le scale con il cuore a martello, busso e sento la sua voce dire: «Entra, è aperto!» Giro la manopola ed entro, è serio ma sembra sereno.

«Ciao.»

«Ciao.» Mi sorride spiandomi, indossa una tuta della Jordan tutta nera e i capelli sono ben pettinati, avverto quanto di quel buon profumo costoso si sia messo. Entrando per la prima volta in questa casa dopo tanto tempo rivivo intensamente tutto, guardandomi intorno e ricordando le nostre serate in terrazza e le risate. Ma la cosa che più ricordo nitidamente è quando per la prima volta mi ha aperto il suo cuore, dopo aver fatto l'amore senza preservativo disse di essersi innamorato di me e io ero paralizzata a quelle parole. Avverto la stessa sensazione. Non so di cosa voglia davvero parlarmi, ma io mi sento allo stesso modo, non so cosa dire. Sono letteralmente paralizzata da ciò che lui rappresenta per me.

Mi guarda quasi di nascosto, in modo furtivo, e ha un bicchiere fra le mani dal quale sorseggia credo del succo di arancia. Ho la busta in mano che sto quasi strappando dalla paura e a un certo punto credo che lui lo capisca. Soffrirò ancora per un mio banale errore e sono pronta a dimostrare che dietro a tutto c'è altro senza circondarmi più da barriere. Io e lui, occhi negli occhi, e non riesco a pensare più a niente.

«Quindi hai ricevuto le risposte?»

Fa sì con la testa dopo aver abbassato il volto e ancora non dice nulla, dopo un po' di silenzio rompe il ghiaccio e i suoi pensieri diventano parole.

«Sara…» Si avvicina lentamente e ho paura, posa il bicchiere sulla penisola. «Vado al punto con pochi giri di parole! Tutto avrei pensato nella mia vita ma mai di diventare padre per davvero! Ma oggi devo ammettere che ne sono contento, lo giuro!» Inizia a sorridere di felicità e lo seguo. «Devo ancora chiederti scusa per tutto quello che ti ho fatto e ancora per quello che ho detto qui, quella sera, perché solo ora mi rendo conto di averti detto le più brutte parole che una donna debba sentire, sono stato uno stupido e forse lo sono ancora! Ma tu non hai abortito e Giuly è…» Quasi non trova le parole. «…È davvero tutto quello che c'era fra me e te e che ancora vivo! Ora vorrei chiederti se vuoi, se sei d'accordo di ufficializzare la cosa e ti vorrei chiedere il permesso di darle il mio cognome, se vuoi ovviamente.» Non avrei mai creduto a una richiesta del genere e sinceramente neanche ci avevo pensato.

«Va bene, non è un problema! Ora ti chiedo io una cosa.» Mi sta ascoltando. «Oltre al cognome in sé, mi va benissimo quello che mi stai chiedendo perché è giusto.» Sospiro poi schiarisco la voce. «Tu sei davvero pronto a essere suo padre e non dico solo a livello di sangue e patria podestà ma anche su ogni fronte, soprattutto quello affettivo che penso sia la cosa più importante!»

«Certo che lo sono, ci sarò sempre, tu...» Fa fatica a dirmi qualcosa e si sforza. «Lo hai già detto a lei? Voglio dire... come intendi che...»

«Non sa che sei tu, se vuoi possiamo dirle tutto con delicatezza insieme, è sensibile ma assorbe a modo suo quindi...» Siamo in imbarazzo.

«Va bene, lo capisco, tu la conosci bene e sai come prenderla, giustamente!»

«È solo che è piccola e...» Eee mi sto sciogliendo da come mi guarda.

«Ok.» Sorride, mordo il labbro poi prendo la busta.

«Il dottore ha portato l'esito.» Mi prende in giro.

«Già...»

«Tutto bene?» Mi chiede socchiudendo gli occhi.

«In tutti i casi quello che ci siamo detti per me è molto importante, ma da stasera sono sicura che inizierà un nuovo capitolo, soprattutto di verità.»

Mi risponde sorridendo. «Un capitolo per me bellissimo, dove farò di tutto per fare il bravo, giuro!» Ritorna a studiarmi socchiudendo gli occhi: «Cosa devi dirmi, Sara?» Direi che ormai mi conosce e io non riesco più a reggere il suo sguardo, i miei occhi sono pieni come laghi e le mie mani tremano leggermente. Tiro su con il naso, poi sibilo: «In questa busta ci sono due esiti, quello di adesso e quello di circa quattro anni fa! Non prendertela con Alice, sono solo io la responsabile di tutto questo!» La sua espressione è confusa e a me manca l'aria, appoggio la busta e dico: «Te la lascio e ti lascio solo, perché so che quando metabolizzerai tutto, ti infurierai e non mi dirai cose piacevoli che non ho voglia di sentire ancora uscire dalla tua bocca!»

«Perché? Cosa dici? In che senso due test!»

«Scusa, ma dovevo farlo, quando dicevo che ho sempre saputo che fosse tua, era perché davvero lo sapevo! Ma non volevo che tu lo sapessi perché dovevo starti lontano, dovevo guarire da te!» Ecco, l'ho fatto, gliel'ho detto e anche se ancora non è tutto, la mia coscienza è un po' più leggera, ma ho bisogno di prendere aria o morirò sul momento. La sua espressione diventa seria, appoggio la busta e faccio per andarmene mentre lui è confuso. Davvero ancora non ha capito i miei tormenti?.

Scendo le scale lentamente, torno a casa da Laura come se fossi una sonnambula e tutti mi guardano in silenzio e dall'espressione di Laura capisco che sa tutto. Giuly è impegnata a giocare e a me gira la testa, mi fermo sospirando e Massimo mi chiede: «Sara, stai bene?»

«Non lo so, scusate, ma ho bisogno di uscire un attimo.» Troppe emozioni vacillano nel cuore, mi allento il foulard dal collo. Sto andando in blocco, credo sia un attacco di panico.

Mentre apro la porta a vetri qualcuno mi sorregge: «Sara, stai poco bene!» Inizio ad avere le mani tremolanti.

«Ho solo bisogno di aria, è tutto molto pesante!»

Esco e vado verso la staccionata, sento Denis rompere qualcosa mentre io inizio a camminare e a inalare aria nei polmoni allontanandomi dalla vista di casa e arrivando in fondo al recinto dei cavalli, eccolo, sta scendendo le scale pesantemente poi la sua voce, e apre il portone di casa. Sono oltre il box di Polly e mi accosto alla fontana, mi accorgo di Massimo al mio fianco che mi ha seguita a debita distanza, preoccupato: «Tutto bene, Sara? Sei pallida!»

«Penso sia una scarica di adrenalina o un po' di ansia!» Apro la fontana e bagno i polsi, passo le mani dietro la nuca e subito mi riprendo quando le mie labbra toccano l'acqua.

«Tranquilla, eh? Non fare scherzi!»

«Sto già meglio, ora che mi sono liberata sto già meglio!» Poi lo vedo arrivare spedito, sento i passi di Denis sulla ghiaia che sono più veloci del mio cuore. «Grazie, ma ora penso che possa fare il resto da sola!» Ci raggiunge con una vena del collo gonfia e posso leggere la sua rabbia dal volto, proprio come immaginavo.

«Tu lo sapevi, Massi…» Gli punta il dito e lui si volta.

«No, giuro che l'ho saputo stasera, te lo avrei detto, soprattutto una cosa così!»

«Giura!»

Non lo faccio finire, mi alzo lentamente per dire: «Non prendertela con lui! E con nessuno lì dentro, è una cosa fra me e te e basta!» E poi succede il finimondo.

«Facile dirlo adesso! Sono cinque anni che ti aspetto e che ti cerco, Sara...» Massimo mi guarda.

«Massimo, lasciaci soli, per favore.» Lui ci guarda e io cerco di mantenere la calma, per quanto sia difficile, cerco di affrontare la cosa, ma lui ricomincia come un treno in corsa mentre Massimo si allontana.

«Avanti, parla perché sono curioso di sapere cosa hai da dirmi! E soprattutto come hai fatto... come hai fatto a farlo senza il mio consenso!» Inizia ad alzare la voce. «Come hai fatto a tenermelo nascosto per tutto questo tempo? Con quale coraggio?» Raccolgo le parole.

«Per tutti i nove mesi non mi sono data pace sul fatto che non potesse essere nostra, avevo gli incubi su quello che era successo con Leucci e dopo che sono andata via, tutto è stato ancora più difficile per me!»

«Rimanevi e risolvevamo i nostri problemi!!»

«Come, abortendo? Tu questo mi avevi chiesto e poi eri già fra le gambe di un'altra, o sbaglio?» Si volta sbuffando.

«Ma vabbè e quindi cosa c'entra? Anche io stavo male, sai, ma tutti si preoccupano per Sara, giusto?» Urla e io faccio un respiro profondo.

«Certo, magari sei tu la vera vittima di tutto, giusto? Tu per primo davanti al problema mi hai voltato le spalle tirando fuori il vero Denis e pensi sia un motivo banale? Ma davvero hai mai capito come mi hai trattata, o no?» Digrigna i denti ma io continuo prendendo coraggio e inizio ad assumere un tono deciso, deve capire cosa ho davvero dentro. «Quando è nata, dovevo togliermi questo dubbio, Alice e Marta erano le uniche ad aiutarmi anche se a distanza, hanno prelevato la tua saliva da una bottiglia, un tuo capello per essere sicuri, e hanno fatto l'analisi al laboratorio mentre io ho fatto quello di Giuly, sentivo che era tua ma averne la certezza per me era importante! Voleva dire che Giuly era già forte ed è sopravvissuta a quello che mi hanno fatto quei due!!» Si passa le mani sulla faccia.

«Perché non volevi farmelo sapere? Ne avevo il diritto esattamente come adesso, Sara… perché ? Rispondimi!!!» Urla fuori di sé, io mi volto verso la staccionata e lui si avvicina urlando ancora. «Sara, parla… sono molto incazzato e non voltarmi le spalle, lo hai già fatto troppe volte e non te lo permetto ancora!» Mi appoggio alla staccionata rivivendo il mio tunnel dopo il parto, ma lui continua e ancora una volta usa parole che non aiutano la situazione. «Non vuoi dire nulla? Sai cosa faccio allora, ti trascino in tribunale e ti tolgo Giuly!» A quelle parole sale una rabbia dentro di me, incontrollata, e non rispondo più di me, mi giro di scatto.

«Cosa hai appena detto? Cosa vuoi fare? Non pensi di aver fatto già abbastanza? E poi dimmi…» Sbraito come una leonessa e credo di non essermi mai rivolta a lui così: «…Oltre al tuo comportamento del cazzo prima che me andassi, dopo dov'eri? Dove sei stato fino adesso? Se non fossi tornata a Roma col cavolo che mi avresti rivista e conosciuto Giuly! Siamo stati bene anche senza di te e lei è cresciuta senza che le mancasse niente!!! Dov'eri quando è nata e ho sperato che tu mi trovassi lo stesso… ho sognato di vederti al mio fianco in quel momento ma non c'eri, c'erano i vicini di casa e mia madre!»

«Ah guarda, crescere una figlia con una coppia di gay piacerà da sentire a un giudice in tribunale!!» Mi ci scaglio contro, dandogli uno schiaffo che assorbe toccandosi la guancia.

«Non ti permettere!»

«Perché se no cosa fai? Prendi Giuly e torni via?»

«Ma ti ascolti, per Dio, quando parli?!» Torno alla carica: «E ancora ti chiedi perché sono andata via? Non cambierai mai! Me la vuoi portare via… beh, dovrai uccidermi!» Inizio a spintonarlo perché la rabbia non riesco più a esprimerla a parole, alle prime spinte va indietro poi diventa un muro, la mia voce inizia a tremare, tutto questo mentre gli urlo: «Quando mi porterai in tribunale io ti seguirò e dovrai spiegare dove cazzo eri quando lei piangeva e non sapevo il perché… dov'eri quando le è uscito il primo dente? Dov'eri quando ha camminato per la prima volta? Dov'eri il primo giorno di scuola o quando ha fatto la pipì da sola o al suo primo compleanno? Dov'eri quando mi ha chiamata mamma ma papà non sapeva cosa fosse perché non c'eri e tu hai fatto in modo che me ne andassi con i tuoi atteggiamenti cinici!!!» Mi prende i polsi stringendoli e così bloccandomi fra le sue braccia.

«Me l'hai impedito tu portandomela via, lo capisci? Non mi hai dato modo di provarci e voglio sapere il perché, voglio un vero motivo!!!» Mi urla in faccia, siamo a pochi centimetri di distanza, posso sentire il suo respiro veloce e pieno di rabbia.

«Mi salvavo dalla depressione!!!» Spalanca gli occhi, aprendoli e chiudendoli più volte.

«Da cosa?» Mi faccio lasciare i polsi strattonandolo, mi volto per asciugarmi le lacrime e cerco di calmarmi un attimo.

«Dalla depressione, ma magari non sai neanche di cosa si tratta, e se non fosse stato per Robby ed Erick, davvero non avrei saputo come fare, per questo devo tutto a loro! Dopo il test, e anzi già da prima, non riuscivo più a dormire, gli incubi di quel maledetto giorno mi hanno perseguitata per due lunghissimi anni! C'era Giuly, ma la mia vita era caduta in un lungo tunnel nero, non riuscivo a superarlo e… e tu non c'eri, mi mancavi da morire! Cazzo, Denis, quanto mi mancavi e ti volevo come ti ho sempre voluto! Ma non sarei mai tornata da te ridotta in quello stato, mai! Facevo pena anche a me stessa!» Piango tirando su con il naso, si appoggia anche lui alla staccionata con le mani abbassando la testa, è in silenzio e sta pensando con la testa appoggiata a un suo bicipite: «Ma penso che alcune cose non le capirai mai!!!»

«Spiegamele!»

«Non ci riesco, non le ho mai spiegate neanche a uno psicologo! Non riesco a dire quello che mi hanno fatto e come mi torturavano a turno, di come si accordavano per uccidermi… io… l'unica cosa che riesco a fare di quel momento è riviverlo e ricordarlo scrivendone ogni cosa su un diario come mi ha assegnato una dottoressa. E così mi sono ripresa!» Mi guarda, io sento gli occhi in fase di esplosione per tutta la rabbia: «Quindi vuoi potarmela via, fallo!!» Sono esausta per le parole dette, inizia a tremarmi ancora la voce. «Ma sappi che dal giorno in cui ci proverai, avrai un altro motivo in più sulla mia lista delle cose che più odio di te e che mai ti perdonerò! Questo è tutto e non ho più segreti!»

Mi volto per andarmene, ho bisogno di stare da sola, lui prova a prendermi per un braccio e dice con calma: «Non lo hai mai superato, davvero? Tu ancora adesso hai nella testa... per tutti questi cinque anni non hai mai dimenticato la violenza subita?» Fa per abbracciarmi e per solo un secondo ci riesce ma poi gli dico: «Io non ci sono mai riuscita e tu credo che mai mi hai capita davvero!!»

Me ne vado, cammino senza sosta e senza meta. Ho l'anima appagata per il mio sfogo, ma tutto dentro di me brucia di rabbia verso di lui. Il mio telefono ha suonato per due ore e io non ho risposto a nessuno, neanche a mia madre e alla nonna, non apro neanche i messaggi, ma il buio sta calando e devo andare a riprendere Giuly. Inizia una emicrania insistente quando sono quasi vicino al maneggio per ritornare, è buio e da lontano vedo Massimo, Cristian e Stefano fumare fuori casa, c'è anche lui, parlano. Nel vedermi si girano, le loro voci diventano silenzio mentre mi guardano e mentre passo dico:

«È dentro Giuly?» Subito nessuno risponde e lui a bassa voce dice solo: «Sì, è dentro e ha mangiato, tu...» Non lo lascio finire, non riesco a farmi scivolare quanto ha detto sul portarmi via Giuly.

Busso alla porta ed entro lentamente, le ragazze sono sedute sul divano in sala, la piccola Giuly è seduta e gioca con Sofia mentre Kevin ha il joystick della Playstation ed è un quadro bellissimo.

Le ragazze si alzano lentamente guardando la mia faccia. «Sara, dove sei stata? Sono due ore ormai che ti cerchiamo, ci ha chiamato anche tua madre!!» Dice Alice.

«Avevo bisogno di schiarirmi le idee.»

«Mamma, mamma...» Mi corre incontro Giuly, mi inchino ad abbracciarla -. «La zia Laura mi ha fatto mangiare i pomodori più buoni del mondo con la mozzarella!»

«Mmmm, buoni! Amore, ora però dobbiamo andare a casa, domani devi andare a scuola!»

«Altri cinque minuti, dai...» Chiudo gli occhi ricordando bene quelle parole, Laura si avvicina mentre Giuly torna sul tappeto a giocare e mi alzo.

«Sara, stai bene? Non hai una bella cera, vuoi mangiare qualcosa?»

«Ti ringrazio ma non ho fame e grazie per aver tenuto Giuly! Scusa se prima...» Mi sorride.

«Non preoccuparti.» Sento qualcuno aprire la porta alle mie spalle ed entrare per poi richiuderla, non mi volto.

«Giuly, per favore, andiamo! Domani, se vuoi, puoi tornare!» Sbuffa ma si alza. «Saluta tutti e ringrazia!» Guardo le ragazze e dico: «Grazie, ragazze, grazie di tutto, domani ci sentiamo!»

Mi volto dopo aver messo il cardigan alla bimba e lui è appoggiato alla cucina con le braccia conserte e la testa bassa.

Aspetto Giuly che saluta tutti e mentre lo supero dice: «Vi accompagno!»

«Non c'è bisogno, piuttosto non perdere tempo con un avvocato, attendo tue notizie!» Sento Laura dire:

«Quale avvocato?! Sara, aspetta…» Mi volto a guardare lui dritto negli occhi. «Denis saprà spiegare a modo, con parole sue e con la sua esperienza, quello che ha intenzione di fare!»

Giuly ci guarda entrambi, ma Denis ha lo sguardo basso, apro la porta e me ne vado con mia figlia per mano sotto gli occhi di tutti, sento alle spalle le loro voci dire: «Cos'è questa storia, Denis?» Laura, poi Alice.

«Denis, cosa le hai detto?» Marta.

«Si può sapere cosa sta succedendo?» Continuano mentre mi allontano a piedi.

Te lo dico sottovoce: «Amo te.»

Denis

Dal giorno del compleanno di Giuly tutto del mio baratro era diventato chiaro ai miei occhi. Credevo in Sara e in quello che sosteneva sulla mia paternità. Ma fare quel test per me era solo la scusa per correrle dietro perché mi era mancata e davvero non sapevo come dirle ciò che provavo; dal momento che non sapevo cosa rappresentasse per lei quel Robby che si era portata dietro dall'Inghilterra. Era bello vederla serena e felice, o perlomeno dava quella idea, e vederli all'aeroporto insieme, dopo averli seguiti, mi si era gelato il cuore nel vederla ridere, sorridere e soprattutto quando l'aveva fatta girare su se stessa. Era la mia principessa, saperla fra le braccia di un altro faceva male. Il modo in cui l'ha guardata mentre le ha lasciato un bacio prima di andare via e lei emozionata a quel saluto. Tutto quello era mio e sapere che un altro poteva fare profitto di tutto questo bene mi logorava dentro. Poi c'era la piccola Giuly, scariche elettriche e la sensazione di complicità che mi dava quella bambina nei suoi atteggiamenti era inspiegabile, quasi fastidiosa. Le ho comprato il regalo sperando che le piacesse e così mi è sembrato, poi il giorno dopo passare del tempo con lei da soli mi ha fatto capire quanto io possa avere bisogno di questa bambina, e lei di un padre. Ma la vera risposta alla domanda che mi ha fatto Laura, ha fatto si che perdessi due notti senza dormire.

«Se ami Sara ami anche quella bambina che sia tua figlia o no! Vorresti sapere se è di Leucci, qualcuno dall'oltretomba potrebbe richiamarla e fare di tutto ciò una poltiglia. Sara la perderai. Non è stato un tradimento e sai bene quello che ha passato quella ragazza! Quando Stefano mi ha chiesto di stare insieme ha dovuto accettare prima Kevin e poi me, se ami Sara è così e se davvero fosse tua figlia ancora meglio! Ora la domanda è: sei pronto a riprenderti ciò che hai perso tempo fa?» Ci ho messo tempo, ma poi mi sono risposto da solo di sì. Voglio tutto di Sara, ho sempre voluto solo lei e sarà così per sempre.

Poi le risposte dal laboratorio e quella conferma hanno seminato in me una forza da leone. In un solo attimo mi è sembrato di riguardare le foto di un album di fotografie che la sera precedente avevo visto della piccola Giuly, Sara fare la mamma era lo spettacolo più bello del mondo. Ero ancora innamorato di lei, la rivolevo e Robby era solo una presenza non davvero importante come credevo, o perlomeno come ritenevo.

Però poi mi sono sentito schiacciato e anche tradito quando mi ha lasciato quella busta sulla penisola della cucina, volevo sprofondare. Lei ha sempre saputo che Giuly era davvero nostra, ma si è impegnata nel non dirmelo. Quando ho capito che doveva dirmi qualcosa che la turbava, speravo magari che mi buttasse le braccia al collo e che ci potesse essere un nuovo inizio, non le avrei fatto implorare nulla ma l'avrei ripresa fra le mie braccia riallacciando ciò che avevo rotto, invece no.

Rabbia, delusione, le sono andato dietro e non so quanto mi sia trattenuto, poi è uscito ancora una volta il mostro che è in me. Le ho detto che le avrei portato via Giuly e quello schiaffo… non mi ha fatto male, di più! Non l'avevo mai vista così, è uscita in lei una forza irreparabile. Quando mi ha spiegato il resto, ho realizzato che era la forza di una madre nel proteggere il proprio territorio. Avevo sbagliato, non avevo capito nulla per davvero. Lo sbaglio lo avevo fatto già dalla richiesta dell'aborto dopo la violenza subita e che ancora si porta dietro. Quando se ne è andata, ho tagliato tanta di quella legna con l'ascia che saremo apposto per un mese almeno di inverno, peccato che ormai arriva l'estate. Che persona sono? E ancora è scappata da me perché io l'ho permesso da perfetto egoista quale sono. Non ha mai superato ciò che le hanno fatto e io non capisco quanto continuo a farle male invece di aiutarla.

È rientrata dopo ore, l'abbiamo chiamata e cercata, ma sicuramente voleva stare sola. Poi all'improvviso è saltata fuori come dal nulla, camminava decisa e non mi ha neanche guardato negli occhi, è entrata in casa bussando e Stefano mi ha incitato: «Dai, vai dentro, con la scusa che la accompagni le chiedi come sta!» Faccio come dice.

Sta infilando un cardigan nelle piccole braccia esili di Giuly, sono calmo dopo il mio sfogo e tutte le parole dette a vuoto mentre i ragazzi mi lasciavano sfogare, ma adesso che la guardo mi sento una merda, mi passa a fianco e le chiedo: «Vi accompagno?»

«Non c'è bisogno, piuttosto non perdere tempo con un avvocato, attendo tue notizie!»

Laura, la stronza, rizza subito le antenne: «Quale avvocato?! Sara, aspetta...» Non riesco a guardarla negli occhi, sono stato meschino. Ancora.

«Denis saprà spiegarlo a modo suo e con le sue abilità quello che ha intenzione di fare!» Gli occhi di Giuly sono gli unici che riesco a guardare, la sua dolcezza mi dà la speranza lieve di pensare che devo rimediare a un'altra cazzata. Ci guarda entrambi, Sara è ancora arrabbiata e ha pianto, si vede. Apre la porta, se ne va con la nostra bambina, si tengono per mano sotto gli occhi di tutti. Poi inizia il momento del giudizio, di sentire tutte le prediche, del resto cosa potevo aspettarmi.

«Cos'è questa storia, Denis?» Laura, poi Alice.

«Denis, cosa le hai detto?» Marta.

«Si può sapere cosa sta succedendo?» E continuano a bombardarmi di domande.

«Prima, mentre stavamo discutendo, le ho detto che... le porterò via Giuly, la porterò in tribunale per avermela tenuta nascosta e che Robby ed Erick non aiuteranno in sua difesa perché sono una coppia di gay alla quale lei ha...» Vi consiglio di non litigare mai con una donna in dolce attesa, Alice di solito è calma e lo è sempre stata in tutte le discussioni animate, anzi la più acida è sempre stata Marta, ma non mi fa concludere la frase, perché secondo me i suoi ormoni impazziscono improvvisamente.

«Grandissimo stronzo che non sei altro, cosa hai fatto? Cosa hai intenzione di fare? Beh, sappi che io non ti permetterò assolutamente di fare una cosa del genere, tu non hai idea di quello che ha passato Sara e se non fosse stato per Robby ed Erick avremmo perso sia lei che Giuly, ho sempre fatto il tifo per voi fino a oggi...»

Massimo strizza gli occhi, stupito dice: «Alice, con calma, Denis era preso dalla rabbia e ha detto parole senza pensare! Vero?» Sono stremato, non ho quasi più forze neanche per parlare.

«So che ho sbagliato, non lo farei mai, Alice, non so cosa mi sia passato per la testa, è solo che...»

Ecco la stronza. «Che? Che cosa? Ma ti sembrano parole da dire dopo quello che ha sofferto? Anche questo le vuoi fare, non te lo permetto! Tutto questo casino sul test e poi? Non ti appoggerò neanche se sei mio fratello, adesso basta con le cazzate!!» Urla come un'isterica e Kevin deve fermare il suo gioco e a quelle urla Sofia inizia a piangere, Stefano le va vicino per prenderla in braccio. «Adesso basta davvero!!» Si mette di fronte a me e mi tratta come un mostro. «Ti comporti come un uomo e basta usare il cazzo per ragionare? Ma cosa hai in quella testa?! Ti facevo più uomo e invece sei una merda, hai tutto quello che un perfetto bastardo può possedere, sei avvocato e ti senti forte? Infilatela nel culo quella laurea, pensavo fossi più colto di quanto hai studiato, mi hai solo deluso!» Inizia a piangere poi si volta ancora. «Che motivo hai di comportarti in questa maniera? Se mamma e papà sapessero quello che stai facendo non sarebbero fieri di te neanche un po'!» Colpito. E incasso.

«Volevo chiederle di darmi davvero una possibilità ancora, stasera le avrei chiesto di poter fare qualsiasi cosa pur di perdonarmi!» Mi fa un applauso forte.

«Complimenti... è così che l'avrai!» Si avvicina rimproverandomi ancora. «Caro fratello, ancora una volta l'hai persa! Quella ragazza ti ha aperto il cuore e tu lo hai stritolato ancora! È questo il tuo amore per lei? Bellissimo davvero!» Mi si riempiono gli occhi di lacrime e penso che per la prima volta piango per una ragazza e per Sara, cade una lacrima da sola senza sforzi. Cala il silenzio a questo gesto, mi volto, dando le spalle a tutti, schiacciando due dita alle punte degli occhi.

Massimo si avvicina e mi dice: «Ehi? Guardami...» Non ci riesco, fa male tutto.

«La rivoglio! Mi manca! Mi manca da morire e non so più cosa fare...» Mi mordo la gengiva del labbro, poi parla Cristian che ha ascoltato senza dire niente fino adesso.

«La riavrai, ti aiutiamo noi!» Mi volto.

«In che senso?»

«Ho in mente una cosa.» Si rivolge alle ragazze. «Anche voi dovrete aiutarci, non dovete fare le spione se ci tenete a questa cosa!» Siamo tutti curiosi. «Stavo pensando...» Inizia a spiegarci cosa ha in mente e riesce anche quasi a farmi ridere.

«Da dove ti vengono in mente queste cose?» Chiede Marta.

«L'ho visto fare in una fiction, potrebbe funzionare anche nella realtà?»

«Seee, amico, smettila di guardare quelle stronzate!» Dico e Massimo si intromette, serio: «Secondo me non è una brutta idea, cos'hai da perdere? Però devi essere serio, Denis… devi davvero recitare.»

«Ma non ho mai la febbre!» Dico.

«Da stanotte l'avrai, facciamo salire tutti i termometri che hai in casa a quaranta! Vado in farmacia e ne compro venti.» Mi dice.

«Credi che Sara sia così stupida nel suo lavoro?» Dico, ma loro ne sono convinti e qui entra in gioco Alice.

«Non è stupida ma dobbiamo provarci e se non funziona chiamerò la nonna Ginevra, la quale tempo fa in confidenza mi aveva detto una cosa e potrebbe essere utile!» Andiamo avanti fino a tardi, la nonna e la madre ci appoggiano in tutto e soprattutto ci aiuteranno con Giuly, nel non lasciarla sola.

Il giorno dopo non c'è bisogno di seguire il copione. Ho davvero la febbre a quaranta e Alice dice che sicuramente ho preso un colpo d'aria quando a petto nudo ho rotto tutta quella legna. Sono le sei di sera e sdraiato sul divano da stamattina ho freddo e i brividi, per tutto il giorno non ho cercato Sara quindi sicuramente ne sarà anche arrabbiata, avrei voluto scusarmi e chiederle come stesse, ma fisicamente non ho la forza.

«Colpa vostra, mi avete mandato la iella?!» Dico con un braccio sulla fronte, Massimo ride e mi prende in giro.

«Che faccia di merda che hai!» Alzo il dito medio e lui ride. «Da quanto tempo non hai la febbre?»

«Bo, forse dai tempi del motorino!» Ride di gusto e Cristian: «Ti avevo detto di fare finta non per davvero!» I due se la ridono, mentre fuori in terrazza Laura e Alice parlano al telefono con Sara. «Oh, vedi di stare bene per sabato che mi sposo!» Rido leggermente.

«Tu non ti sposi senza di me, non puoi!» Dico con la voce nasale e per il mal di testa che mi sta distruggendo le tempie. Entrano le ragazze.

«Sara sta arrivando!» Dicono Alice e Laura preoccupate.

«Denis, ma non hai mai la febbre, come mai?»

«Mi sono ricordato che dovevo ammalarmi!» Tutti ridono e io sorrido, mi prendono in giro per tutto il tempo e incolpiamo Cristian per tutto.

Passa forse mezz'ora, sento le ruote della macchina e capisco che è lei, poi il campanello e il rumore dei suoi passi sulle scale e il mio cuore batte forte. Ora non capisco se davvero devo recitare o no, ma quei due stronzi dei miei amici se la ridono come non mai. Alice sorride sotto ai baffi con Marta.

Entra il mio dottore, con la piccola fessura dei miei occhi la osservo e sento Laura dire: «Non volevo disturbarti, ma è da tanto che non ha una febbre così e non si regge in piedi!»

«Tranquilla, non preoccuparti, è il mio lavoro, ero nello studio a casa e avevo l'ultimo paziente, ho fatto prima che ho potuto.» La sento, sta arrivando e saluta. «Ciao a tutti!» Saluto con la mano e dico con una voce lieve: «Ciao!» Ma non risponde.

Laura smorza un po' chiedendo di Giuly: «Dove l'hai lasciata, la bimba? È stato un problema?»

«Scusa ma non l'ho portata, ha appena iniziato la scuola e mi dispiacerebbe se prendesse l'influenza, comunque è con mia madre e la nonna!» Ora è a fianco a me e mi guarda con un sorriso sarcastico. Indossa un tubino con la gonna a campana, gli stivali alti le arrivano alle ginocchia, in pelle come la giacca, si sfila lo zaino e si siede sul pouf aprendo la borsa, prende lo stetoscopio, poi si schiarisce la voce, imbarazzata, e mi chiede: «Quando hai misurato la febbre l'ultima volta?»

«Un'ora fa!» Risponde Laura per me.

«Gli hai dato qualcosa?»

«No, avrei dovuto?»

«No, tranquilla, dopo misuriamo ancora la febbre.» Dice con tono freddo, guardo i miei amici osservarci, sembra che stiano guardando un film. Alice e Marta mangiano arachidi bevendo Coca-Cola, i miei amici non ridono ma hanno la mano davanti alla bocca e Laura mi guarda come quando Kevin non sta bene.

«Denis, dovresti alzare la maglietta e girarti di spalle.» Lentamente sposto la coperta, slaccio la zip della felpa per poi sfilarla e tiro via la maglietta bianca. Mi alzo per poi voltarmi dandole le spalle, si alza e inizia a toccarmi la schiena con il piccolo disco di ferro freddo, ma non è quello a darmi i brividi.

«Puoi fare due colpi di tosse?» Gracchio tosse grassa. «Ancora!» Li faccio, poi con le dita tamburella fra le clavicole. «Sembri pieno di catarro! Puoi voltarti?» Adesso inizia il bello, ancora occhi negli occhi, sento il suo profumo e osservo le sue labbra immaginando la loro morbidezza mentre lei dice guardandomi: «Fai dei respiri profondi!» La sua mano esile è ferma, ma il suo viso anche se è coperto dal trucco, non nasconde il suo umore, tasta sul petto e cerco di non agitarmi quando arriva sul cuore perché proprio sotto alla riga del mio pettorale ho fatto scrivere il suo nome in corsivo ad altezza di un centimetro circa, ma il mio cuore è già impazzito anni fa e non c'è rimedio.

«P-potresti darmi il polso?» Sibila lievemente, alzo il braccio sorridendo, mette il pollice premuto lievemente sulle vene che pulsano, guardando un attimo l'orologio, e non dice nulla ma appoggia il palmo in modo veloce sulla fronte. «Sei molto caldo.» Prende una luce e un bastoncino di legno e dice: «Mi fai vedere la gola? Anche se sarebbe da stritolare!» Eccola, sorrido e i miei amici ridono, ma io ubbidisco serio e incapace di arrabbiarmi o ridere. Mentre mi guarda la gola dice: «Potrei farti cadere il bastoncino in gola per sbaglio, ma oggi mi sento buona!» Ridono i ragazzi ma lei è seria e mi mordo il labbro: «Hai l'influenza, rivestiti e rimisuriamo la febbre! Prendi subito del paracetamolo ogni quattro ore per tre giorni anche se la febbre cala!» Mi rivesto, prendo il termometro, ma lei mi precede con il suo e subito guardo i ragazzi, ne tira fuori uno di quelli elettronici che impiega meno di due secondi per dirmi: «Trentanove preciso!»

«Sara…» Provo a dire qualcosa ma un colpo di tosse arriva e Laura: «Sara, ci dai la ricetta e i ragazzi vanno subito a prendere tutto!»

«No, ho già tutto con me, immaginavo cosa fosse!» Tira fuori dalla borsa le scatoline di medicinali, aveva già pensato a prendermi tutto, mi sembra tanto un gesto di puro affetto. «Prendi anche questo antibiotico, così ti riprendi subito, ma non assumere niente a digiuno, sono un po' pesanti e potrebbe farti male lo stomaco!» Mi copro con il plaid e poi si scava la fossa da sola, o forse è preoccupata per me: «Se stanotte la febbre non cala fatti una doccia tiepida, cerca però di rimanere con qualcuno perché potresti stare male dopo!» Non mi guarda negli occhi e Alice dice, diretta: «Io non rimango di certo, rimani tu, sei anche dottore!»

«Appunto, Alice, sono un dottore non la sua babysitter!» Risponde sarcastica e Laura prende appieno il suo copione.

«Sara, come facciamo, io ho Sofia da allattare e Alice è incinta, Massimo non può lasciarla sola, Cristian e Marta hanno una cena con i consuoceri prima del matrimonio.»

«Beh, potremmo…» Vedo Marta pestare un piede a Cristian e dargli una gomitata azzittendolo all'istante.

«Sara, se rimani tu mi sento sicuro! È da tanto che non sto così male e mi sento più tranquillo, per favore… rimani.» Ancora non mi guarda.

«Hai un abbassamento di difese immunitarie, nulla di che, Denis, sai il Karma non tarda ad arrivare!» Fa per alzarsi e mi sento già arreso a questa situazione, ma Massimo mi salva: «Scusa, Sara, ma chi meglio di te sa cosa è giusto! Solo per stanotte, così siamo tranquilli che è in mani buone! So che vorresti strappargli le palle, ma quello tienitelo per quando lo fai guarire!» Sorridiamo al suo primo sorriso da quando è arrivata, io la guardo sperando con tutto il cuore che rimanga.

«Rimango ma non ti rivolgo la parola se non per visitarti!» Rido alla sua innocenza, dolcezza e generosità. «E se sei a digiuno devi sforzarti di mangiare qualcosa e non insalata ma qualcosa di caldo e liquido!»

«Mi fido di te!» Dico a bassa voce poi si alza.

«Avviso mia madre per Giuly!» Va verso il terrazzo lasciandoci soli, guardo i miei amici che esultano in silenzio, ma Laura dice: «Fai il bravo se no ti mando in ospedale io, capito?!» Lentamente si alzano per andarsene silenziosamente e rimaniamo soli, io e lei. La sento parlare, ma non ci mette molto, la guardo di profilo e il mio angelo è qui con me per prendersi cura di me. Rientra e si guarda intorno.

«Dove sono spariti tutti?»

«Andati via! Tutto a posto con Giuly?»

«Sì, ci pensa mia madre!» Prende la sua valigetta per appoggiarla sulla penisola, la osservo in silenzio e mi alzo, inizia a sbucciare una mela.

«Dovresti stare sotto le coperte!»

«Prendo dell'acqua poi vado!»

«Ne devi bere tanta così sfoghi bene la febbre!»

«Ok, volevo fare qualcosa di caldo come hai detto, ti va un po' di zuppa o del brodo, Laura ne fa sempre da mettere via anche per me.» Si toglie la giacca, la lascia sullo sgabello e si volta.

«Se stai bene posso andare allora!» La guardo.

«Non sto bene, davvero.» Mi passa la mela tagliata a fette sottili.

«Allora sdraiati e dimmi dove sono queste cose! Tu mangia la mela e prendi subito il paracetamolo, hai la febbre molto alta.»

«Va bene! È tutto nel freezer!» Prendo la ciotola e vado sul divano, lei prende gli involucri e inizia a cucinare. Accendo la tv, cerco un film da guardare e riaverla anche solo così mi fa stare già meglio. Mi è mancata vederla ai fornelli, anzi mi è mancata non averla nella mia vita. Quanto vorrei toccarla! Finisco la mela e mi alzo per posare il piatto.

«Non c'era bisogno di tagliare la mela, potevo mangiarla anche così!» Non risponde, poi si gira per prendere un bicchiere dal colapiatti, mette l'acqua e una pastiglia effervescente.

«Aspetta che si sciolga poi la mandi giù! E vai sul divano!»

«Ok!» Liquidato per la seconda volta, la osservo poi tirare fuori il pc e mettersi al lavoro.

Passa del tempo, il mio sguardo va dallo schermo, che faccio finta di vedere, al suo. Risponde a qualche paziente e controlla spesso l'agenda. Poi serve la zuppa in ciotole fonde, ma si brucia con il manico della pentola e istintivamente mi alzo anche se mi sento debole.

«Ehi, ti sei fatta male?»

«No, no, tutto a posto!» Sventola il dito.

«Forse sotto l'acqua...» Le sono a fianco e le prendo la mano lentamente, le accarezzo le nocche, ho paura di un suo gesto scontroso ma si lascia prendere, la porto al lavello e apro l'acqua mettendole il dito sotto il getto tiepido. La guardo in silenzio, lei non mi guarda ed è la penitenza peggiore, cedo e le dico: «Scusa per ieri!» Ma lei subito chiude l'acqua e riprende le ciotole con la zuppa.

«Sono qui solo perché me lo ha chiesto Laura, mi prendo cura di te perché sei il padre di mia figlia, niente di più!»

«Allora scusa, e grazie! Comunque non ti porterei mai via Giuly, so quanto è importante per te!»

«Non credo tu lo sappia sul serio! Ma ora mangia e non parlare! Prendi l'antibiotico e vai a nanna, per favore!»

Faccio come dice per non innervosirla, vado sul divano e mangio la zuppa in silenzio. Quando lei finisce, si alza e mi porta l'antibiotico con un bicchiere d'acqua, si siede accanto a me vicino all'angolo del divano: «Tieni, dopo potresti sentirti stanco!» Aspetta che finisca di bere, prende il mio bicchiere vuoto dalle mani e le prendo le dita cercando di tenerla ferma vicino a me: «Come stai?» Le chiedo, eccolo quello sguardo, vorrei fermare questo attimo dove sembra una bimba che reclama un po' di felicità.

«Ho avuto giorni con pazienti meno problematici!»

«Possiamo parlare in modo civile, ieri per un po' ci siamo riusciti!»

«Non ne ho voglia! E stressarti adesso non va bene.» Molla le mie dita alzandosi e prendendo il piatto, poi mi dice rimanendo voltata di spalle: «Anche io ti devo delle scuse, non dovevo tenertelo nascosto!» Mi alzo lentamente e provo ad avvicinarmi, la abbraccio da dietro, si irrigidisce: «Denis! Torna sul divano o me ne vado!» Affondo il naso per un secondo nel suo collo, e poi dico: «Ok!»

Come ha detto, inizio ad avere sonno e mi addormento. Sto facendo un sogno bellissimo e credo di essere in un sonno profondo, sento la sua voce vicina al mio orecchio e le sue mani fra i capelli, fatico ad aprire gli occhi.

«Denis...» Ho gli occhi e la testa pesanti, sento il corpo indolenzito. «Denis, aiutami ad alzarti, sei troppo pesante!» Non capisco vivamente cosa succede, ma lei mi sta spogliando e se è un sogno, il primo che mi sveglia lo ammazzo. «Denis, svegliati per favore!» Apro gli occhi di colpo.

«Cosa succede?!» Sono a petto nudo, indosso solo gli slip, i pantaloni sono a metà delle mie cosce che lei sta cercando di togliere inginocchiata davanti a me, ma che subito sfilo senza farmelo ripetere due volte: «Ehi, piccola, non così... con calma!» Dico felice, forse il sogno è nel sogno di averla.

«Cretino, la febbre non scende, è a quaranta, e se non ti alzi da solo, non so come portarti in doccia, pesi come un bue!» Sorrido e ricordo tutto, si è tolta gli stivali e quei piedini glieli mangerei di baci. «Alzati!» Mi tira per un braccio, la aiuto, ma la testa gira e ne approfitto tirandomela sul mio petto, ricadendo sul divano, siamo vicini e le mie mani sui suoi fianchi. Ci guardiamo e anche se non sono in forma, giuro che l'amichetto è felice di quel contatto.

«Scusa, ma ho perso l'equilibrio e ho la testa pesante!» Si divincola dalla presa.

«Alzati, Denis… non sto scherzando o mi tocca farti una puntura, ma ci mette più tempo!» Mi tira per la mano, sono in piedi e mi sento ubriaco, poi le sue mani sulla mia pelle, appoggia una mano sul petto e una sulla schiena.

«Aggrappati a me per favore!» Cerco di non schiacciarla, ma l'idea della doccia mi piace molto e non vedo l'ora. Quando arriviamo in bagno apre l'acqua, aspetta che diventi tiepida, ne approfitto appoggiandomi ai suoi fianchi e le dico: «Se vuoi riempio la vasca da bagno!»

«Così dopo ti lascio dentro! Non ce la farei ad alzarti!»

«Possiamo rilassarci con calma, non c'è fretta!» Le sposto i capelli dal viso, si volta e sembra seriamente preoccupata

«La febbre ti sta dando di volta al cervello, vero?»

«No, piccola, credimi… sono più vigile di quello che credi! Tu, piuttosto, sei sadica nel volermi sotto la doccia e mi sta venendo anche freddo!» Non so con quali forze, mi spinge sotto la doccia e il contatto con l'acqua mi sveglia completamente, mentre lei mi guarda appoggiata alle maniglie. Chiudo un attimo gli occhi alla sensazione dell'acqua, ma quando li riapro, mi allungo per prenderla, lei non si aspetta ciò che sto per fare, lo vedo dall'espressione che fa quando la metto con me sotto l'acqua.

«Denis, no!!» Iniziamo a ridere.

«Non dovevi farti la doccia anche tu?!» La tengo stretta a me, ride e fa per andarsene. «No, resta, ho paura di cadere!» Giuro che la storia della doccia non era per niente programmata. «E poi credo che questa doccia avevi proprio voglia di farla con me, vero?!»

«Smettila e non farmi ridere, sono seria, stavi delirando per la febbre e parlavi mentre dormivi!» Ci stiamo parlando da molto vicino e la bacerei con tutto me stesso, ha i capelli bagnati e i vestiti anche, Dio quanto è sexy.

«Riservi questo trattamento per tutti i tuoi pazienti? Spero di no!» Ride.

«Solo per quelli stronzi!»

«Quindi sono nella lista!» Le studio lo sguardo, poi si spoglia lasciando i vestiti troppo pesanti a terra, ha solo l'intimo nero, semplice e liscio, ma è bellissima.

«Sei pregato di non guardare troppo!»

«Dio, Sara, sei il mio antibiotico preferito! Tu...»

«Tu non devi toccarmi e non montarti la testa, mi hai fatto venire freddo!»

«E tu caldo!» Bene, lei che fa, sposta la manopola sull'acqua fredda e mentre si volta per uscire dice: «Rinfrescati le idee allora!!» Mentre si volta, noto sul fondoschiena in corsivo una scritta in orizzontale tatuata e un angelo con le ali rannicchiato sulla sua spalla destra, faccio per dire qualcosa, ma si infila un asciugamano addosso tremando e dice: «Ora devi uscire, se no la pressione si abbassa troppo!» Chiudo l'acqua e mi sforzo di uscire senza prenderla e appoggiarla sul lavandino, ma è più forte di me. Non posso più stare senza di lei. La prendo per i fianchi e la metto sul marmo freddo.

«Denis, che fai ?!»

«Ti amo! Fai di me quello che vuoi, ma non ce la faccio più a stare senza di te!»

«Stai delirando, la febbre ti fa male! Devi asciugarti e non prendere colpi di aria!»

«Fallo tu, asciugami! Asciugami come il tuo angelo sulla spalla!» Smette di tremare, mi guarda con così tanta dolcezza che la mangerei. Si allunga a prendere il telo e lo fa, mi asciuga come un bambino dopo il bagnetto, le mie mani sono sulle sue cosce e io incastrato fra di loro. Non la bacio, ma ho il naso sulla sua spalla che bacio lentamente e poi mi abbraccia appoggiando la sua testa nell'incavo del mio collo.

«Sara, devi aiutarmi! Credo che sto per svenire!» Si alza di colpo e mi prende per i fianchi scendendo dal bagno, le mie gambe cedono e arrivo in tempo alla camera per sdraiarmi sul letto.

«Dio, Denis...» Quasi non sento più nulla, a parte la felicità di avere avuto un suo contatto così vicino. Poi non la sento più, mi riprendo un attimo alzandomi lentamente, infilo degli slip asciutti e i brividi stanno tornando, prendo subito una tuta pulita e mi preoccupo di prenderle qualcosa di asciutto, ma lei torna con siringa e termometro. Mi alzo di colpo.

«Ehi, ehi, no le punture no, per favore!» Prova la febbre e sorride.

«Dai, è scesa, sei a trentotto, per questo stavi svenendo!»

«Sì ma quella posala!» Le passo le cose asciutte e slitto velocemente in sala scappando da una puntura, mi accanisco su una bottiglia dell'acqua mettendomi sul divano e la mia testa torna pesante. Sento dei movimenti nel bagno, il phon sta andando, Dio quanti bellissimi ricordi. Torna scalza, ha ancora quella siringa in mano e in me il panico.

«Ti ho preso un paio di mutande dal cassetto e dei calzini!» I miei vestiti le stanno larghissimi ma è bellissima così.

«Sara, tu non mi buchi con quella! Guardami, sto già meglio!»

«Il tuo corpo ha il novanta per cento di inchiostro che ti è stato infilato miliardi di volte con un ago e tu hai paura di una puntura?! Mi prendi in giro?!» Ha ragione, ma, è vero, le punture mi fanno paura e non sono proprio la stessa iniezione.

«Credimi, vorrei tanto…»

«Denis, smettila! Sono seria, tira fuori il tuo culo bianco e fatti mettere un po' di penicillina!» Davvero è arrabbiata per così poco?

«Solo il culo?!» Abbassa lo sguardo scocciata.

«Sei un pessimo paziente, giuro!» Iniziamo ancora a ridere, quanto è bella.

«Allora riesco ancora a farti ridere! Facciamo che se mi perdoni ti concedo il mio sedere!»

«Non c'entrano niente le nostre stronzate con la tua salute!» Si alza e fa per spostarsi nell'angolo, venendo contro di me, prendendo del cotone disinfettato dalla valigetta. «Dai, su, ci metto un secondo!»

«Sara, non farmi troppo male!»

«Dai, su!» Mi volto e abbasso una parte del pantalone, disinfetta e non so se mi strofina con un bracciale ma mi scosto istintivamente e lei ride: «Giuly è più brava di te! E comunque se ti rilassi non sentirai male e non avrai il livido!»

«L'hai copiata da me questa frase, non sei professionale!» Ridiamo e lei anche, non resiste.

«Dai, smettila, non farmi ridere!» Mi rilasso al contatto della sua pelle e quasi non sento l'ago entrarmi nella pelle, mi massaggia lievemente e devo sdraiarmi per come mi ha steso con la medicina.

«Sara, non mi hai avvelenato, vero?!» Mi tira su il pantalone lentamente.

«No, è la medicina, ora però riposa!» In automatico chiudo gli occhi, la sento tirarmi su la coperta e passarmi la mano nei capelli, mi dà un lieve bacio sulla tempia, lo sento il suo amore e spero davvero che possa perdonarmi. Credo sia sera tardi quando apro gli occhi e la trovo rannicchiata nell'angolo del divano con un libro fra le mani, mi alzo lentamente per coprirla, ma gira tutto e credo che lei mi senta, perché apre subito gli occhi.

«Ehi, non stai bene?»

«No, è che…» Apro il cassetto per formare un letto. «Non stare lì, prenderai freddo, prendi il cuscino e vieni qua!»

«Denis…»

«Ti prego, vieni vicino a me.» Allungo la mia mano che lei guarda confusa.

«Non fare il furbo, chiaro?»

«Giuro!» Appoggia la sua mano nella mia e si fa avvicinare a me per infilarci sotto le coperte, in primis ci guardiamo e con la mano mi tocca la fronte.

«Si sta abbassando, credo!» Sorrido alla sua premura verso la mia salute, chiudo appena gli occhi per poi rilassarmi del tutto e che fuori il mondo crolli perché al momento ho quello che amo al mio fianco.

Mi sveglio sospirando, e lei è ancora qui al mio fianco, ha una mano sul mio viso e il naso vicino al mio, ho paura di muovermi e non voglio svegliarla. Mi piace guardarla mentre dorme, vorrei baciarle ogni pezzo della sua pelle morbida, mi rendo conto che una mia mano è sotto a un suo seno e sotto la maglia proprio sul fianco ed è senza reggiseno, Dio mio. Giuro, sto benissimo e la mia erezione ne è la conferma viva, emette un piccolo suono e si muove accovacciandosi ancora di più fra le mie braccia. Chiudo gli occhi e spero di rimanere così per tutto il giorno, mi illudo che possa succedere, e invece no. Mi sveglio con la sua voce e quando apro gli occhi è già vestita con il telefono fra l'orecchio e la spalla, riattacca guardandomi, si infila velocemente gli stivali.

«Ehi, dove scappi?» Ho la bocca impastata, mi metto a sedere.

«Non hai più la febbre, ma devi lo stesso continuare a prendere le medicine come ti ho detto, e riposati.» Sembra un terremoto.

«Sì, ma dove stai andando?»

«Devo subito andare a casa a cambiarmi, ho un corso di due giorni a Roma, sarò nel pomeriggio in studio, se vuoi vedere Giuly te la porterà mia madre.»

«Ti va se facciamo colazione?»

«No, sono davvero in ritardo, e poi stai bene! Non hai più bisogno di me.» Si alza infilandosi la giacca. «Ti lascio il numero di mia madre, le ho già detto che se vuoi vedere Giuly non c'è problema!»

«Aspetta.» Mi alzo. «Possiamo parlare?»

«Di cosa?»

«Di ieri e stanotte!»

«Stanotte non stavi bene e ti ho aiutato, tutto qua!» Se ne va lasciandomi l'amaro in bocca e l'ultimo sguardo a quegli occhi bellissimi.

Aiutami a trovarla

Sara

Sto correndo verso Roma e sono quasi puntuale per l'inizio del corso. Ieri, quando Laura mi ha chiamata, volevo non andare per principio, ma poi, proprio per quel principio, sono andata e ammetto che vedere Denis sul divano con quella faccia mi ha fatto venire malinconia. Sono arrabbiata tanto con lui, ma non vorrei mai che gli succedesse qualcosa e non come medico, ma perché, nonostante tutto, i miei sentimenti sono ancora vivi per lui, non credo moriranno mai e poi non so se ricorderà o se era preso dalla febbre, ha detto di amarmi ancora. Pensavo di morire a quelle parole, ma sicuramente era preso dalla febbre alta e neanche ricorderà cosa è successo. Mentre dormiva ha farfugliato qualcosa come: "Ti prego", "Non andare via", "Rimani qua", mi ha fatto tenerezza, l'ho accarezzato, era così caldo e la febbre era alta. Ma la puntura ha fatto effetto e mi sono risollevata vedendo il termometro tornare almeno a trentasette, spero solo che segua ancora la cura così fra qualche giorno potrà venire al matrimonio di Cristian e Marta.

Parcheggio nell'albergo e mi fiondo dentro presentando il tesserino, una signora di mezza età mi mostra la sala del convegno ed entro per poi prendere posto in modo silenzioso, sembra sia appena iniziato.

Dopo quattro ore interessata agli argomenti alternati da pause, esco per incontrare Alice e Marta che mi aspettano al ristorante cileno all'angolo.

«Sara, quando avrò partorito vorrei ingozzarmi di sushi fino allo svenimento!» Rido perché la capisco.

«Passerà, vedrai, vorrai solo la pace dopo!» Conversiamo normalmente di quanto Marta sia emozionata per il suo grande giorno. Ha organizzato una cerimonia all'aperto nel tardo pomeriggio approfittando delle belle giornate di maggio che stanno arrivando, la location sarà a Villa Giovanelli e dalle foto sembra bellissima, una favola. Il suo vestito è strepitoso e diciamo che anche io per videochiamata sono stata partecipe della scelta, degno di una principessa al suo sì, sono felice per lei e a metà settimana faranno una crociera per viaggio di nozze.

«Dunque, il lunedì successivo al matrimonio, come stavo dicendo, ho già organizzato la serata al club! Vi annuncio che è ufficiale, sono a tutti gli effetti una professoressa della facoltà di Medicina! Ce l'ho fatta!» Dice Alice orgogliosa e felice di sé, noi la abbracciamo.

«Sono felice per te, Alice, so quanto è dura dedicarsi alle specializzazioni e alle borse di studio pur essendo in dolce attesa!»

«Sara, è dura, ma, ammettiamolo, facciamo un mestiere che spacca… e poi non mi sembra che tutti i tuoi pazienti ti siano indifferenti!»

Cerco di cambiare argomento. «Ma proprio al club dobbiamo andare? Sai, tutte le volte che ci vengo non succedono cose molto belle!» Dico.

«Sì, Sara, al club perché siamo vicino casa mia, la sera mi viene stanchezza e me ne vado a casa. Poi ho pensato lì, perché ormai apparteniamo a quel posto!» Mi fa gli occhi dolci e rido a quel suo gesto, so quanto mi stia pregando, poi Marta chiede, curiosa: «Com'è andata ieri sera?» Infilo in bocca la mia tortillas piena di fagioli e salsa.

«Mmmm, stava davvero male, ha avuto seriamente la febbre alta!»

Lei ride e dice: «Lo hai messo in doccia poi?»

«Sì! Ho avuto paura, lo ammetto, ha iniziato a parlare e a dire cose assurde!» Si guardano.

«Tipo?»

«Ma non ha importanza, aveva la febbre altissima quindi neanche le pensava davvero quelle cose, e comunque siamo in guerra, ha detto che mi porterà in tribunale e non posso passarci sopra!»

«Non ti ha chiesto scusa?»

«Sì, lo ha fatto, mi ha chiesto scusa e anche io ho ammesso di aver sbagliato a fare il test di nascosto e a non dire niente per tutto questo tempo. Però…»

«Però così non vale, Sara! Si è pentito già dalla sera stessa che avete litigato!»

«Come faccio a fidarmi ancora di lui? Qualsiasi cosa bella, anche minima, lui la distrugge, questa volta c'è di mezzo Giuly e non gli permetterò di farmi del male.»

«Quando te ne sei andata gliene ho cantate, sai?» Alice aggiunge.

«Anche Laura lo ha insultato e non lo appoggia per niente, poi lui ha pianto!» Ho la bocca piena e strabuzzo gli occhi, pulisco le labbra e mi affretto a mangiare.

«Lui cosa?» Fanno di sì con la testa entrambe, Marta continua a raccontare: «Penso di non aver mai visto Denis così, era… come posso dire… un bambino indifeso, con le spalle al muro!»

«Un gigante buono, mi ha fatto tenerezza, giuro! Dopo che mi ha fatta infuriare e che tutti gli hanno dato addosso ovvio!» Sorride Alice, sono meravigliata.

«Mi ha detto "Ti amo".» Rivivo quel momento della sera precedente in bagno. Avevo provato ancora una volta le farfalle allo stomaco e mi ritrovo a sognare a occhi aperti su come possa essere il continuo a quella parola. Se solo avessi provato ad aprirmi ancora con lui. Sussurro:

«È sembrato così sincero, lo ha detto in modo… come se fosse sconfitto da quei sentimenti, arreso e…»

«Sara, siete innamorati da sempre! Metti una pietra sopra a tutto quello che è stato…»

«Non ci riesco, quando lo guardo negli occhi mi si blocca tutto e il mio cuore batte forte! Non so cosa mi succede ed era troppo tempo che stando vicino a un uomo, e a lui, non provavo questo!» Ammetto ad alta voce finalmente. «Rivivo ancora nel passato!»

«Tutte queste sensazioni sono perché ne sei innamorata ancora, non vedendolo per cinque anni hai dimenticato l'effetto di Denis su di te e, credimi, anche tu su di lui fai questo effetto!» Sbuffo.

«Non so che fare, ragazze, l'altro giorno voleva dare il cognome a Giuly e un attimo dopo voleva farmi la guerra, ieri "Ti amo" e oggi… domani?»

«Io la settimana prossima mi sposo e voi sarete le testimoni più belle che possa avere, e tu, Sara… dovresti avere meno paura e pensare a essere più felice! Te lo meriti!»

«E se mi fa ancora soffrire? Ho così paura che… non lo so! Vado un attimo a Oxford per farmi consigliare da Robby ed Erick poi torno, cosa ne pensate?»

«Perché noi non ti bastiamo più? E poi non puoi perché mi sposo fra una settimana e l'ultima volta che hai detto di assentarti per pensare sei tornata dopo cinque anni, se non ci sarai io mi sposerò lo stesso e poi ti ucciderò! Anzi… mentre io mi sposo, guardalo negli occhi e prova a capire quanto vi amate!» La pura e vera verità di Marta spiattellata in faccia.

Torno al convegno che finisce a metà pomeriggio e torno a casa stanca.

Vado in casa, raggiungo mia madre e la nonna che saluto abbracciandole: «Giuly non c'è? L'avete lasciata da Denis?»

«Sta giocando in sala da pranzo, voleva aspettarti per andare insieme a giocare con le caprette… avrete intenzione di dire la verità a quel piccolo pulcino?»

«Sì, prima o poi… ma… mamma, in sala sono passata e non c'era nessuno!»

«Come non c'era nessuno?» Posa la brocca di spremuta e va in sala seguita dalla nonna che dice: «Ma come, era qui, stava disegnando con i colori, forse è andata in bagno!» Andiamo a controllare chiamandola e guardiamo per tutta la grandezza della casa, urliamo il suo nome, ma niente, la nonna ci chiama.

«Guardate!» Ci mostra un disegno con tre figure, una sembro io, l'altra Denis e poi lei che è la più piccola, entra un inserviente urlando -: «Signora, abbiamo trovato il suo orsacchiotto in giardino!» Corriamo tutte fuori, vado dal cancello fatto più volte per andare da Denis e dico: «Vado a piedi verso il sentiero, voi continuate a guardare in giro!»

Inizio a camminare, tiro fuori il telefono e chiamo subito Denis ma non risponde, se ha fatto quello che credo, giuro che questa volta non sarò gentile, ma non voglio pensare questo, in fondo ieri mi è sembrato pentito di quanto mi ha detto. Percorro il sentiero, passo per il laghetto, ma le uniche cose che trovo sono una sua spilla per i capelli e un biscotto per terra.

Arrivo al maneggio dove vedo Denis parlare con Laura e da lontano dico: «Denis, è qui Giuly?» Mi guarda in modo confuso e anche io non capisco. «Non troviamo Giuly, dimmi che è qui!»

«Cosa vuol dire "non troviamo Giuly". Io vi stavo aspettando oggi!» Passo le mani fra i capelli e Laura chiede: «Sara, come non sai dove si trova Giuly?!» Inizia il mio vero incubo, il panico, e la mia voce trema.

«Non lo so, Laura, era in sala a colorare con mia nonna e mia madre, l'avranno lasciata sola un secondo per preparare la merenda, quando sono arrivata non c'era già più... l'abbiamo cercata ovunque. Sono venuta subito qui perché ho trovato un disegno che riguardava noi.» Indico Denis mostrandoglielo: «Nel venire qua ho trovato tutte queste cose sue e ho pensato che...»

«Che cosa?» Si arrabbia Denis.

«Non l'hai presa tu, vero?» Appena finisco di pronunciare quelle parole mi viene il magone a ciò che ho appena detto, non posso pensare a questo davvero, lui mi guarda quasi deluso, il telefono suona e rispondo a mia madre -: «Mamma, dimmi che l'hai trovata!» Inizio a piangere, passo la mano fra i capelli.

«Sara, non sappiamo più dove guardare e non so cosa fare!!! Dimmi che è lì, ti prego.»

«Ma come?? Dov'è finita? Mamma, neanche qua c'è!» Sembra di rivivere ancora un incubo, lo stesso di anni fa con Isabel, mi passo le mani fra i capelli e Denis mi prende il telefono dalle mani che tremano: «Benedetta... la cerchiamo anche qua... cercatela ancora, se è passata solo mezz'ora non deve essere andata troppo lontano!»

Laura mi prende e dice: «Sara, qui non c'è, Denis è appena sceso perché sta meglio ma è da ieri in casa. Stai tremando, vieni con me dentro!»

«No, devo cercarla, devo trovarla, le campagne sono immense qui e non posso sedermi a fare finta di niente!» Denis lo sento finire di parlare al telefono e mi dice: «Andiamo subito a cercarla, vieni, prendiamo un trattore e percorriamo i punti dove hai trovato le sue cose!»

«Denis...» Mi prende le mani.

«Sara, non ti farei mai questo torto! Non prenderei Giuly senza il tuo consenso, te lo giuro!» I suoi occhi sembrano sinceri: «La cerchiamo insieme, ok?»

«E se è caduta nel lago e non l'ho vista... ho paura! Dove può essere?» Inizio ad andare in panico. «Io non l'ho vista venendo qua... io... io.»

«Sara, calmati...» Mi prende il viso fra le mani. «Guardami! Ti giuro che la troviamo!» Faccio sì con la testa.

Ci dividiamo in squadre, anche Cristian e Massimo ci raggiungono, ognuno guarderà in lungo e in largo, le ragazze vanno alla villa da mia madre per continuare a cercare anche lì. Io seguo Denis e insieme ripercorriamo pezzi di terra, guardiamo nel lago ma sembra non ci sia niente e soprattutto nessuno, il tempo passa ma tutto sembra frustrante, scendiamo dal trattore per andare a piedi nell'area boschiva e di tanto in tanto guardo il telefono sperando in qualche novità, invece niente. Sono ore di silenzio, mille pensieri e paure sovrastano la mia mente, urliamo più volte il suo nome ma niente.

Il buio sta arrivando e Denis dice: «Sara, dobbiamo tornare indietro prima di sera, nel bosco verrà buio e non si vedrà nulla!»

«Denis, non possiamo fermarci sul serio.»

«Torniamo indietro, magari non abbiamo visto bene, dai...» L'angoscia mi divora, mi appoggia una mano sulla spalla e lo ascolto lasciandomi trasportare da lui. «Farci prendere dal panico non serve a niente! Magari torniamo indietro e la vediamo intanata da qualche parte!» Salgo ancora sul trattore con il suo aiuto, e ripercorriamo lo stesso tragitto di prima ma non vedo nulla di lei.

Arriviamo al maneggio, ci sono due volanti dei carabinieri che Stefano ha fatto chiamare, ci chiedono informazioni e una descrizione di Giuly, mostro una sua foto. Denis non mi lascia un secondo e io sento che sto per impazzire. I ragazzi tornano anche loro a mani vuote e vado di più nel panico, iniziando a piangere, camminando a vuoto, lui mi viene dietro e prendendomi dice: «La troviamo, va bene? Te lo prometto, farò tutto quello che è in mio potere!» Mi abbraccia e dico: «Ho p-paura... Voglio la mia bambina, Denis... ti prego... solo questo voglio!!» Mi abbraccia forte e mi dà dei piccoli baci sulla fronte.

«Sara, la troviamo, non le succederà niente, te lo prometto!!»

Poi Kevin urla forte dai box. «È qua!!! L'abbiamo trovata!!»

Ci blocchiamo, i nostri occhi si incontrano poi iniziamo a correre verso di lui e ci fermiamo davanti al box di Polly. Tutto avrei immaginato ma mai ciò che vedono i miei occhi. Giuly sta beatamente dormendo rannicchiata sulla pancia del mini pony, il quale è sdraiato e sembra quasi che si stia prendendo cura di lei. Scoppio a piangere per poi avvicinarmi con Denis che appoggia al mio fianco un braccio. Provo a svegliarla, si stropiccia gli occhi e dice: «Mamma, finalmente!

Ma quanto devo aspettarti ancora?» In questo momento vorrei ucciderla ma l'unica cosa che riesco a fare è abbracciarla a me, mentre anche Denis si inginocchia con noi.

«Giuly, come sei arrivata qui da sola?» Le chiedo asciugandomi le lacrime con il dorso della mano.

«La nonna stava facendo la merenda e ho sentito che diceva con l'altra nonna che Denis non sta bene, allora io ho fatto questo per lui...» Dalla valigetta piccola, regalata per il suo compleanno, tira fuori un disegno simile a quello trovato in casa e dei biscotti fatti in casa con nonna Ginevra. «Tu mi dici sempre quando non sto bene che, anche se non ho voglia, bisogna mangiare e io volevo portargli i biscotti per dirglielo!»

Denis risponde dolce. «Giuly, sto meglio adesso, ma tu non devi venire qua da sola senza dirlo a nessuno! Ci hai fatto spaventare tutti, ti abbiamo cercata.»

«Sì, però ho sentito dire che la mamma l'hai fatta arrabbiare, voi fate pace, vero, mamma, a me Denis piace tanto perché si chiama come papà e ha tanti cavalli come lui, è vero, mamma?» Io e lui ci guardiamo avviliti.

«Sì, amore, abbiamo già fatto pace, ma sai quanto mi hai fatta preoccupare?!» Le dico mentre si alza.

«Mamma, mi sono solo addormentata! Ero stanca!»

«Qui?!» Indico con il dito.

«Lui» indica Denis «mi ha detto che racconta tante cose segrete a Polly, che dopo sembra sempre che le cose vadano meglio... volevo sapere se era vero!» Lo guardo.

«È vero?» Si gratta un sopracciglio, confuso.

«Sì, ma...» Sembra impacciato. «Non le ho detto scappa di casa e vieni qui!» Faccio roteare gli occhi e mi alzo da terra, ma lui le dice: «Giuly, puoi venire da Polly quando vuoi ma devi dircelo! Davvero hai dormito qua per tutto questo tempo?» La prende in braccio e lei fa sì con la testa, le accarezzo i capelli sistemandoli e spostando dei piccoli pezzi di paglia. Lui mi prende la mano stringendomela.

«Sei tranquilla ora?»

«Sì, grazie, e scusa per prima, è solo che...»

«Tranquilla… eri fuori di te!» Usciamo, poi dico:«Arrivo subito.» Prendo due carote e vado dal piccolo pony. «Grazie per essertene preso cura!» Loro si dicono qualcosa.

Tutti coccolano Giuly e scherzano della sua piccola fuga, ringraziamo i carabinieri per la gentilezza poi Denis ci accompagna a casa, dove anche le due nonne la sgridano, ma la abbracciano e baciano. Ancora una volta mi aiuta a farle il bagnetto e ad asciugarle i capelli, poi mi dice: «Se hai bisogno anche tu di andare in doccia, rimango io qua con lei!» Sorrido esausta.

«Faccio presto, grazie!» Vado in camera, per poi fare una doccia che vorrei non finisse mai, infilo un leggings e una maglia della tuta, quando esco stanno guardando i cartoni animati. Sono dolci insieme.

«Avete fame?»

«Mamma, sai cosa vorrei?»

«Mmm, sentiamo!» Dico sedendomi di fronte a loro sul tavolino.

«La pizza!» Rido.

«Per una volta che pensavo di bere solo una tisana con biscotti!»

«Anche io mangerei una pizza, è da ieri che vado di brodaglia!» Dice Denis assecondando Giuly.

«Va bene, e le tue insalate tristi e cibi sani perfetti che fine hanno fatto?!»

«Qualche volta devo farne a meno, se no divento troppo bello!» Mentre mi alzo mimo la o con la bocca, poi dal telefono prendo il menù delle pizze e lo guardiamo insieme. Denis si preoccupa di ordinare la pizza e io mi metto sul divano con Giuly, poi ci raggiunge anche lui sedendosi accanto a lei.

La pizza arriva e decidiamo di mangiarla in sala sul tavolino, seduti per terra, gli sguardi fra me e lui non mancano soprattutto quando mi raggiunge in cucina mentre sto riordinando.

«Denis, scusa se prima ho dubitato di te, è solo che…» Si avvicina e mi abbraccia.

«Tranquilla. L'importante è che Giuly stia bene!» Mi sciolgo da quell'abbraccio.

«Tutto quello che ti ho detto ieri lo penso ancora!» Lo guardo fisso negli occhi.

«Tutto cosa?» Ci guardiamo a lungo. «Mi hai chiesto scusa dicendomi che non mi porteresti mai via Giuly, ma oggi sono andata in tilt! L'altro giorno mi hai fatto così tanta rabbia che ancora non mi va giù e ieri tutto quello che mi hai detto non so quanto lo pensavi, avevi la febbre e hai anche delirato! Su cosa mai potrei crederti?»

«Credi a tutto! Ogni cosa che ti ho detto è vera e la penso sul serio!»

«Tu ricordi tutto… tutto?!» Chiude gli occhi facendo un sorriso malizioso.

«Tutto… tutto, e la penso ancora così!» Entra Giuly e dice: «Mamma, avete fatto pace?» Ridiamo.

«Sì, tranquilla, mostriciattolo, ora dovresti andare a dormire, sai?!» Lei ride ma torna sul divano con noi, dove ci addormentiamo noi tre insieme in una unica posizione. Denis sdraiato all'angolo del divano, io sul suo petto con in mezzo Giuly e una coperta per tutti noi.

Il risveglio è strano ma dolce, ci guardiamo, ma io poi cerco di scappare da quella presa e vado a chiudermi in bagno per prepararmi a un'altra giornata di corso. Quando esco, lui e Giuly parlano sottovoce, li raggiungo in cucina e hanno preparato una tavola per la colazione meravigliosa, brioche calde rubate dal congelatore, i toast sono pronti e smangiucchiano dalla scatola Kellog's al cioccolato. L'odore del caffè di Denis è vivo in tutta la casa e mi ha preparato un doppio cappuccino come piace a me, si voltano verso di me, Giuly dice: «Mamma, guarda quante cose buone abbiamo fatto!» Lei è in piedi sulla sedia e lui accanto a quasi pari altezza.

«Wow… che bella squadra che siete, complimenti!» Mentre ride la prendo in braccio per stamparle un bacio. «Buongiorno, combina guai!» Ride, poi lui dice: «E a me un piccolo riconoscimento?» Sento i brividi salirmi sulla schiena, il mio stomaco balla la Macarena insieme alle ovaie, ma lo guardo in modo rude.

«Sì, mamma, anche Denis è stato bravo, a me come premio lo dai sempre un bacino!»

«Non è la stessa cosa, amore, tu sei la mia bimba, lui no!»

«Ingrata!» Bisbiglia lui.

«Approfittatore!» Rispondo sottovoce, metto a terra Giuly e nel momento in cui lei è distratta gli do un piccolo bacio sulla spalla.

«Va bene! Mi accontento per adesso!»

«Accontentati e non illuderti!» Fa sì con la testa ma sembra frustrato.

Consumiamo la colazione, vesto Giuly per la scuola e ci salutiamo dalla macchina.

«Denis, stasera verrò molto tardi! Se vuoi passare tu a prenderla qui dopo scuola, a me va bene!»

«Ok, dopo chiamo tua madre, non è un problema!» Prima di salire in auto dico: «Denis, grazie di tutto per ieri!»

«È il minimo!» Ci lasciamo con un sorriso poi le nostre strade si dividono.

Mi ami ancora

Un altro giorno vivo di corsa e pieno di lavoro è giunto al pieno pomeriggio, decido poi di rilassarmi facendo una cosa che non faccio da tempo, dedicarmi a me.

Cammino da sola per Roma percorrendo le scale di piazza di Spagna, mi ci siedo a guardare delle vecchie foto di me e Denis, noi a Napoli, noi fra i cavalli, l'ultima con Giuly è strana da vedere. E sembra quasi surreale, noi e ancora noi e che grande voglia di lui, di noi. Mangio un gelato da sola, provo a raccogliere tanti pensieri, ma è sempre lui al mio centro, capace di cancellare anche la gente intorno a me. Le ore passano e la sera si avvicina, ancora non c'è una vera scelta o decisione per me, è ancora tutto congelato fra i miei sentimenti. I cinque anni passati lontano da lui mi avevano alleggerita pur non dimenticandolo, ma tornando qui tutto è come risvegliato, ha detto di amarmi, ma io non posso fidarmi, non ci riesco, e devo togliermelo dalla testa rimanendo in buoni rapporti solo per Giuly.

Riprendo la via di casa e mentre cammino a piedi, un incontro inaspettato: Borghi.

«Sara!» Mi volto a guardarlo, sorpresa.

«Commissario Borghi, non l'avevo vista!» Mi abbraccia in modo cordiale, poi mi stringe la mano.

«Da quanto tempo! Quindi sei tornata!»

«Sì, da un po' di giorni, ora sono medico a Sacrofano!»

«Mi aveva accennato Alice che saresti tornata!» Scambiamo qualche parola poi da poliziotto curioso chiede: «Sei tornata con una bambina piccola, giusto?»

«Sì!» Sorrido. «La mia Giuly, stavo appunto tornando a casa per andare da lei!»

«Capisco! Quindi non c'è speranza di una cena o di bere qualcosa insieme?!» Mi imbarazzo perché per quanto sia un bell'uomo, non riesco proprio ad avvicinarmi ad altri uomini. Tutto dentro di me è come se fossero degli ingranaggi arrugginiti di un vecchio orologio.

«Non so se è il caso.» Abbassa la testa.

«Scusa, magari sei sposata e io sono invadente!» Mi mortifico perché ha frainteso.

«No, Alessandro… cioè commissario…» Ecco, mi sto ingarbugliando.

«Va bene Alessandro.» Mi dice sferrandomi un sorriso bellissimo. «Non siamo più l'allieva e il commissario, diamoci decisamente del tu, io ti chiamo per nome e tu anche!»

«Ok, anche se ammetto che è strano!» Ridiamo insieme. «Comunque, Alessandro, hai frainteso, non sono sposata! Sono solo mamma di una bimba di cinque anni!»

«Wow, beh se il tuo numero è sempre quello, possiamo sentirci in queste sere e ceniamo insieme, parliamo un po', cosa dici?» Faccio per ribattere ma lui mi interrompe. «Non accetto un no!»

«Va bene, sì, il mio numero è sempre quello!» Ci salutiamo e raggiungo la mia macchina. Forse dovrei buttarmi in qualcos'altro. Guido diretta verso casa e mi rendo conto che non sarebbe una brutta cosa socializzare con altri uomini, è passato tanto tempo, ma, in fondo, che male c'è se mi invita a una cena e io accetto, in fondo si è sempre comportato in modo gentile ed educato con me.

Arrivo a casa, raggiungo mia madre abbracciandola e baciando la nonna mentre pela delle patate. «Mamma… Giuly?» Chiedo subito.

«È passato Denis a prenderla! Senti un po', ma ieri sera avete dormito insieme?»

«Mamma, non farti illusioni, ci siamo addormentati sul divano ma niente di più!»

«Tesoro, Giuly ne era felice come non mai! Non fa che parlare di lui.»

«Sì, so che devo dirglielo, ma vorrei fare le cose con calma e capire come si relazionano!» Mi suona il telefono e leggo un messaggio da parte di Denis: «Sara, stasera i ragazzi cenano qui da me, ti va di rimanere?»

«Ok, sono appena arrivata a casa, mi cambio e arrivo!»

«Ok, porta un cambio per Giuly, se vuoi la cambi qua!»

«Va bene!» Mi osservano mentre rispondo ai messaggi e non mi rendo conto di averlo fatto mentre sorridevo.

«Perché mi guardate così?» Chiedo imbarazzata.

«Chi è che ti scrive?» Chiede mia madre.

«Denis, mi ha chiesto un cambio per Giuly, anzi vado a cambiarmi che arrivano i ragazzi e vuole fare qualcosa tutti insieme!» Interviene mia nonna e dice:«Sara, oggi ho fatto due semifreddi, con crema e fragole, vuoi portarne uno? È fresco da mangiare, che dici?»

«Va bene, così non mi presento a mani vuote!» Poi sparisco per andare a cambiarmi, mi faccio una doccia e scelgo dei jeans strappati con delle sneakers dell'Adidas e una maglietta nera di cotone, ripeto il mio trucco leggero e dopo che ho spazzolato i capelli, prendo il mio zaino con il cambio per Giuly.

Torno dalla nonna, la quale mi ha preparato la torta e due bottiglie di vino già spolverate: «Un buon Barolo fa sempre gola!» Dice, orgogliosa della scelta, mentre mi sorride.

«Mmm, brava, nonna, ci vuole proprio un bel bicchiere di vino!»

«Sai, a tuo nonno piaceva un sacco il Barolo, lo aveva bevuto con me la prima volta e quando aveva la possibilità di tornare in Italia ne andava a caccia. Ci spendeva una fortuna ma a lui non importava e io ne ero felice, è uno fra i vini italiani più pregiati! Un giorno ha provato a cambiare con un Chianti, disse che era buono. Gli era piaciuto, ma il suo primo amore era il Barolo e non poteva farci niente! A volte ha bevuto lo stesso il Chianti, ma rimpiangeva comunque il Barolo anche non dicendolo!»

«Te lo diceva lui?» Chiedo ammirando un suo ricordo.

«Lo leggevo dai suoi occhi e dalle sue espressioni quando lo beveva. Il Barolo lo assaporava con amore, il Chianti ha provato a berlo quando non trovava una buon annata, ma non ne era felice e doveva accontentarsi!» Mi è sempre piaciuto ascoltare le loro storie, erano una grande coppia.

La bacio sulla guancia, prendo la borsa che ha preparato e mentre mi volto, mi fermo e torno a guardarla con malizia, lei ha gli occhi dolci e la sua espressione è un po' malinconica.

«Nonna, tutto questo discorso dei vini ha un doppio senso… tipo una delle tue ramanzine oppure…» Gesticolo con le mani e lei si accende.

«Sara, quando assapori un vino buono è difficile abituarti a un altro, anche se costa uguale!»

«Va bene, ciao, nonna, e grazie per tutto!» È mai possibile che è sempre tre passi avanti a me, sembra quasi che sappia davvero sempre tutto, proprio come la saggezza che porta fra i capelli.

Arrivo a casa di Denis, Giuly è un disastro e sembra si sia rotolata nella paglia con i capretti, rido per le sue guance rosse ed è sudata e sudicia.

«Mamma, mamma...» Mi corre incontro mentre Denis la segue.

«Ciao, amore, come stai? Ti sei divertita, vedo!»

«Tantissimo, non sai quante cose abbiamo fatto oggi!»

«Giuly, sei una puzzola, lo sai?» Lei ride e lui, che ci guarda, dice: «Oggi mi ha aiutato nella piccola fattoria, sembra le sia piaciuto!»

«Ora che la vedo, capisco perché mi hai detto di portarle un cambio!» Ridiamo da quanto è sporca, mi invita a salire in casa e come sempre sono imbarazzata, provo a distogliere i pensieri da quella estate e dagli ultimi avvenimenti passati insieme.

«Denis, ho portato un semifreddo e delle bottiglie di vino per stasera.»

«Am... grazie, non dovevi disturbarti!»

«In realtà non l'ho fatto io ma la nonna, non volevo venire a mani vuote, sei sempre gentile con noi e poi volevo ancora ringraziarti e scusarmi per ieri!» Ci guardiamo a lungo.

«Va bene, me lo hai già detto, tranquilla! Ora, se vuoi, puoi lavare Giuly oppure posso farlo io, non è un problema, anzi venite.» Prendo Giuly per mano, lo seguiamo mentre tolgo lo zainetto portandolo con noi, va subito a riempirci la vasca da bagno e prepara un telo. «Vi aiuto così facciamo prima!» Mi aiuta a lavarla e mentre la bimba gioca con la schiuma, noi siamo seduti sul pavimento, mi chiede: «Com'è andato il meeting oggi? Tutto bene?» Mi meraviglia la sua domanda, da tempo nessuno mi chiedeva qualcosa di me, o meglio, lui.

«Bene, grazie, è stato un po' lungo ma interessante! Tu invece stai meglio, vedo! Avresti dovuto riposare di più!» Sciacquo la schiena a Giuly e poi tiro il tappo per far scendere l'acqua.

«Mi sono ripreso subito senza problemi! Mi hai praticamente bombardato e quella puntura, anche se malefica per come mi ha steso, è stata, direi, la soluzione a tutti i problemi!» Prendo il telo e lui mi aiuta a tirare fuori Giuly per poi continuare ad asciugarla.

«Pensa a come ne eri terrorizzato!» Lo prendo in giro, mentre lui ride.

«A parte tutto, grazie davvero! Se non fosse stato per te, insomma, stavo male sul serio!» Se mi guardi così non vale. «Sei davvero un ottimo dottore, dovresti essere davvero orgogliosa di te stessa! Almeno, io di te lo sono!»

«Grazie!» Dico abbassando la testa, mi passa il phon e una spazzola, asciugo i capelli silenziosamente in sala, lasciandogli i suoi spazi, ci lascia andare, osservandoci quasi malinconicamente. Rivesto Giuly e finalmente è profumata e rigenerata, ma da bimba curiosa si guarda intorno e fa domande. Osserva il pianoforte bianco avvicinandosi: «Mamma, cos'è?» Chiede toccandolo.

Ricordando i vecchi atteggiamenti di Denis, le intimo di non avvicinarsi troppo. «No, Giuly, non toccare, non so se Denis vuole!» Ricordo che è qualcosa legato a sua madre e non vorrei imbattermi in una scenata, soprattutto davanti a lei, ma lui è già lì, a petto nudo, in bermuda e infradito, a osservarci, mentre si infila una maglietta.

Fa un sorriso malizioso e dice: «Giuly, non ascoltare la mamma, puoi fare quello che vuoi!» Lo guardo sentendomi in colpa e stupita. «Vieni, ti faccio vedere il mio pianoforte!» Rimango a guardarli dal pouf, lui si siede alla postazione e Giuly lo segue osservandolo aprire il coperchio, e dice: «Non so se sono ancora bravo, è da molti anni che non lo suono!» È tutto troppo per essere reale, tocca dei tasti emettendo dei piccoli suoni, credo stia facendo gli accordi e poco dopo inizia a suonare lentamente. Suona una melodia dolce, lenta, si perde con le note ma ricomincia da capo, si ferma ancora e dice: «Facciamo un gioco, io inizio a suonare, tu conti fino a cinque e tocchi questi due, poi conti ancora fino a cinque e lo rifai!» Giuly ride e fa sì con la testa.

«Va bene, mi piace!» Non riesco a dire nulla, ma li osservo sognante, iniziano ed è tutto così bello quello che fanno, mi si stringono le vene e quando lui inizia a suonare non mi toglie gli occhi di dosso, così mi alzo per appoggiarmi al muro di fronte a loro, non lo avevo mai sentito suonare, ma farlo per Giuly è ancora più significativo che per me. Li ammiro, guardo le loro mani insieme e i loro sorrisi, gli occhi di entrambi, per come si somigliano e quanto sono dolci, mi fanno stringere gli occhi.

Bussano alla porta, con tono alto della voce dice di entrare e Laura fa capolino: «Denis, ho sentito che suonavi e non ho potuto fare a meno di salire! Sei davvero tu?!»

Lui abbassa subito lo sguardo e risponde: «Sì, Giuly mi ha fatto venire nostalgia, nel farlo ho capito che in tutti questi anni mi sono punito per niente! Mi era mancato suonare!» Non so di cosa parlino, ma un altro muro che non ha mai abbassato è ancora sospeso. Questo è Denis, non voglio rovinare il momento, ma come al solito i suoi limiti e i suoi segreti rimangono tali.

«Wow, che bello!» Entrano poi gli altri e si spezza l'atmosfera, tutto in me è come una tempesta e un po' di rabbia emerge. Il resto lo faccio in silenzio e pensierosa, non sapevo che a Denis piacesse suonare o almeno non avevamo mai approfondito il discorso, ricordo di quel tatuaggio sulla schiena poco chiaro, ma lui lo è sempre stato con i suoi limiti da non sconfinare.

Passiamo una bella serata, ci deliziamo dell'ottimo barbecue di Denis con dei contorni preparati da me e Laura nell'attesa, sono molto fredda e distaccata da lui che quasi lo ignoro. Riesco a chiacchierare con Alice alla quale racconto del mio incontro con Borghi, forse lui sente perché lo osservo un secondo guardarci e spiego anche dell'invito a cena. Non voglio una sua reazione, ma sapere che possa dargli fastidio credo che possa fargli bene. Stappiamo le bottiglie di vino, ripenso alla storia della nonna e penso che forse si sbaglia. Tutti ridono, prendiamo in giro i futuri sposi che la settimana prossima si sposeranno.

«Sara, mercoledì sera faremo l'addio al nubilato!» Dice Alice. «Ma qualcosa di tranquillo, perché, messa così, non posso andare chissà dove!» Lo dice indicando la sua pancia che sbuca da fuori la tavola e noi ridiamo.

«Ok, se avete già deciso, va bene!»

«Andiamo a Ostia, cosa ne pensi? Hanno aperto un locale nuovo e facciamo un giro!» Dice Marta e Cristian subentra: «Marta, cerca di fare attenzione, in quei dintorni non ci sono belle persone!»

«In che senso?» Chiedo già preoccupata e incuriosita, i ragazzi si guardano fra di loro e in silenzio mi volto a guardarli. «Perché quelle facce?» Chiedo studiandoli e Marta risponde: «Niente, Sara, stai tranquilla, ce la caveremo, beviamo qualcosa poi torniamo a casa.»

«Mmm, possiamo dormire alla casa al mare da me, è un po' che non lo facciamo!» Propongo mentre prendo una bruschetta che mi passa Denis e gli sorrido mentre lui ricambia. «Grazie!» Dico timidamente.

«Non è una brutta idea!» Dice Massimo. «Io sarei più tranquillo! Davvero, Alice, per favore, non farmi stare in ansia.» Sono dolci come si guardano e lui le accarezza il braccio.

«Marta, cambiate locale, per favore?» Chiede Cristian.

«Si può sapere di che tipo di locale si tratta?» Chiedo e Stefano ingenuamente risponde:«Ma come, non lo sai? Ne hanno parlato al telegiornale, ah, scusa, tu non puoi saperlo, hanno trovato una ragazza nel retro drogata e violentata.» Laura gli dà una gomitata e dice. «Ste... cazzo!» A me vengono i brividi e smetto di masticare rimanendo stupita, cerco di riprendermi, ma il silenzio che è calato mi mette in imbarazzo. Appoggio la bruschetta nel piatto, mi pulisco le labbra, sorseggio un po' di acqua. Non penso al momento della violenza ma ai giorni seguenti e dico: «Tranquilla, Laura, non c'è niente da nascondere!»

«Scusa, Sara, è solo che ho dimenticato che per te è un argomento delicato!» Mi dice lui con sincerità.

«La ragazza come sta? Voglio dire si è ripresa oppure...»

«Sara, che importanza ha?» Dice Denis.

«Per me ne ha. Anche se non so chi sia.» Lo guardo, ho un brutto presentimento. «È viva?» Chiedo diretta e lui abbassa la testa.

«No, non ce l'ha fatta, era piena di eroina.» Dice con un filo di voce, sospiro pesantemente: «Così c'era scritto sui giornali.» Ascolto abbassando lo sguardo.

«Ehi, Sara, andiamo in un altro locale, va bene?» Mi dice Marta.

«No, tranquilla, non è un problema!» Mi distrae poi Giuly, quando chiede a Denis se può guardare i cartoni e lui la accontenta subito, mentre si alza e passa dietro di me appoggia una mano calda sulla spalla come a volermi confortare. Cerchiamo di avviare un argomento diverso, ma io guardo lui sedersi a terra per essere ad altezza di Giuly sul divano, si parlano e ridono, i loro sorrisi sono come cerotti per le mie ferite appena riaperte.

Aiutiamo poi a riordinare, quando mi accorgo che Giuly si è addormentata, Denis non perde tempo: «Rimani ancora quando tutti vanno via?» Mi bisbiglia alle orecchie, mi sale un brivido.

«Mi faccio accompagnare dai ragazzi, Giuly si è addormentata, se me la porti in macchina poi mi arrangio!» I suoi occhi mi dicono di restare.

«Rimani, parliamo un po' e se si fa tardi, domani mattina vi accompagno!» Sto per dire qualcosa, alza le mani in segno di resa e dice: «Come vuoi! Non volevo lasciarvi sole!» Riesce a farmi sentire in colpa.

«Ok, ma dormo io sul divano!» Ride.

«Non lo permetterei mai, intanto metto Giuly nel letto così è più comoda!» I ragazzi ci salutano e siamo soli.

Porta Giuly nel suo letto, le sfilo le scarpe e per fortuna indossa un leggings leggero e una maglietta semplice, la copro con la coperta e mi viene un'ondata dell'odore di Denis. Mi manca il suo odore, spesso me lo sono immaginato.

Torno in cucina, vedo il lavandino con delle cose da lavare e lo aiuto, penso a quanto bello sarebbe un quadro come il nostro, ma in forma diversa. Poi ricordo che dove sono esattamente in questo momento, cinque anni prima, Denis mi aveva chiesto di abortire dicendo o meglio urlando di non sentirsela di essere padre e la rabbia torna fino a farmi scivolare un ultimo bicchiere dalle mani e non riesco a centrare la lavastoviglie. Si volta subito: «Ehi, ti sei fatta male?» Chiede dal terrazzo, pensando alla rabbia del ricordo borbotto: «Fanculo, sì che mi ha fatto male!» Sono già inchinata a raccogliere il vetro e mi taglio il pollice, metto il dito in bocca mentre continuo a raccogliere.

«Aspetta, lascia stare!»

«Denis, mi è scivolato, non volevo rompere un bicchiere.»

«Beh, non mi interessa del bicchiere!». Prende la scopa e raccoglie il resto, metto il dito sotto l'acqua e lui si avvicina con il kit di pronto soccorso, chiude l'acqua, mi prende la mano dicendomi: «Posso? Non sono un dottore, però so disinfettare un taglio!»

«Non è nulla davvero! Domani in studio lo guardo meglio e metto un punto con la colla!»

«Posso?» Insiste. «Non farmi sentire così inutile!» Sembra un cucciolo abbandonato e gli cedo il pollice. Il contatto con la sua pelle è elettricità viva.

«Ahi, brucia!» Ridiamo e lui ci soffia sopra.

«Davvero?» Mette un cerotto e dice: «Vorrei riempirti di cerotti, se servissero a cucire le tue ferite!» Distolgo lo sguardo dal dito per poi guardare lui negli occhi che mi tiene la mano, ancora fra le sue: «Mi dispiace per prima, hai cambiato umore! Avrei preferito non farti sapere.»

«A cosa servirebbe? Stefano non lo ha fatto apposta e dovrei forse un po' abituarmi al fatto che non è successo solo a me, purtroppo succede tutti i giorni e noi neanche lo sappiamo!» Rimane in silenzio e lentamente sciolgo la presa. «Grazie per il cerotto!»

Finiamo sul divano a guardare la tv in silenzio, sfilo le scarpe e capisco lui quando diceva di essere scomodo con i jeans in momenti di relax, ma me ne faccio una ragione.

«Denis, se vuoi vado a casa e torno subito domani a prendere Giuly, non è un problema! Non voglio essere invadente solo per...»

«No, perché? Sono contento se rimani.» Mi guarda sorridendo e dice: «Aspetta un secondo!». Lo osservo andare nella sua camera in silenzio per poi tornare, mi cede quello che sembra un mio pigiama. Lo riconosco dalle bretelle e i pantaloni. «Lo avevi lasciato nell'armadio!» Mi alzo per prenderlo. «L'altra sera non ci avevo pensato!»

«E tu per tutto questo tempo lo hai tenuto?!» Abbassa la testa per poi guardarmi.

«Ha ancora il tuo odore!» Sento il cuore in gola, non mi rimane che dire: «Vado a metterlo!» Ne approfitto per chiudermi in bagno quasi scappando da lui, lascio le mie cose piegate sulla lavatrice e poi torno in sala scalza, come piace a me. È seduto all'angolo del divano, gli è sempre piaciuta quella posizione, mi mancano le parole e credo che anche senza guardarci parliamo o perlomeno il mio cuore lo fa.

«Davvero non mi ami più?» Mi chiede mentre mi siedo e lui non mi guarda, anzi pensavo stesse seguendo il film, appoggio la testa alla mano.

«Non so se c'è una risposta a questa domanda, ma da tempo mi sento vuota di parecchi sentimenti!» Si volta a guardarmi, si avvicina, e ci guardiamo a lungo.

«Guardami e dimmi che non mi ami!»

«Perché vuoi saperlo?»

«Perché se mi hai amato almeno un po' mi lascerai finire di parlare! Anche se non hai più niente da dirmi…» Distolgo lo sguardo verso la tv anche se non la seguo da quando l'ha accesa.

«Sono qui solo per Giuly.» Dico, calma.

«Va bene, ed è così!» Fa una pausa. «So cosa hai pensato quando ho suonato il piano!» Ecco, il mio problema è avere una persona di fronte che studia perfettamente tutti i miei atteggiamenti ed è talmente bravo a leggermi dentro solo per come mi conosce, da lasciarmi sempre basita.

«Cosa dovrei pensare, Denis?» Mi volto a guardarlo.

«Ti ho deluso ancora, perché ancora una volta credevi che ai tuoi tempi ti avrei raccontato qualcosa su un tatuaggio legato a me e a un pianoforte, nel profondo di me. Quindi qualcosa di importante per me… ma non ti ho detto mai nulla!»

«Ormai non credo abbia importanza, sono abituata ai tuoi scheletri nell'armadio! Sai, non avrei neanche chiesto se non me ne avessi parlato tu, perché di tue scenate ne posso fare a meno!» Sorride lo stronzo, grattandosi la fronte e io lo guardo maliziosa aspettando una sua reazione.

«Per questo hai detto a Giuly di non toccare.» Lo interrompo.

«Sai, ricordo la prima volta che sono stata qui e quando ho visto il pianoforte ti avevo chiesto qualcosa, ma tu non mi eri sembrato disposto a parlarne e quindi perché farlo ora!»

«Ti ho persa una volta con il mio atteggiamento stupido, non farei lo stesso torto a Giuly! Se mi fa delle domande le rispondo!»

«Va bene, mi fa piacere sapere quanto sei stabile con lei!»

«Non vuoi sapere perché non suonavo più da tempo?»

«No, non stasera e forse neanche domani!»

«Perché?»

«Perché non voglio più farmi male con te!»

«Ok!»

«Ok!» Ha la testa bassa.

«Mi dispiace averti fatta soffrire e non averti capita, vorrei vivere i tuoi dolori per toglierteli! Se solo si potesse… li cancellerei.»

«Ma non è possibile! Non fartene una colpa, ormai è tutto passato, cerchiamo di andare d'accordo per Giuly proprio come abbiamo detto! Rimuginare sul passato non serve!»

«E provare con giorni nuovi?»

«Non è per noi, non me la sento, e non è giusto per entrambi!»

«Sappi però che io ci sono sempre anche per te, per qualsiasi cosa, non perderò mai la speranza!»

«Forse è meglio dormire adesso!»

«Vai in camera da Giuly, dormo io sul divano.»

«Vai tu a dormire con lei… ne hai bisogno, Denis!» Dico con calma. Lui si alza e mi apre il divano cedendomi un plaid, si ritira a testa bassa e in silenzio, spengo la luce e dormo.

Mi risveglio nella notte con lui che mi accarezza, è dolce e coinvolgente fino a non poter riuscire a fare a meno delle sue mani. Non riesco a dire nulla, ma solo a farmi toccare da lui, perché è ciò che più desidero, le sue mani calde e la sua pelle, seppure ruvida ma piacevole, fino a farmi venire i brividi è come una folata di fuoco ardente davanti a un camino in cui la legna parla con il suo sfrigolare. Con il pollice tocca le mie labbra, le nostre teste sono appoggiate sullo stesso cuscino e mi sussurra: «Lo so che mi ami, smetti di negare!» Poi mi bacia e lo lascio fare. Ne sento il bisogno disperato come se fosse ossigeno. I suoi, sono piccoli baci dolci e il suo sapore è buono proprio come lo ricordavo, le sue labbra morbide accarezzano le mie, ma poi le nostre lingue diventano arse di lussuria. Chiudo gli occhi un secondo per assaporare il momento, li riapro ma vado nel terrore totale sotto lo sguardo cattivo di Jonathan, le sue mani sono ovunque e nel toccarmi lascia scie di sangue tirandomi via la pelle, sento male, lo stesso provato anni fa sulla pelle e nel cuore. Mi stritola la gola con la sua lingua e provo a urlare, a divincolarmi e a staccarmi da lui ma sembra impossibile, quando finalmente riesco, apro gli occhi spostandoli per ritrovarmi al sicuro. Sono in sala a casa di Denis. Realizzo che è stato un incubo, accendo la piccola luce da lampada del divano, mi metto seduta nell'angolo, accovacciata in silenzio, cercando di fare dei lunghi respiri per provare a calmarmi. Chiudo un secondo gli occhi e quando li riapro sento i passi scalzi di Denis dal corridoio arrivare. Sottovoce mi dice: «Tutto bene, Sara?» Apro gli occhi alle sue parole passandomi una mano sul viso.

«Sì, tutto ok!» È in maglietta blu e pantaloncini, continua ad avvicinarsi. «Sicura? Ti ho sentita dire qualcosa, forse stavi sognando, e mi sono svegliato!» Non so cosa dire, si siede al mio fianco. «Hai fatto un brutto sogno?»

«A volte capita!» Si alza e va in cucina a prendermi un bicchiere d'acqua, me lo cede. «Grazie!» Ne prendo piccoli sorsi.

«Succede ancora? Anche dopo tutto questo tempo?» Non so che dire, mordicchio le labbra nervosamente.

«Era da un po' che non succedeva. Ma qualche volta capita ancora! Molto meno rispetto al primo anno… ma qualche volta succede!» Appoggio il bicchiere a fianco alla lampada e mi appoggio con la schiena ai cuscini morbidi del divano. «Mi dispiace averti svegliato!» È stravaccato sul divano vicino a me, Denis appena sveglio e assonnato ha sempre lo stesso sguardo da cucciolo dolce, al suo tempo mi ci scioglievo e ricordo come mi ci strofinavo sotto al suo collo appena sveglia, ora non posso che guardarlo ricordando quel calore perfetto, sembrava fatto apposta per me.

«Se vuoi rimango finché non ti addormenti!» Sorrido, lui fa lo stesso.

«Mi tratti come una bimba per caso?»

«Bhe, sei ancora la mia piccola, sai?» Torno a sdraiarmi guardandolo imbarazzata e mordicchiando il pollice senza il cerotto.

«Davvero vuoi rimanere finché non mi addormento?» Fa sì con la testa mugolando, spostandomi i capelli e provo davvero a rilassarmi provando a chiudere gli occhi, continua ancora ad accarezzarmi i capelli finché non cado in un sonno profondo.

Mi sveglio la mattina sotto le coperte con lui al mio fianco che dorme e anche se sono girata di spalle, sento la sua mano sul mio fianco, amo questo calduccio sotto le coperte. Non voglio svegliarmi da questo sogno, per favore lasciatemi dormire ancora. Realizzo che è reale, so che è lui, per certo. Quando mi giro lentamente a osservarlo mentre dorme ne ho la conferma sorridendo. La luce del giorno entra lieve sulla nostra pelle e rivivo la sera precedente, credo sia uno di quei momenti dove vorrei che non si svegliasse. Tocco appena la sua mandibola marcata per salire alle tempie e accarezzo dolcemente i suoi capelli senza gel. È bello da togliere il fiato e i miei sentimenti fanno impazzire il mio cuore.

«Guardi qualcosa che ti piace spero!» Mi blocco e ritiro la mano.

«S-sei sveglio?» Sono imbarazzata.

«Già da un po'!» Apre gli occhi lentamente. «Buongiorno!» Come si fa a non sorridere a un buon risveglio così.

«Buongiorno a te! Grazie per avermi fatto compagnia!»

«È stato un vero piacere!» Rido, si avvicina troppo e sento come un tuffo al cuore. «Hai dormito bene o hai avuto altri brutti sogni?» Chiede con ancora la voce assonnata.

«Ho dormito bene, grazie!» Vorrei non alzarmi mai. «Vorrei poter prendermi sempre cura di te, come tu hai sempre fatto con me!» Mi accarezza e ho paura, mi sposta i capelli dalla guancia. «Sto per baciarti, lo sento!» Sussurra, ma io sono paralizzata e la mia gola è asciutta, si sta davvero avvicinando, ma veniamo interrotti.

«Mamma.... mamma...» Mi metto a sedere di scatto e lui mi segue.

«Ehi, amore, sono qui...» Si strofina gli occhi Giuly mentre si avvicina lentamente, la prendo in braccio per metterla fra noi e credo che siamo la cosa più bella del mondo.

«Tutto bene, tesoro?» Fa sì con la testa e guardo come lui ci guarda, nel suo blu infinito ci sono mille parole e dice: «Ciao, mostriciattolo.» Le fa una carezza e poi un po' di solletico e lei ride.

«Ciao, Denis, ho dormito nel tuo lettone grande!»

«Sì, mi hai rubato il letto ieri sera!» Lo guarda curiosa.

«Denis, ma hai ancora la febbre? Per questo la mamma ti ha fatto dormire qui, per darti lo sciroppo!»

«Sì.»

«La mia mamma è il dottore più bravo del mondo!»

«Sono pienamente d'accordo con te!» Poi mi faccio coraggio, in questo nostro momento dove tutto sembra di zucchero.

«Giuly, dovrei dirti una cosa.» Poi guardo lui. «Anzi, dobbiamo dirti una cosa.» Mi sorride, forse ha già capito.

«Sai, tanto tempo fa mi avevi chiesto di conoscere il tuo papà e ti avevo detto che era molto lontano.»

«Sì, ma prima eravamo lontano, siamo andati sull'aereo e poi siamo venuti da nonna, mamma, hai trovato il mio papà?» Mi viene un magone forte alla sua espressione speranzosa e mi concentro sulle parole.

«Sì, cioè, in realtà l'hai sempre visto da quando siamo qui dalla nonna!» Sento la mano di Denis accarezzarmi la mano e mi asciugo una lacrima con il dorso.

«Mamma, perché piangi, non mi vuole vedere, vero?» Mette il broncio e sorridendo Denis si avvicina a noi.

«No, amore… sono felice perché il tuo papà è qui… è Denis!» Lei sorride e si volta a guardarlo.

«Davvero?! Sei tu il mio papà!» E anche lui credo sia emozionato.

«Sì, Giuly, sono il tuo papà! Sono brutto come papà?» Lei fa no con la testa e gli sorride.

«Ieeee… Mi piaci tanto! Lo sapevo che eri tu… lo sapevo.» Gli si butta fra le braccia, lui ricambia stringendola e baciandola, non posso non guardarli mentre siamo seduti sul divano come una vera famiglia al proprio risveglio. «Quindi non ti chimo più Denis! Ma papà! Posso, vero?» Gli chiede guardandolo, poi lo studia meglio. «Ma tu perché sei il mio papà?» A quella domanda ridiamo.

«Perché io e la tua mamma ci vogliamo bene!»

«Come Anna e Kristoff?» Lui ride e mi guarda confuso mentre rido.

«Come chi?»

«Caro papà, devi farti una cultura di principesse, perché lei è Frozen e fra un po' ti congelerà!» Credo poi capisca e inizia una lotta di cuscini e solletico.

Regalo a sorpresa

Era stata una lieve tregua e mi sentivo meglio nell'aver detto a Giuly chi fosse davvero il suo papà. Dopo aver fatto colazione, Denis ci ha accompagnato a casa, ci siamo cambiate e ho portato a scuola come un razzo Giuly per poi andare subito in studio. La mattinata è frenetica e c'è un bel da fare con i pazienti. È quasi ora di pranzo e ho un secondo di pace, una eternità per rivivere ancora la mattinata e quel risveglio dolce. Sbuffo perché ho troppa confusione nella testa, ma il telefono suona e rispondo senza guardare pensando possa essere un paziente dell'ultimo minuto.

«Pronto?»

«Dottoressa Guidetti?»

«Sì, sono io, buongiorno, mi dica!»

«Buongiorno, volevo chiederle se quell'invito di cenare può essere un pranzo così può spiegarmi perché ha cancellato il mio numero!» Guardo il display e leggo "Commissario Borghi".

«Uuu, Alessandro, scusa ma ho risposto senza guardare!» Ridiamo e dice: «Immaginavo. Sono di ritorno da Ostia per lavoro, ti va se pranziamo insieme?» Mi prende alla sprovvista e subito non so cosa rispondere.

«Non saprei…»

«Forse sono un po' invadente, ti chiedo scusa.» Ho bisogno di fare qualcosa di diverso, me lo sento.

«Va bene, dove vuoi che ci incontriamo?»

«Non saprei, io finisco in studio fra dieci minuti.»

«Facciamo così, ti mando la posizione di un posticino vicino Sacrofano che conosco molto bene, può andarti bene?»

«Va bene.» Poco dopo mi arriva il messaggio e credo di aver visto quel posto sulla strada, impiego circa venti minuti a raggiungerlo.

Mi attende all'ingresso in modo gentile per salutarci con due baci sulle guance, mi guardo intorno e dico: «È carino qui, ci passo sempre davanti ma non mi ci fermo mai!»

«Bene, così non sono noioso.» Dice sorridendomi, poi mi fa strada. «Vieni, sono riuscito a trovare un tavolo al volo! Spero non ti dispiacciano le improvvisate!»

«No, tranquillo, è solo che proprio non...» Stavo per dirgli non pensavo a te ma a Denis e devo bloccarmi per non dirglielo. «Stavo lavorando e il telefono non l'ho guardato per tutta la mattinata, quando ha suonato non ho neanche guardato chi potesse essere!»

Lui è vestito elegante come sempre, ha un completo grigio chiaro, una camicia azzurra e la sua cravatta dal nodo perfetto ha l'aria di essere molto costosa, per non parlare poi delle scarpe. Mi guardo intorno, lui mi spiega appunto che in quel piccolo posto di aperta campagna libera una volta vivevano dei contadini ma con il tempo lo avevano fatto ristrutturare i nipoti, per poi aprirci un ristorante alquanto sciccoso ed elegante. Non che non me lo possa permettere, ma sinceramente non sono abituata a pranzare in un ristorante così stellato. Ci sediamo sotto una veranda dalla vista molto rilassante, si apre davanti a noi una vallata verde e penetrante, da lontano si vedono dei vigneti e il sole sembra essere stato disegnato apposta per l'atmosfera dietro la piccola montagna. Ogni sedia è coperta di pelle, l'arredamento è completamente moderno e Alessandro fa portare una bottiglia di vino bianco con un antipasto senza neanche farmi dare una occhiata al menu.

«Ci sei già venuto parecchie volte qui?» Chiedo incuriosita.

«Sì, vengo spesso.» Non dice con chi e quando, ma la cosa non mi infastidisce. «Posso ordinare io per te, se non ti dispiace?»

«Ok! Mi piace provare cose nuove!» Parliamo di cose normali, poi da perfetta curiosa chiedo: «Alessandro, posso chiederti per curiosità se sai qualcosa, insomma ho saputo di una ragazza trovata morta in un locale di Ostia, per caso te ne stai occupando?»

«Sì, vengo da lì appunto!» Arriva il cameriere e lascia un piatto grande quadrato con due capesante e un ciuffo guarnito di una crema verde, sorrido ricordando che appunto è solo un antipasto, brindiamo al nostro pranzo e imbocco un po' di salsa ma lui mi interrompe: «No, Sara, dovresti intingere la capasanta nella salsa al pistacchio e cherry!» Sorrido, lo faccio, lo trovo buono ma privo di sale, non dico nulla.

«Quindi hai tu in mano quel caso?» Chiedo, mentre lui non risponde, finisce di masticare, pulisce la bocca, sorseggia il vino, il tutto con molta calma.

«Sì, purtroppo è stata prima drogata, o forse le è stata venduta una dose tagliata male, ancora non c'è nulla di chiaro e poi da come hai letto sui giornali l'hanno violentata senza pietà, poverina! Non ti dico in che stato l'hanno trovata.»

«Immagino.» Ha detto quella frase in un modo privo di tatto. «Non l'ho letto sui giornali, me lo ha detto Denis!» Si blocca guardandomi di ghiaccio e in tono freddo dice: «Lo vedi ancora?» Mastico l'ultimo pezzo di pesce e dico: «Tutti i giorni!»

Mi guarda pensieroso sfregando davanti al mento il pollice con l'indice, il cameriere porta quello che direi essere un primo anche se pensavo fosse il seguito di un antipasto, una forchettata, nel vero senso della parola, di linguine alle vongole, ah no scusate, due gusci di crostaceo appoggiati sopra. Ma che problemi hanno con le porzioni, se vedessero quelle che mi fa nonna Ginevra potrebbero scappare a gambe levate. Lo guardo sorridendo. Chi? Il piatto e anche lui. Da lì capisco che rispetto a questo menù, per quanto raffinato e costoso, le polpette di Enzo e tutta la sua cucina hanno battuto ciò che mangio, ma per educazione mi tengo il pensiero tutto per me. Prendo la forchetta e cerco di mangiare molto lentamente per far sì che non finisca troppo in fretta.

«Quindi vai ancora al maneggio?! So che abiti lì vicino ma pensavo… che avessi chiuso i ponti con lui, tempo fa lo avevo rivisto e quando ho chiesto di te mi aveva detto "Forse ne saprai più tu di me di Sara!"». Cerca di imitare i suoi atteggiamenti e mi infastidisce, quindi sgancio la bomba. «Magari era arrabbiato, e lo sarà sempre con me! Ma è un ottimo padre!» Lui sbianca e dice: «In che senso, scusa, cioè lui… lui è…»

«È il papà della mia bimba e anche se fra me e lui non ha funzionato, lo rispetterò sempre! Come padre e come uomo!» Quindi non offendere e non prenderlo in giro o queste meravigliose linguine le userò per decorarti i capelli. Rimane un po' freddo a quelle parole.

«Ero convinto che tu fossi andata via per via di quello che è successo con Leucci e quando ho saputo che eri diventata mamma credevo ne fosse il padre!»

«Inizialmente anche io ero dubbiosa, ma ho affrontato con lui la questione ed è Denis il padre!» Sorseggio il vino dopo aver svuotato il piatto e guardo il fondo del calice, solo ora capisco le parole della nonna. Chiacchieriamo ancora del caso di Ostia e per tutto il tempo credo di non sentire nulla per chi ho di fronte, neanche attrazione fisica. Ricordo di Denis, la prima volta che mi ha portata con lui in moto, oltre alla preoccupazione ero imbarazzata e intimorita, nel mangiare quel semplice panino con la porchetta non solo si era parlato di cose comuni ma ci eravamo punzecchiati ridendo di cose banali. Mi manca Denis, e tanto, ma dopo l'ultima scenata al maneggio so che non cambierà mai e non posso sempre affrontare i suoi momenti di tormenti.

«Vuoi ordinare altro?» Mi chiede svegliandomi da quel pensiero.

«No, ti ringrazio, non ho molta fame, poi ormai dovrei tornare in studio!» Ordiniamo un caffè, paga il conto e usciamo dal locale.

«Ti va se in queste sere ceniamo insieme, magari con più calma?»

«Non saprei, magari ci sentiamo appunto con calma! Sai, sono mamma e dottoressa, a volte il tempo per me è limitato quindi lo dedico alla mia bimba a più non posso!» Lo liquido velocemente per poi dirigermi allo studio di casa. Indovinate cosa faccio quando entro in cucina? Apro il freezer ricordando del gelato che Denis mi ha preso insieme a Giuly.

«Divinità...» Dico ad alta voce stando seduta sul tavolo di casa, all'improvviso sento la porta di casa aprirsi e la voce di mia madre.

«Vieni, vieni... qui dovrebbe essere perfetto così quando entra le viene un colpo!» Mia madre e Denis stanno rumorosamente parcheggiando nella mia sala una scatola enorme impacchettata con carta regalo.

«Mamma!!» Si girano come sorpresi.

«Sara! E tu che ci fai qui?! Non eri a pranzo fuori?!»

«Sì, mamma, non hai visto la macchina, sono rientrata!» Rimango seduta sul tavolo, da dove sono, vedo benissimo e lui tiene gli occhi spalancati.

«Cosa c'è lì dentro? Per chi è la sorpresa?» Chiedo indicando con il cucchiaio, ma mia madre se ne lava subito le mani.

«Amazon lo ha scaricato, io ora vado!» La guardo incuriosita.

«L'artefice di tutto ma innocente nelle colpe!» Le urlo, ma è già uscita.

«Denis, cos'è quel pacco enorme? Sembra ci sia una lavatrice lì dentro!» Ride avvicinandosi, quello che Borghi ha mostrato poco è la spontaneità e la serenità.

«Scusa, non te ne ho parlato perché speravo fosse una sorpresa per Giuly!»

«Mi sa che è più una sorpresa per me che per lei!»

«Te lo dico ma non arrabbiarti per favore!» Lo sto studiando, ma questa volta prendo il gelato con il cucchiaio e ne metto un po' in bocca lasciandolo dove è mentre dice: «Ero a Roma per delle commissioni, ho visto il maneggio di Barbie e non ho potuto resistere!» Riprendo il cucchiaio in mano e dico: «Denis, non mi arrabbio per il regalo in sé, ma non sono d'accordo nello spendere soldi per regali così tanto costosi, non puoi viziarla così! Bastava anche solo una Barbie e poi...» Non mi fa finire, prende il cucchiaio dalle mie mani, prende dell'altro gelato e mangiandone lui, dice: «Sì ma stamattina mi hai reso un papà felicissimo e volevo proprio fare qualcosa per lei, mi piacerebbe anche montarlo insieme a lei e tu ci aiuterai! Poi dopo ti giuro che mi limiterò a cose più modeste e apprezzo il messaggio che vuoi dare, davvero... ma, almeno per oggi, permettimi di viziarla, ti prego!»

«Va bene, ma poi ripulite tutto!»

«Va bene, mammina!» Rido a quella parola e gli rubo il cucchiaio.

«Questo è mio!» Mi lascia sola e prima di andare al lavoro curioso la carta della scatola.

Dopo, attraverso il corridoio da fuori casa per andare allo studio e ricevere nel pomeriggio alcuni pazienti, sbrigo del lavoro poi durante un attimo di pausa vado a curiosare su internet e cerco l'articolo del giornale in cui si parla dell'omicidio di quella ragazza. Passano alcune ore. Leggo quello che praticamente mi hanno già raccontato i ragazzi quando appunto entra Denis, credo si sia fatto una doccia e si sia cambiato, ha jeans e una t-shirt rossa ed è ben pettinato, bellissimo e attraente come sempre.

«Già qui?» Chiedo.

«Sì, Sara, volevo chiederti, se vuoi il pomeriggio posso andare a prendere io Giuly qualche volta. Se ti fa piacere... ovviamente!» Quando è in imbarazzo ha l'aria del cucciolo ed è così dolce che mi si scioglie il cuore.

«Va bene, anzi hai fatto bene a dirmelo, adesso mando un e-mail e riferisco a scuola alle insegnanti! A proposito, se non sbaglio presto ci sarà la festa di fine anno, anche se ha frequentato poco sarebbe bello farti conoscere le maestre, se ti fa piacere.» Sorride.

«Certo che mi fa piacere!»

«Ok! Grazie!» Rispondo con un sorriso, lui si avvicina e vede dal pc l'articolo del giornale.

«Sara…» Abbassa la testa e sospira con le mani in tasca, credo si stia innervosendo o comunque è infastidito, mi appoggio allo schienale della sedia più comodamente e appoggio il mento a una mano ma cercando di nascondere il viso con i capelli, proprio come se mi stessi vergognando. Fa un gesto, per il quale anche tempo fa avevo sentito la stessa sensazione. Prende lo sgabello che uso per visitare da vicino i pazienti e si avvicina a me, è grande su quel piccolo appoggio in metallo, allunga una mano e tira la sedia su cui sono sopra dai poggiabraccia tirandomi a sé, lentamente appoggia un braccio allo schienale poi con una mano delicatamente mi prende il viso e con i suoi occhi azzurri profondi mi guarda con dolcezza.

«Guardami, piccola!» Era da tempo che non mi guardava così e che non mi sentivo chiamata con quel nome, lo sto facendo, lo sto guardando, un brivido sale dallo stomaco per farmi impazzire il cuore e il contatto così vicino a lui mi manda in tilt seccandomi la gola. «Smettila di farti del male con le cattiverie degli altri!» Non ha torto, ma ogni giorno, anche per soli cinque minuti della mia vita, la mia testa va a quel momento, credo ormai che sia indelebile e sono consapevole di quanto mi abbia cambiato la vita. «Forse mi starai dicendo che non ti capisco abbastanza, forse è vero, non riesci a parlarne e io non ti ho mai capita. Ma una cosa te la dico…» Fa una pausa, mi accarezza colpendomi ancora con le sue parole come cinque anni fa: «Quella parte marcia di noi non è nostra, non ci appartiene perché quando stavamo insieme, soli io e te, non soffrivamo! Io con te ho fatto l'amore, sempre, anche quando non lo sapevo. Lo schifo che ti è stato fatto ci ha allontanati! Quello ci ha resi estranei allontanandoci fino a fare in modo di non capirci più. Ci siamo fatti male, tanto male, ma non posso permettermi di perderti o di fare in modo che tu vada via ancora da me! Riconosco i miei sbagli, tutti… anche se non mi credi! Sono stato immaturo e un egoista… ma non posso stare a guardarti ancora soffrire in silenzio o rimuginare sul passato! Non puoi, e non dovresti stare a guardare queste cose perché secondo me non ti aiutano!»

Mi lecco le labbra e sfregandole fra loro dico: «Grazie per quello che hai appena detto, ma...» Mordo il labbro. «Ero curiosa di sapere e di studiare cosa è successo a quella ragazza così giovane, aveva solo ventitré anni e i genitori ne sono disperati!»

«Non fai più quel mestiere, hai la tua carriera, hai sentito e letto l'articolo ma vai avanti anche se non è facile voltare pagina, per come ti conosco, vuoi sapere di più per permettere alla tua testa di pensarci. Non dovresti!» Distolgo lo sguardo mentre lo dice.

«A volte non so proprio cosa dovrei fare!» Mi torna a prendere il mento dolcemente.

«Devi andare avanti, piccola! Perché ho un ricordo di te, sorridente e forte davanti a tutti i problemi! Rotta... piegata ma forte come una roccia e pronta a ripartire! Che fine ha fatto quella Sara?»

«A volte anche le rocce crollano, Denis!» Mi guarda un po' in silenzio per aggiungere: «Ma non tu! Ora sei qui di fronte a me e non te lo permetto di crollare! Quindi alza il tuo bel sedere che credo proprio sia ancora così...» Gli do una pacca sulla spalla sorridendo. «E prepariamoci per montare un maneggio di Barbie!» Ride anche lui poi dice: «Per tirarti su, siccome è venerdì, vorrei che venissi con me al cinema così ti distrai!» Rimango confusa.

«Come scusa? Non puoi approfittare di me in un attimo appena debole per chiedermi... Denis, mi stai chiedendo di uscire?» Gli chiedo stupita e mentre fa sì con la testa dice: «Esattamente. Sto flirtando con la madre di mia figlia, la più bella donna del mondo!»

«Denis?! Ma...»

«Cosa ho io in meno del commissario Borghi?» Dice infastidito e a quella domanda metto le braccia conserte, lo guardo da una fessura di sguardo facendo una "o" con la bocca.

«Mi hai seguita? Come hai potuto?» Alza le mani come per giustificarsi e dice con un sorriso malizioso: «Non è come credi, davvero! Vi ho visti per caso mentre tornavo da Roma dopo aver comprato il regalo a Giuly...»

«E quindi cos'è questa battuta che mi hai fatto? "Cosa ho in meno del commissario Borghi..." pensi di essere simpatico oppure di riuscire a convincermi?» Ridiamo mentre lo imito, ma faccio ancora l'arrabbiata.

«Vorrei fare con te qualcosa, posso?»

«No!!» Rispondo subito.

«Perché?» Chiede con voce stridula, come un bambino che sta per essere messo in punizione.

«Perché non stiamo più insieme!»

«Ma io ti ho detto che farò di tutto per averti, e vorrei partire da una piccola cosa! È uscita al cinema una serie di film che so quanto ti piaceranno, di quelli drammatici che ti faranno piangere, e io ti ci voglio portare!»

«Ma io non te l'ho chiesto!»

«E io ti ci porto, e poi, scusa, ma dove siete andati a mangiare?! Non è posto per te, Sara, quello!»

«Ma a te cosa importa dove abbiamo mangiato?!»

«Perché ti conosco e so che dopo hai mangiato il mio gelato per consolare il tuo pancino, tu hai bisogno delle porzioni di Enzo e di qualcuno che ti faccia ridere e stare bene, non che ti indica come mangiare un cosino... un… che cos'era quel coso?» Mi arrabbio.

«Hai proprio seguito tutto quello che abbiamo fatto?!»

«I primi cinque minuti sono stato molto curioso!»

«Che faccia da schiaffi che hai… ma come ti è venuto in mente di…» Mi avvicino, pronta a conficcargli le unghie negli occhi e lui scatta all'indietro in segno di difesa.

«Non ti ho seguita, giuro! Sono passato da lì per caso.»

«Sei osceno!» Gli punto il dito. «Anche se mi hai vista per caso, non puoi scendere dall'auto per venire a controllare io cosa faccio, Denis!!» Stiamo vivamente litigando ora.

«È stato più forte di me, va bene?!» Ha le mani in segno di resa.

«Perché?» Ma poi dal suo sorriso sghembo capisco e rimango ancora meravigliata. «Tu sei geloso di me?» Sono incredula e rimango a bocca aperta.

«Lo sarò sempre, fattene una ragione, anche se non stiamo insieme, per me sarà sempre cruciale immaginarti con un altro, figuriamoci vederti per davvero!» Rimango in silenzio ad ammirare la sua sincera verità e dolcezza, perché qualche anno fa non lo avrebbe mai ammesso con così tanta facilità e altro non so aggiungere.

«Ciao, mamma!» Ecco la nostra piccola che ci interrompe, noi ci voltiamo per salutarla e abbracciarla a turno, racconta la sua giornata, quello che ha fatto parlando a raffica, poi Denis la prende in braccio e lei dice: «Lo sai, oggi a scuola ho raccontato a tutti che sei il mio papà!»

«Davvero?» Dice lui mordendosi il labbro. «Ma ancora non hai raccontato della sorpresa che ti ha fatto il papà!» Vedo la mia mamma dalla porta che mi saluta e ci lascia soli sparendo nel corridoio che porta a casa sua.

«Che sorpresa?»

«Se la mamma ci lascia entrare in casa la vedrai!» Li guardo e alzandomi dalla sedia dico: «Dai, andiamo! Fatemi togliere il camice e chiudo tutto! Anche se non avrei finito di lavorare!» Apro la porta di casa e quando Giuly vede il pacco gigante impazzisce: «Wow… è il regalo più grande e più bello che abbia mai ricevuto!» Ridiamo alla sua espressione. «Ma è tutto mio?»

«Sì!» Rispondiamo insieme.

«E lo posso aprire?!»

«Sì!» La aiutiamo ad aprire la carta regalo di un cartone contenente duecento pezzi in totale compresi di recinto e casa da montare, impieghiamo quasi tutto il pomeriggio fino a sera a montarlo e ad attaccare gli adesivi. In un attimo di distrazione esco dalla camera e vado in cucina a bere qualcosa dal frigo, è stato tutto piacevole e bello, lui è davvero dolcissimo come papà, quasi non lo sento e me lo trovo al mio fianco.

«Perché non ti vai a preparare così andiamo al cinema?» Bevo lentamente pensando a come affogarlo in modo silenzioso ma so che è più forte di me e non potrei riuscirci.

«Denis, non è bene per noi uscire insieme da soli! Ricordi la frase "solo per Giuly"?» Rispondo a bassa voce.

«E tu fallo appunto per lei!»

«Non puoi giocare su questa cosa!»

«E tu non puoi ignorare quello che eravamo! Voglio riconquistarti, ti prego permettimelo!»

«Non…» Non riesco a concludere lo fa lui per me. «Non ti fidi, lo so, hai paura di me, ma proprio per questo ti chiedo solo di uscire una volta. Da soli, io e te, vieni con me!»

«Non ho neanche chiesto…»

«Non arrabbiarti, ho già chiesto a tua madre, le facciamo il bagnetto, la cambiamo e se ne occupa lei!» Lo sto perforando con gli occhi.

«Come faccio a non arrabbiarmi se architettate sempre tutto alle mie spalle!» Dico a denti stretti, ma lui tranquillamente risponde: «Devo dire che la nonna e tua madre sono sempre state molto gentili e cordiali con me! Tutta la generazione mi tratta con rispetto a eccezione di una persona!»

«Fatti la domanda e datti le risposte, vedi cosa ne viene fuori!» Ridiamo, poi mi abbraccia lievemente e gli dico: «Non provarci o non vengo da nessuna parte!»

«Promesso!» Dice alzando le mani, ma ad arrendermi al suo sorriso sono solo io.

Ho sempre flirtato con te

Denis

Avrei voluto chiedere scusa in mille modi a Sara, farei qualsiasi cosa per non perderla, spesso ho paura dei suoi silenzi e dei suoi limiti già oltrepassati tante volte. Rendermi conto di averla delusa un sacco di volte è delusione anche per me e Dio solo sa quante volte ha pianto per me. Ho delle sensazioni, le quali mi portano a provare sentimenti, vorrei regalarle tanto bene, tirare fuori da lei quello che ha dimenticato di essere. Vorrei davvero farle capire cosa provo nello stare ancora con lei, dopo tutto questo tempo. Ma vederla arresa all'orgoglio e sapere che si è allontanata da me per difendersi da quello che sono stato mi rende davvero inutile.
Mi sono reso schiavo del suo amore, dei suoi desideri e di tutti quelli che non lo sono. Mi sento come un uomo sempre in lotta con i propri desideri. Scelgo di perdermi nei miei desideri, sogno le sue carezze, quelle che mi faceva, mi abbandono al pensiero del suo profumo. Un tubetto della sua crema dimenticata nel mio mobile del bagno per me è stato come ritrovare lei e l'ho custodito come oro, senza mai sprecarne una goccia.
Il desiderio è nemico dell'anima perché la intrappola nelle sue spine, lascia che il suo desiderio ci tenga imprigionato fra di loro, vorrei che ascoltasse i nostri corpi come si parlano ancora una volta, che lasciasse perdere la logica e che dimenticasse l'intero mondo per capire che il modo in cui ci guardiamo, ci tocchiamo, rimarrà solo nostro come lo è sempre stato.
Vorrei lasciare che i nostri corpi si incontrassero come un albero che porta l'acqua attraverso le sue radici. In realtà quando mai la mente è riuscita a gestire il cuore, che tipo di logica riesce a controllare il cuore quando impazzisce? Il mio la cerca da tempo, ardentemente il corpo pulsa per lei.

Ho guidato verso Roma per andare a trovare Massimo in officina e mi ritrovo a pranzare con lui Alice, Marta e Cristian. Ho guidato come un sonnambulo dopo averla vista per caso a pranzo con il commissario

Borghi, avrei voluto spaccare il locale e poi la faccia di lui, ma a cosa sarebbe servito se non ad allontanarla ancora di più da me. Ho letto il suo imbarazzo e disagio nei suoi occhi a stargli di fronte. Lui la mangiava con gli occhi, lei con lo sguardo vuoto in quelle misere portate di cibo sofisticato, ho visto tutto fino al caffè, non sono rimasto solo cinque minuti. È stato più forte di me, avevo preso una rosa e volevo farle una sorpresa chiedendole di pranzare con me, invece mentre tornavo dall'azienda agricola, l'avevo vista da lontano svoltare in quel parcheggio. Ho lasciato l'auto fuori dal parcheggio e sono entrato per seguirla a piedi, quando l'ho vista con lui ho sentito un pugno al cuore. Con la scusa di bere qualcosa al bancone sono entrato e li ho osservati, hanno parlato di non so cosa e non vorrei saperlo. Sono poi uscito e mi sono diretto a Roma per andare a parlare con i miei amici che mi hanno poi portato a pranzo con le loro fidanzate. Racconto tutto, della sera prima, del momento in cui ha detto a Giuly che sono il suo papà, di come la vorrei e di come vorrei uccidere Borghi, ma non posso.

«Se tu fossi entrato e avessi fatto una scenata di gelosia non te lo avrebbe mai perdonato! Hai fatto bene ad andare via!» Mi dice Marta.

«Ho distrutto la mia rosa con le mani, dal nervoso!» Dico a testa bassa . «Me lo merito, lo so! Da quanto si frequentano, lo sapete, per caso?» Fanno no con la testa e Alice risponde: «Lei è qui da poco, si sono visti casualmente!»

«Facciamo così, dimentica i fiori, ora ti spiego io come puoi conquistare ancora Sara.» Continua Marta mentre tutti ascoltano.

«In che senso?» Mi accendo in una qualche piccola speranza. «Se sapete anche solo un minimo, per favore ditemelo, cosa posso fare?» Chiedo disperato.

«Promettimi che non sarai mai arrogante, anche se sei geloso!»

«Prometto!» Subentra Alice. «Denis, sul serio, nel tutto, quello che più l'ha delusa è quando ti mostri aggressivo e impulsivo con le tue scenate!»

«Ok, ho imparato ormai, devo controllarmi! Prometto che farò tutto quello che mi chiedete!» Si guardano e dicono: «È un po' un colpo basso, ma inizia a colpire con Giuly!»

«In che senso? Ragazze, non voglio…» Dico preoccupato.

«No, no... non in quel senso, tipo... fatti valere davvero come padre! Lei si scioglie quando vi vede insieme e lì le chiedi di uscire, tipo portala al cinema, a mangiare una pizza, lo sai lei quanto è semplice... anche solo un gelato!» Dice Marta.

«Devi corteggiarla in modo silenzioso, da furbo, in fondo lo sai fare... oh, Denis, ma davvero te le devo dire io queste cose?!» Mi sgrida Massimo.

«Compra un regalo enorme a Giuly... tipo un Lego, una casa per le bambole, falle impazzire, poi con la scusa che lo montate a casa sua passate del tempo insieme!» Suggerisce Cristian.

«E secondo voi dovrei dirle che l'ho vista con Borghi?»

«Sì, ma giocaci sopra, non essere arrogante! Hai presente, sì, mi importa ma non troppo! E poi la stupisci!»

Faccio come mi suggeriscono, tutto per mostrare quanto posso essere migliore. In un negozio di giocattoli vedo una enorme casa per le Barbie, spendo una follia ma non mi interessa, devo provare a riprendermi ciò che dovrebbe essere mio e basta. Chiamo Benedetta, la mamma di Sara, sperando mi possa aiutare e lo fa. Cerco di fare una piccola sorpresa ma in realtà è lei a farla a noi quando a casa sua mentre salgo per scaricare l'enorme pacco, la sorprendiamo sul tavolo della cucina a gustarsi un gelato, il mio gelato. Sua madre se la svigna, io le dico che ho bisogno di fare questa sorpresa a Giuly, tra un battibecco e l'altro riesco a convincerla.

Torno al maneggio, mi occupo dei soliti impegni ma non vedo l'ora di tornare da lei, così dico a Laura ciò che ho fatto e mi incita a sbrigarmi perché Giuly ne rimarrà sicuramente contenta. Mi faccio la doccia, mi cambio per poi raggiungerla in anticipo, vorrei stare un po' solo con lei per parlare di noi.

Quando arrivo la trovo al suo pc a curiosare su quanto accaduto a quella ragazza ritrovata violentata e morta, della quale i giornali non fanno che parlare da più di una settimana ormai. Che idiota che sono, lei non dimenticherà mai e sembra vergognarsi di essere stata sorpresa. Non riesco. Non ce la faccio più a lasciarla soffrire senza fare niente, l'ho fatto per cinque anni e anche se non sarà più mia, devo fare di tutto per ridarle il suo sorriso dolce. Le parlo con dolcezza, muoio per la voglia di averla fra le mie braccia, vorrei averla sul mio petto, annusare l'odore dei suoi capelli, proprio come ho fatto la sera precedente. Invece mi accontento di confortarla, per poi farla arrabbiare. Ma giurerei che rideva, come quando stavamo insieme, le mostro ancora una volta la mia gelosia e il mio amore al quale sorride. Passiamo ore bellissime con Giuly, la vedo come ci osserva, vorrei tanto sapere cosa pensa e chissà se per davvero non prova più niente per me. Insisto per la nostra uscita al cinema e l'ho convinta. Facciamo insieme il bagnetto a Giuly, poi la portiamo da sua madre Benedetta che la sta aspettando con la tv accesa in sala, la piccola ne è felice e mentre si strofina gli occhi, salgono in camera pronte per una lettura di favole.

La osservo mentre cammina davanti a me, silenziosa e anche nervosa, torna in casa per prendere credo la borsa mentre vado ad accendere l'auto, quando scende dalle scale la osservo nella sua gonna di jeans che le arriva alle ginocchia, una t-shirt nera con delle sneakers bianche. In fondo è sempre la stessa, non è cambiata, ma maturata molto, sì. Riesce sempre a tenermi testa e adesso ancora di più, l'unica che è riuscita sempre a farlo pur essendo fragile, la rivoglio.

Sale in auto, si infila la cintura, la osservo ancora e sento il suo buon profumo, metto la marcia poi partiamo. In auto c'è silenzio, solo una canzone di Vasco in sottofondo "Una canzone d'amore", ne ascolto le parole e mi ci sento nella parte mentre la guardo, osserva fuori dal finestrino ed è così bella ma imbarazzata e pensierosa. Chissà se pensa la stessa cosa. Prendo la strada per Roma, mi dirigo verso un multisala del centro, siamo silenziosi a parte qualche sguardo imbarazzante rubato, che spezzo per primo.

«Vi siete sempre sentiti tu e Borghi?» Chiedo tranquillamente.

«No, ci siamo incontrati per caso e mi ha chiesto se volevo qualche volta uscire con lui!»

«Quindi avete solo pranzato, cioè voglio dire…»

«Perché devo darti tutte queste spiegazioni? Tu piuttosto…» La guardo e lei si volta per fare lo stesso: «Carina la tipa dell' azienda agricola, ti sarai dato da fare negli ultimi anni!»

«Potrei parlarti della mia vita intima, ma so che dopo peggiorerei la mia situazione quindi non voglio rischiare!» Ride.

«Oppure il vecchio Denis non smetterà mai di andare a caccia, quindi non può svelare i suoi segreti!»

«Vuoi essere sconvolta?!»

«No, vorrei che tu fossi sincero. Ma sai cosa? Che poi mi dico che non è così importante, perché in fondo non stiamo insieme e nessuno deve delle spiegazioni a nessuno, giusto?» Rido sarcastico ma lei è raggiante.

«Bhe, io le spiegazioni te le voglio dare!» Abbasso la musica dello stereo e mi metto comodo rallentando.

«Non sei tenuto.» Sembra una bambina con il broncio.

«Partiamo dalla sera in cui ero in bagno con la "morettina" come la chiami tu!» Si volta ancora a guardare e questa volta sembra ascoltarmi seriamente mentre corruga la fronte, i suoi occhi mi stanno guardando come in un interrogatorio. «Non vorresti sapere niente di quella sera?»

«Non vorrei vomitare, quindi non entrare nel particolare per favore!» Dice seria, ma giurerei che è gelosa e mi fa impazzire.

«Beh, io te lo racconto lo stesso, in fondo ancora non abbiamo mai parlato seriamente di quello che è stato fra di noi, giusto? O di ciò che è successo quella sera!» Abbasso lo stereo e rallento, come se potesse servire a esprimermi meglio.

«Non mi tocca più di tanto!» Quanto mi dà fastidio la sua indifferenza, voi non potete proprio immaginare.

«Abbiamo ancora circa venti minuti che percorrerò con molta calma proprio per parlare con te, dunque...» Cerco di riprendere l'argomento: «Mi toccherà entrare nel particolare quindi mi dispiace ma dovrai fartene una ragione perché ero talmente furioso che avrei tanto voluto avere un'altra donna pur di non pensarti, ma sai qual è il problema? Che proprio non ci sono riuscito, per colpa tua!» Fa una risata isterica.

«Per colpa mia?!» Ripete arrabbiata.

«Sì!» Non mi fa terminare la frase.

«Certo perché il nostro problema andava risolto con del sesso che non ti concedevo, ovvio, perché tu così ti saresti sfogato e il problema sarebbe poi sparito, sperando di dimenticarti di me!»

«Sì, sono consapevole di come risulta la cosa da cinico ma in effetti lo speravo, mi sono sempre chiesto, perché tu? Cosa mi hai fatto per fare in modo che io mi innamorassi di te! Non c'è risposta, posso solo dirti che non ci sarà nessun'altra oltre te! E ti dirò anche un'altra cosa... dopo un anno esatto da quella sera sono salito su un aereo per cercarti, una hostess voleva portarmi in bagno e fare qualcosa, ma non potevo perché il mio cuore diceva di volere la mia Sara… tu mi hai rubato il cuore insegnandomi ad amarti! Quindi, Sara, ho provato ad andare con delle donne e a dimenticarti sfruttando lo scopo sessuale perché sono un uomo e ho delle esigenze, ma tutte le volte che ci provavo non riuscivo ad avere una eccitazione come succedeva con te, mi svuotavo le palle ma il mio pensiero eri solo tu! Io ho sempre voluto solo te e negli ultimi tempi, proprio come hai detto tu, anche se non riuscivi a concederti, a me non mi interessava, stavo bene anche solo dormendo con te, perché una coppia come eravamo noi non ha bisogno del solo sesso ma anche solo di sentire che uno per l'altro c'è!» Mi sono un po' agitato alle ultime parole, ma penso di averla sconvolta e si è ammutolita. La guardo velocemente per osservare ancora come mi guarda, occhi dolci i quali non sanno che dire e io riprendo. «Bene, visto che non hai niente da dire continuo! Così potrai capire che anche io ho sofferto per te! Il primo anno ero incazzato come non mai!» Racconto tranquillamente, mentre lei si appoggia al sedile e mi ascolta. «I primi tre mesi mi dicevo che prima o poi saresti tornata, non potevi essertene andata così! Speravo di vederti a Natale, poi al tuo compleanno a febbraio, ti ho cercato provando a chiamarti per la prima volta ma tutto di te non esisteva più! Sparita nel nulla. Ho chiesto alle tue amiche di chiamarti e volevo parlarti, anche cantarti i tanti auguri, volevo sapere come stavi… mi mancavi e non sai quanto!» Mi viene un nodo in gola e la tangenziale la percorro a sessanta chilometri orari sulla corsia più lenta. «Le tue amiche si sono tutte rifiutate, non volevano, poi è arrivata l'estate e il mio compleanno e tu non c'eri, sono stati tutti momenti in cui pensavo di impazzire perché avevo nella testa tutti i nostri momenti vissuti insieme! Ogni giorno mi sei mancata, poi non ce l'ho più fatta e sono andato da tua madre, la quale non ha voluto dare troppe informazioni, tua nonna però mi ha aiutato dandomi l'indirizzo del tuo college… per tre giorni ti ho cercato! Stavo impazzendo, avevo sentito dalle ragazze che era nata la tua bimba, pensa non poter sapere neanche il suo nome! Ho scoperto che si chiamava Giuly da Kevin, quando vi siete incontrati al passaggio nel bosco. Non mi hanno mai detto niente di più, soffrivo ai loro silenzi e alla tua assenza… ma la segreteria della scuola non ha voluto darmi informazioni! Ho anche aspettato fuori per un giorno e camminato per Oxford, ma nessuno ti conosceva e in inglese dicevano "privacy… privacy…" - Mimo i modi di fare di quelle persone, mi ascolta ancora in silenzio con occhi lucidi e io quasi mi sento meglio al mio sfogo. «Sono tornato a casa più vuoto di prima, io che immaginavo di stare un po' con te e di convincerti a tornare da me, ma non c'eri da nessuna parte! Poi dopo mi sono arreso, ma non rassegnato! Mi sono detto che era finito tutto e che avrei continuato ad amarti in silenzio, che forse un giorno saresti tornata. Ho tirato su tanti muri, mi sono dedicato interamente a me e al maneggio, parlavo con Polly per ore di noi, di te… mi sono chiesto di chi fosse la bambina! Ma non ne ho mai voluto parlare più con nessuno! Basta, era finita! Sono passati altri quattro anni, scivolati lentamente senza di te, mi ero abituato alla tua presenza nella mente con i nostri ricordi ma non alla tua assenza! Quando ho saputo dalle ragazze che saresti tornata, ho sentito un pugno nello stomaco, ero felice ma arrabbiato, io ti ho fatto andare via ma tu non dovevi andare. Anche se era solo colpa mia! Spesso mi sono sentito solo, malinconico e so che se non stiamo insieme è solo colpa mia, tutto quello che è successo è per colpa mia e ti ho cercato per chiederti scusa ma non ti ho trovata! Vuoi condannarmi? Fallo, ma sappi che mi sono condannato già io da solo, tutte le mattine e tutte le sere quando non eri con me, e anche ora che non mi vuoi mi condanno, tutte le notti quando allungavo la mano e non c'eri, e solo per colpa mia! Quindi quando ti chiedo scusa è perché so tutti gli sbagli che ho fatto e dove li ho fatti!» La guardo ancora e vorrei baciarla, è arresa alle mie parole per poi voltarsi e stringere fra di loro le labbra, la vedo deglutire e distogliere lo sguardo fuori dal finestrino che poi apre lievemente e respira aria. Se ancora una volta le ho fatto male, spero che abbia capito che le mie parole sono sincere e che capisca davvero quello che ho provato.

Siamo quasi arrivati, ma devo parcheggiare per proseguire poi a piedi. Scendiamo dall'auto e ci incamminiamo verso il posto, entriamo fermandoci allo schermo che indica i film, non ha detto una parola da quando siamo scesi dall'auto, sembra più indifesa e in colpa che mai.

«Ci sono tanti film da guardare, cosa preferisci? Starei sui romantici, ricordo che gli horror non ti piacciono molto, che non riesci a guardarli!» Mi guarda sorridendo.

«Tu pensi che io sia solo per film romantici? Beh, voglio vedere un horror, è appena uscito il seguito di IT, guarda, e ne sarei proprio curiosa!»

«Non devi farlo per farmi un dispetto, non è che poi stanotte mi tocca stare con te di nuovo?!» Si volta con le mani incrociate al petto, in modo seccato mi dice: «Pensi che non sia capace sul serio?»

«No, era solo… Vabbè, dai, se insisti guardiamolo!» Prenotiamo i posti, nell'attesa dell'inizio del film mangiamo a un piccolo ristorante delle costolette di maiale alla griglia con dei contorni e focaccia. Sembra tornare alla sua normalità parlandomi.

«Perché hai insistito per portarmi qui con te, soli io e te? Non andava bene come stavano andando le cose?» Chiede mentre addenta dei peperoni e carciofi.

«Perché secondo me ne abbiamo bisogno, non è per un secondo scopo, ma per una vera tregua! In qualunque modo noi dovremmo andare d'accordo, ora più che mai!» Si pulisce le mani e beve il suo piccolo bicchiere di birra.

«Devo ammettere che hai ragione, ma tu hai quasi sempre dei secondi fini e mi fai paura!» Rido.

«Se mi prometti che non andrai mai via con Giuly senza di me, cercherò di stare calmo, ma…»

«Ma?» Guardo il suo piatto vuoto.

«Ma come sempre riesci a stupirmi per quanto mangi! Sette costine e quattro tranci della focaccia, davvero non so come fai e per di più con i peperoni.» Ride.

«Devo dirti anche io una cosa.» La ascolto. «Non sai quanto mi è mancata la cucina italiana e anche se cucinavo, non mangiavo molto.»

«Perché?» Mi incuriosisco, morde a lungo il labbro e fissa il bicchiere appena appoggiato.

«Perché tu non c'eri, e mangiare con te per me è sempre stato diverso! Anche se ti lamenti, tu… capisci i miei gusti e ammetto che oggi quel cibo non mi ha fatta impazzire. La tua carne al barbecue è… divina! Sai che mi piace il pane, soprattutto tostato, e andiamo d'accordo sulla birra.» Ridiamo perché è vero, spesso ne abbiamo bevuta insieme anche solo un bicchiere. «Apprezzo il vino, ma bere birra con te ha il suo fascino!» Sorridiamo e ci guardiamo poi negli occhi.

«Sara, stai flirtando con me?» Diventa rossa di colpo.

«Assolutamente no!» Dice con tutta calma.

«Non mi hai ancora detto perché non mangiavi!» Fa spallucce e dice: «Il mio stomaco era chiuso, pieno di rabbia, di malinconia! Ora mi sa che dobbiamo andare e i pop-corn, se permetti, me li pago io!» Dice alzandosi.

«Davvero anche i pop-corn?!»

«E sì, se no che cinema è?»

Siamo al centro della sala, uno di fianco all'altra e devo ammettere che non c'è molta gente, il film è iniziato da un po' e quello che dovrebbe essere horror per me diventa comico. Quando dicevo che Sara odia i film horror è perché ricordo che una volta mi ha spiegato che non ha paura della scena disgustosa in sé ma non le piace la sensazione dell'adrenalina che la musica e gli attori le trasmettono, ed è pura paura. Non posso fare a meno di ridere di lei che mentre infila un pop-corn con una mano alla bocca, l'altra la usa per coprire gli occhi, emettendo suoni strani fino a trovarmela rannicchiata sul mio gomito.

«Ascolta, Denis, ma secondo te quella bocca quante volte la farà vedere?» Rido lievemente nel guardarla.

«Parecchie volte, vuole mangiare tutti!»

«Secondo te non ne ha mangiati abbastanza? Così il film non avrà più protagonisti! Se arriva qualche scena un po' più tranquilla dimmelo!»

«Non credo ci siano scene tranquille! Tu cosa fai? Non dirmi che hai paura, per caso!»

«Non è proprio paura, più ansia!» Le rubo una pallina croccante bianca dalle dita, non si è resa conta di essersi aggrappata con il suo braccio al mio, ha gli occhi socchiusi e una mano davanti agli occhi, noto che con la testa è appoggiata alla mia spalla.

«Perché mi tocchi?» Le chiedo dolcemente.

«Non ti sto toccando!» Dice infastidita, e io rido.

«Sicura che non vuoi toccarmi da altre parti?!» Poi guarda la sua mano infilata nel mio braccio e la sposta subito dandomi una pacca sulla spalla.

«Approfitti sempre della situazione!» Torniamo un secondo a guardare il film, mette una pallina di mais in bocca e quando il pagliaccio mangia un bambino lei emette un piccolo sussulto e si infila con la testa nel mio collo.

«Dio che schifo!»

«Pensa che una volta mi dicevi di aprire i corpi delle persone come se nulla fosse!»

«Non è la stessa cosa!» Mi dice mentre tira su la testa lentamente, mi piace quel contatto dei suoi capelli che toccano la mia guancia.

«Sì che lo è… pensa a quando mi hai fatto la puntura deridendo la mia paura per gli aghi!» Iniziamo a ridere, qualcuno si lamenta alle nostre spalle intimandoci di fare silenzio, ma la sua risata è un circolo vizioso, non riesco a smettere e a toglierle gli occhi di dosso. Smettiamo poi di ridere e lei sposta la mano.

«Hai un po'…» Indico su di me il punto. «Verso l'angolo…» Non lo centra e quella vicinanza è come un polo di attrazione. Sposto con il pollice il pezzo di pop-corn e accarezzo il suo labbro inferiore, è caldo e morbido come ricordavo, ripeto il gesto ancora, ma lei con le dita mi infila in bocca una patatina, così che torniamo a guardare il film rimanendo vicini lo stesso.

Siamo in auto sulla strada di ritorno, ripenso ai nostri momenti e la riaccompagno a casa, la lascio alla porta dopo aver ripreso Giuly mentre dorme e, come d'accordo, chiamo subito la nonna di Sara, ho bisogno del suo aiuto perché fra noi non può andare solo così.

Sara

È stata una serata con sensazioni a me non troppo estranee, anzi. Dopo il suo discorso in auto ho capito che, come immaginavo, ho lasciato anche io i miei segni bruschi, entrambi non saremo mai indifferenti all'altro.

Quando se ne va lo lascio alla porta di casa poi vado a mettermi qualcosa per la notte, sfilo il reggiseno e metto una canotta lunga in cotone con del pizzo grigia e nera, ha le spalline sottili e addosso metto una vestaglia simile in cotone, con dei calzini, non credo di essere molto sexy ma sono comoda e mi metto sul divano a leggere un libro quando il mio telefono suona. Sul display appare il nome della nonna e subito rispondo.

«Ehi, nonna, cosa succede?»

«Ciao, cara, scusa se ti disturbo, è solo che non volevo suonarti, non sapevo se dormivi o no.»

«Sono sveglia, dimmi pure, non stai bene?»

«Sì, tesoro, sto bene, è solo che mi sono ricordata di Giuly, mi ha chiesto di farle una torta di crema alla nocciola e… però mi sono dimenticata di prenderla in cantina, sai, poi domani mattina presto vorrei farla!»

«Va bene ma adesso è buio, è tardi, non puoi mandare qualcuno, Omar.» Il governante di casa.

«Stanno già tutti dormendo, mi scoccia svegliarli! E poi non dovresti andare nella prima cantina ma…» Ho già capito cosa sta per dire.

«Nonna, a me mette i brividi quello sgabuzzino, io lì non ci vado!»

«Mmm, vabbè non insisto, sarai stanca, scusa.» La sua voce riesce a farmi sentire in colpa e mentre ruoto gli occhi all'insù dico: «Va bene, dai, vado, ma tu vieni qua con Giuly, non mi piace lasciarla in casa da sola!»

«Va bene, va bene, arrivo subito!» Riattacca praticamente subito e poco dopo bussa lievemente alla porta che vado ad aprire, le dico: «La prossima volta però la fai il giorno dopo ancora che Giuly non si sciupa di sicuro!» Infilo gli Ugg ma uscendo dimentico il telefono per farmi luce, peccato che me ne rendo conto quando sono già scesa per le scale della prima cantina, quella dei vini, fra me e me dico: "Ci sarà la luce, spero". Mi inoltro come negli abissi stringendomi nel mio maglione lungo, intravedo la porta dalla luce fioca e provo ad accendere l'interruttore, ma sembra non ci sia corrente. Mai una gioia. Spingo la porta ed entro lentamente perché in me questa piccola cantina ha sempre messo i brividi dandomi l'idea che potesse uscirne fuori un mostro come nel film dell'orrore. E come in un film qualcuno mi spinge dentro per poi chiudere la porta, io urlo andando in braccio a qualcuno e poi urlo ancora di più.

«Oddio, ditemi che è uno scherzo! Chi sei tu, cosa vuoi, nonnaaaa!» Mi batte forte il cuore e ho paura, ma il suo profumo lo riconosco e quelle braccia che mi tengono ferma sono le più sicure in cui sia mai stata.

«Denis?!» Poi la voce di mia madre mentre chiude a chiave la porta. «Ora voi due state lì dentro finché non risolvete i vostri problemi!»

«Mamma, apri subito! Cos'è questa storia, sai che non mi piace stare qui!»

«Cerca di abituarti perché dovrai passarci tutta la notte!!!»

«Cosa?!» Non sento più la voce di mia madre. «E tu…» Mi rivolgo a lui. «Tu lo sapevi?»

«Un po' sì e un po' no!» Intravedo il luccichio dei suoi occhi dal riflesso della luna e dico: «E questa che risposta è?» Sorride e sento il suo respiro sul mio collo. «Ma tu non eri a casa?»

«Ci ho ripensato! È una bella serata per sprecarla così!»

«Sì ma qui fa freddo e tu non devi prendere umidità, potresti prendere una ricaduta e staresti peggio!»

«Ho avuto una dottoressa che si è presa cura di me in maniera perfetta!» Nonostante tutta la situazione dico: «Stai prendendo le medicine?» Fa sì con la testa, vedo i suoi denti bianchi dallo spiraglio di luce della piccola finestra. «Nel modo che ti ho detto?»

«Quindi ti preoccupi per me?» È calmo e dolce.

«Certo che mi preoccupo di te, non sono meschina come te!» Le sue mani sui miei fianchi mi agitano. «Sei coperto bene, stare quaggiù potrebbe darti una ricaduta!» Ripeto mentre palpo le braccia e sento che sono ben coperte. Tiro fin su la zip della sua tuta per poi lisciarla.

«Ho pensato a tutto!»

«In che senso? Denis, ti prego, non mi piace stare quaggiù, mi ha sempre fatto paura!» Brontolo come una bambina.

«Ci sono io, ti fidi di me?»

«Sì, ma perché in cantina? Se dovevi dirmi qualcosa potevi farlo anche suonando il campanello! Siamo stati insieme fino a un'ora fa!» Ride, bacia le mie dita lievemente rimaste sul suo petto e dice: «Aspetta!» Accende una piccola fiammella per poi illuminare un po' alla volta tante candele piccole, bianche, creando un'atmosfera calda, ho un po' freddo e copro le mani con le maniche della vestaglia, poi dice girato di spalle: «Ecco servita, a te!» Si presenta con due tazze di cioccolata calda.

«E questo vuol dire che tu hai organizzato tutto con la nonna, di' la verità!» Siamo in una stanza davvero piccola, lui è grande e occupa tutto lo spazio possibile, ma inizio ad apprezzare il tutto.

«Sì, lo ammetto, volevo continuare a parlarti senza che nessuno di noi scappasse! Ed era l'unico rimedio!» Prendo la tazza distogliendo lo sguardo e ridendo.

«Denis, sei così…»

«Così innamorato di te, che qui io e te è la cosa più bella per me!» Lo guardo. «Voglio parlare con te tutta la notte, come facevamo una volta, giuro che non ti bacerò e sarò l'uomo rispettoso e gentile che hai conosciuto cinque anni fa al club!» Sorrido a quel pensiero.

«E di cosa vorresti parlare? Delle solite cose scommetto!» Lui infila una mano nella tasca e io bevo la cioccolata calda.

«No, di qualsiasi cosa tranne che di noi! Di noi ma non come una coppia, voglio riconoscere quella Sara che mi ha fatto innamorare e vorrei che tu riconoscessi ancora me, come quando hai preso per la seconda volta la mia mano!» Lo guardo tanto e dico: «Mi manca quel Denis, che fine ha fatto quel Denis che mi faceva stare bene? Mi faceva ridere, mi faceva sentire importante e protetta! Proprio come se esistessi solo io!» Dico sottovoce, mentre mi appoggio al muro.

«A me manchi sempre! Anche adesso che sei qua, ti guardo e mi manchi eppure tu sei rimasta la stessa, solo un po' più matura!» I nostri occhi si parlano.

«Raccontami di questi cinque anni.» Chiedo sperando di cambiare discorso.

«Cosa vuoi sapere?»

«Parlami del maneggio e di come lo avete rivoluzionato, ricordo che quando me ne parlavi ti ascoltavo perché vedevo l'amore, la passione che mettevi in quei cavalli e in tutto quello che facevi per loro.» Avrei un milione di cose da dire ma non voglio dire niente soprattutto di me, vorrei fare come ha detto lui. Parliamo tutta la notte, senza sosta, arriviamo a sederci per terra dove lui ha preparato tante coperte e cuscini, giurerei che la cantina è stata pulita apposta per noi.

«Quaggiù è umido, copri le gambe, hai freddo?» È premuroso.

«Un po'!» Siamo uno di fianco all'altra e continuiamo a parlare, a volte anche di quando stavamo insieme, gli argomenti si mescolano e mi ascolta anche quando dico quanto ho studiato in Inghilterra, parliamo di Kevin e Sofia, di Giuly, della quale mi fa un sacco di domande e gli racconto di lei e di come cresceva giorno dopo giorno sviluppandosi sempre di più. Ci raccontiamo i pezzi mancanti che siamo stati e poi gli chiedo: «L'altra sera, quando ti ho visitato, ho visto il mio nome sul tuo petto sotto allo spazio del cuore, perché? Dimmi che non è come penso!»

«È come pensi, invece, ti ho marchiato sulla mia pelle, perché tu farai sempre parte di me! Ho visto che anche tu, ti sei tatuata.» Distolgo lo sguardo.

«Sì, nel basso della schiena, una frase legata a noi!»

«Sarebbe?» Non lo dico ma sorrido.

«E sulla spalla ho l'angioletto con il volto di Isabel, il suo nome in minuscolo in un'ala.» Mi viene uno sbadiglio.

«Non vorrai addormentarti?» Mi chiede sorridendo. «Sono diventato così noioso?»

«No…» Sorrido. «È che sono così stanca, da due notti non dormo bene e desidero tanto il mio letto, l'altra sera avevo paura ti si alzasse troppo la febbre e oggi è stata una giornata troppo lunga! Denis…»

«Dimmi.»

«Davvero dobbiamo stare qui tutta la notte?» Ride.

«Sei in così brutta compagnia?» Mi appoggio alla sua spalla.

«No, tu… davvero vorresti stare qua con me?» Ridiamo e mi avvolge nel suo abbraccio tirandomi bene la coperta sulle gambe.

«Non c'è mai stata un'altra dopo di te! Né seriamente e né per caso!» Lo guardo sorpresa.

«E tu pensi che io ci creda?!»

«Ci credi o no, è vero!» Mi lascia un bacio sulla fronte e lui mi chiede: «E tu?» Faccio no con la testa. «Vorrei poterti dire lo stesso… ma dal mio ultimo rapporto con un uomo la mia vita è stata un inferno!»

«È tutto finito però!»

«A volte lo rivivo, anche se molto meno rispetto a prima.»

«In quel diario su cui hai scritto c'è tutto quello che è successo?» Rimango in silenzio pensando alla sua domanda.

«È l'unico che non mi ha mai fatto domande e che custodisce il mio segreto più brutto! Ho scritto di noi e di tutto ciò che mi passava nella testa giorno per giorno fino a una settimana fa.»

«Da quando sei qui non scrivi più?»

«Molto meno!» Poi rimaniamo in silenzio e mi addormento ancora una volta fra le sue braccia.

Prendi la mia mano

Mi sono risvegliata nel mio letto, ma lui non c'è ed è una sensazione strana che mi assale di prima mattina, Giuly mi raggiunge poco dopo il mio risveglio, nel letto. È sabato mattina e di solito non ricevo allo studio a meno che non sia un’urgenza, quindi mi dedico alla mia piccola. Ci facciamo belle e andiamo al supermercato a fare la spesa, spesso guardo il telefono, ma di lui non c'è traccia. E se provassi con un messaggio?.

«Buongiorno, grazie per avermi portata nel mio letto!» Nessuna risposta per tutta l'ora successiva. Ne rimango malinconica.

A carrello quasi pieno andiamo verso la cassa per poi tornare a casa e mettere a posto tutto in cucina. Di sue notizie ancora niente, sgrido mia madre e la nonna per avermi chiuso in cantina, poi mi dedico a preparare le polpette che Giuly mi ha chiesto, quando Denis bussa alla vetrata di casa dalla porta della terrazzina della cucina.

«Ehi, ciao, hai sentito odore di polpette e ti sei arrampicato?» Chiedo aprendo la porta, mi sorride e noto che ha un pantaloncino da costume e una semplice t-shirt blu, è spettinato ma bello lo stesso.

«Tua madre mi ha chiesto di dare un'occhiata ai cavalli quindi ho fatto palestra poi sono venuto qui!» Spiega sorridendo. «State facendo le polpette?!» Domanda giocoso a Giuly che ride dolcemente.

«Buongiorno, principesse, non mangiate troppo, oggi ci tuffiamo nel laghetto!»

«Sììì!» Dice con entusiasmo la piccola e noi ridiamo. «Mamma, vado a prendere il costume e preparo i braccioli!» Sparisce in camera.

«Hai già pranzato?» Chiedo a lui.

«No, ancora no, ho sentito un odorino e ho bussato!» Si avvicina alla mia ciotola di insalata e mi prende in giro. «Poi sono venuto da voi, ho lasciato il telefono a casa, era scarico!» Addento un finocchio crudo e lui mi guarda le labbra.

«Ti ho mandato un messaggio, non mi hai risposto!» Sorride. «È una delle tue tattiche per caso?! Non rispondi per farti desiderare!» Si mette a ridere.

«Mangi davvero sano? Finocchi con insalata e le polpette al forno, davvero? Non le hai fritte? Non ci credo!»

«Certo, cosa credi? I bimbi devono mangiare bene, sai?» Spalanca gli occhi in segno di stupore.

«Vieni anche tu oggi? Ti aspetto con Giuly.»

«Penso di sì, rimani a pranzo con noi?»

«Ero venuto solo per un saluto, ma... se me lo chiedi così, rimango!» Pranziamo per la prima volta solo noi tre e in modo rumoroso. Ma non mi ha detto perché non ha risposto al messaggio, anche se potrei dire che si tratta del telefono scarico.

Ripuliamo tutto e leggo dei messaggi, mentre lui è con noi, dal telefono leggo un messaggio di Borghi: «Ciao, Sara, ti va di cenare insieme?»

Mi mordo il labbro, non so che fare e Denis mi guarda incuriosito. «Stai bene, Sara, qualche problema a lavoro?»

«No, tranquillo, senti, cosa dici se tu vai intanto con Giuly? Devo sbrigare del lavoro poi vi raggiungo!» Ci pensa un attimo.

«Va bene!»

«Denis, Giuly non sa nuotare e non ha idea di cosa sia il pericolo, stai attento, per favore, non perderla mai di vista!»

«Va bene, se vuoi ti aspettiamo, i ragazzi vengono per le quattro.»

«Come vuoi, è per non annoiarvi!» Ma Giuly decide di fare un pisolino insieme a lui, mentre io lavoro sul serio nel mio studio, li ho lasciati sul divano a guardare i cartoni. Andare a cena con Borghi mi fa sentire sporca verso Denis e non so come comportarmi quindi chiamo le ragazze. Racconto la giornata trascorsa con entrambi e che anche se non c'è paragone, dovrei fidarmi ancora di Denis, perché questa volta sembra diverso.

«Alice, non è quello il punto, è solo che io sono completamente bloccata e non ce la faccio proprio con nessuno!»

«Intanto dovresti eliminare Borghi dalla tua lista, digli che non puoi andare, hai un impegno con Denis e Giuly, e anche se non ce l'hai, organizzalo!»

«Ma non stiamo insieme!»

«Cosa c'entra? Falla, la pazzia, cosa hai da perdere, da quando sei tornata non fate che dormire insieme come se non vi fosse mai lasciati!» Soffio roteando gli occhi all'insù.

«Non so come andrà a finire, ma se fa una sola cazzata, giuro che non mangio più neanche un gelato insieme a lui!»

«Quindi ci riproverai?» Sembra felice.

«Non lo so, non mi fido vivamente ancora di lui!» Quando riattacco mando un messaggio seguendo le istruzioni delle mie amiche, rientro in casa e osservo Denis e Giuly mentre dormono abbracciati sul divano, accarezzo lei e anche lui sperando che non mi senta, ma quando tolgo la mano, lui lentamente la prende e ci guardiamo.

«Scusa, non volevo svegliarti!» Dico a bassa voce.

«Tranquilla! Ero solo appisolato!» Risponde con voce roca.

«Vado a cambiarmi e preparo dei cambi, per sicurezza!»

«Ok!»

Infilo un costume a fascia color corallo, degli shorts in jeans e una maglietta con delle infradito, nello zaino preparo dei teli da mare e qualcosa per dopo. Giuly si sveglia, con qualche coccola e tanti baci raggiungiamo i ragazzi al lago, ci stanno aspettando.

È emozionante stare ancora qua con lui, io sono al sole con le ragazze, Denis e Giuly fanno un sacco di tuffi. Da quando mi sono messa in costume, lui non mi toglie gli occhi di dosso e io con gli occhiali da sole faccio lo stesso, quindi non so se se ne accorge, ma è ancora bello come lo ricordavo. Sembra un papà premuroso, mi piace un sacco, lo osservo mentre a pancia in giù prendo il sole e chiacchiero con Alice e il suo pancione. Marta non fa che parlare dei preparativi del loro matrimonio e del viaggio di nozze che faranno, quando all'improvviso Denis e Giuly ci schizzano l'acqua addosso come bambini.

«Dai, mamma, vieni...» Si butta dalla riva del lago e lui la prende al volo, poi salgono sulla ruota del trattore e dalla corda lui fa leva, lei si butta e subito anche lui per prenderla. Non pensavo si potessero ritrovare in così poco tempo e mi piace vederli così. Tornano a salire sulla ruota e lei insiste.

«Dai, mamma, fai anche tu un tuffo con papà, è divertente!» Lui sorride ma non dice nulla, ma Alice ripete la stessa frase prendendomi in giro con la vocina che imita.

«Dai, mamma, fai anche tu un tuffo con papà... dai, Sara! Su... forza...» Guardo le mie amiche e Marta dice: «Ti tocca, mamma... è una richiesta!» Poi si alza. «Cristian, vieni dentro con me, vado ad aiutare Laura con le fragole e la panna!»

Alice si alza e dice: «Vengo subito anche io, vieni, Giuly, lasciamo mamma con papà a fare i tuffi!» Le prende la mano e rimaniamo solo io e lui.

«Ma dove andate tutti?» Dico alzandomi.

«Hai paura di fare un tuffo con me?» Mi volto a guardarlo e mi tende la mano.

«Denis!»

«Dai!» Incita con la mano.

«Ma ti devo salire in braccio?!» Si morde il labbro e fa sì con la testa.

«Non pesi molto!» Mi avvicino, afferro la sua mano e in modo veloce non mi lascia neanche respirare, mi prende sulle sue gambe a modo di sposa e fa andare l'altalena, quasi scivolo.

«Dio, Denis…»

«Ti tengo… non ti lascio!» Muoio a quel contatto. Il mio cuore batte forte e il mio stomaco sfrigola come olio bollente, il suo costume bagnato mi fa salire dei brividi, la sua mano sulla schiena calda è salda come presa, ne ha un'altra sulla coscia, la quale non riesco a spostare perché sono appesa al suo collo con le mani e i nostri occhi si guardano in silenzio.

«Questo costume ti sta una meraviglia!» Mi sussurra con voce roca.

«Il tuo è bagnato.» Rispondo quasi immobile, non riesco a fare altro.

«Ho un ricordo con panna e fragole…» Ride e io faccio lo stesso.

«Panna e fragole? Mi piacciono!» Ridiamo.

«Spero che ne tengano da parte, soprattutto la panna!»

«Denis… sei…»

«Sono?» Mi studia il viso da molto vicino. «Penso che la gravidanza ti abbia fatto bene! Hai acquistato anche qualche taglia di seno potrei dire!»

«Non fare il maniaco!» Mi irrigidisco.

«Ma è la verità e sei in forma, stai bene, mi è sempre piaciuto il tuo corpo e lo sai!»

«Ma noi dovevamo fare un tuffo!» In realtà stiamo dondolando da quando sono tra le sue braccia e lui ride.

«Vorresti scappare da me? Ti riporto in cantina!» Ridiamo.

«No, in cantina no, per favore!» Poi cedo alla mia curiosità. «Dov'eri stamattina?!» Sorride senza mai distogliere lo sguardo da me.

«Perché vuoi saperlo?» Distolgo lo sguardo.

«Pensavo di trovarti al mio fianco, ma non c'eri.»

«Volevi svegliarti con me?» Cerco di evitare la risposta, ma lui mi cerca e trovandomi chiede: «Cosa hai provato?» Sbuffo.

«Mi è dispiaciuto!» Mi tocca ammettere a bassa voce.

«Allora non ti sono indifferente.» Ecco, inizio a cambiare umore.

«Denis, cosa c'entra?» Dico agitandomi. «Semplicemente pensavo di trovarti, anzi grazie per avermi portata nel mio letto! Non me ne sono neanche accorta!»

«È una cantina fredda anche per me, e comunque mi sono alzato presto per andare a correre, volevo pensare un po' senza di te!» Mi incuriosisco.

«A cosa?»

«A noi!»

«A noi cosa?» Gli accarezzo la nuca senza neanche accorgermene.

«Sono andato via perché non so come dimostrarti che vorrei davvero stare ancora con te e che questa volta tutto andrà diversamente!» Chiudo gli occhi e abbasso la testa, ma ritrovo la fronte appoggiata alle sue labbra che lui bacia.

«Perché mi confondi?» Sposta la mano dalla coscia e mi tira su il viso.

«Dimmi che non ti sono indifferente e che se ti bacio adesso non provi niente!» Vorrei tuffarmi e affogare, ma da stronza appoggio le mie labbra alle sue in modo veloce per poi dire: «No, non sento niente! Non mi batte forte neanche il cuore!» Invece il mio cuore è impazzito e il suo lieve sapore di menta lo rivorrei.

«Niente?»

«No!» Ride e distoglie lo sguardo.

«Ma quello non era un bacio… io intendo uno vero, così…» Ed ecco, lo fa, mi bacia tenendomi il viso, le sue labbra sulle mie, ci baciamo lentamente a piccoli baci, le nostre lingue si toccano appena e io mi stacco da quella emozione. Fronte su fronte con ancora gli occhi chiusi, ma i suoi no, mi guarda e dice: «Guardami!» Dico di no con la testa. «Sara, guardami, per favore!» Deglutisco e dico: «Perché non mi lasci stare? Hai mille donne che ti sbavano dietro, perché proprio me!»

«Perché nessuna è te… io voglio te! Solo te!» Apro gli occhi e lo guardo.

«Ho paura di te, so che mi farai male ancora!»

«Dammi una sola possibilità, una sola, ti supplico!»

«Io… io non lo so…»

«Io non ho fretta… pensaci quanto vuoi! Sarò sempre qui… per te!» Ci guardiamo a lungo.

«Ho bisogno di fidarmi e non ci riesco… ora fammi scendere per favore!» Scendiamo lentamente, mi aiuta e prendo le mie cose per andare insieme da Giuly. Niente tuffo!.

Denis

Lo so che mi ama ancora, devo solo trovare il modo che possa fidarsi di me, le darò tutto il tempo di cui ha bisogno. Dopo essere andati via dal laghetto non mi ha più rivolto la parola, si è rivestita in fretta e abbiamo raggiunto gli altri mentre mangiavano le fragole con la panna. Che ricordi, lei crede sia stato solo per sesso ma non lo è. Ci sediamo uno di fronte all'altra, lega i capelli in una coda, mangia delle fragole insieme a Giuly e fa le cose in modo normale come se non fosse successo davvero niente, a me fa male tanto la sua indifferenza. Sono ancora in costume e a petto nudo, ridiamo, scherziamo e Stefano e Laura intraprendono una lotta a gavettoni davanti alla quale ridiamo, si rincorrono e Cristian inizia con Marta, Kevin e Giuly vanno a seguire e Alice mangia le sue fragole, felice.

«Anche se mi bagnate mi fate un favore, ho caldo e di sicuro non corro!» Massimo le infila del ghiaccio nel seno, lei sobbalza e gli getta un bicchiere d'acqua addosso. Tutti sono impazziti ai primi caldi e guardo lei ridere per poi seguirla.

«E tu che ridi?» Mi dice. «Rinfrescati, pensi troppo alla panna!» Mi getta una brocca di acqua ghiacciata addosso, mi manca il respiro e lì parte una guerra di acqua infinita, sono immobile dallo shock e non mi rimane che guardarla.

«Sara, se ti prendo...» Lei scappa con le infradito, io inizio a ricorrerla, ridendo la seguo fino alla fontana dei box dei cavalli tirandola per i fianchi, corriamo come bambini.

«Sei troppo asciutta per me oggi!» Apro la fontana della vasca grande, la metto a sedere dentro, l'acqua è fredda, lei fa per alzarsi ma scivola tirandomi per un braccio, cadiamo insieme nella vasca ritrovandoci con il getto dell'acqua sulle nostre teste poi è lei a baciarmi. Mi bacia per davvero, mi tocca il viso accarezzandolo e non posso che ricambiare, la stringo forte a me e lei mi abbraccia mentre le nostre lingue non possono lasciarsi alle loro prese. Mi è mancata così tanto da non poter non divorarla e anche se l'acqua è gelata, mi viene caldo nel pensare a lei su di me, avverto il seno premuto e bagnato sul mio petto. Le stringo la nuca senza riuscire a staccarmi da lei, poi sorride lasciando la presa.

«Non so cosa mi sia preso, ma... volevo farlo!»

«Fallo ancora!» Le chiedo.

«E se è sbagliato?»

«E se è giusto?» Emette un brivido e chiudo l'acqua per poi abbracciarla e anche lei mi abbraccia, mi stringe forte e la lascio fare, Dio, grazie per avermela ridata, non sai quanto te ne sono grato.

«Mi sei mancato, Denis, ti ho odiato, ma non sai quanto mi sei mancato!» Siamo ancora abbracciati.

«Lo so, anche tu mi sei mancata! Ma non andartene più... non farlo!» Ci guardiamo.

«Questo non vuol dire niente, ok?»

«In che senso?»

«Nel senso che...» Le prendo il viso.

«Ehi, sei confusa, ok! Non andare nel panico, mi va bene così!» Ha le lacrime agli occhi e le accarezzo il viso. «Se ti bacio ancora, cosa succede?» Le chiedo.

«Fallo, baciami, stringimi... ma non chiedermi cosa penso! Non farmi domande perché non ho idea di cosa dirti!» E lo faccio, siamo immersi nella vasca piena di acqua e la bacio, lei è sdraiata su di me, la prendo a cavalcioni per baciarla meglio. Le nostre lingue si toccano, ci accarezziamo e soprattutto ci guardiamo negli occhi, blu con azzurro, e tutto è tempesta. Ci fermiamo solo quando dalle sue labbra viola capisco che ha freddo, ma non dice niente.

«Stai tremando, Sara, usciamo, qui l'acqua è ghiacciata!» Mi tiro su tenendola fra le mie braccia, faccio attenzione a non scivolare e la appoggio lentamente a terra.

«Tirati via la maglia così ti scaldi!» Amo ancora la sua timidezza, si volta e la toglie per poi strizzarla, mi fa impazzire quando si vergogna.

Camminiamo per raggiungere il giardino, dove è appena finita una guerra di acqua, Sara prende un telo dallo zaino per avvolgere la piccola Giuly con sé fra le braccia.

«Mamma, ha bagnato anche te papà?» Ci guardiamo.

«Sì, tesoro, ci siamo bagnati!» Tutti ridiamo, in un semplice pomeriggio di inizio estate, spero anche di altri inizi.

Sara e Giuly si fanno una doccia in casa, mentre aspetto in terrazza e ordino la pizza, ho il tempo di ripensare a quello che è successo, sorrido come un idiota da solo.

«*Che te ridi*?» Mi fa sobbalzare Massimo che ha già fatto la doccia. «Hai ordinato la pizza?»

«Sì, ordinata!» Si siede a fianco a me.

«Giù stanno apparecchiando, tutto bene tu? Perché ridi da solo?»

«Pensavo…»

«Vi ho visti! Vi siete baciati!»

«Quando ci hai visti?»

«Giuly voleva venire da voi per rincorrevi con l'acqua e quando vi ho visti l'ho bloccata! Quindi?»

«Ci siamo baciati, ma è confusa, non voglio pressarla!»

«Fai bene, lentamente, le cose si fanno con calma!» Rispondo con un sorriso forzato, mi dà una pacca sulla spalla poi aggiunge: «Vado giù… *movete*!»

Quando Sara esce mi raggiunge in terrazza con Giuly, sono belle entrambe e le amo, ma a lei non riesco a togliere gli occhi di dosso. Ha un vestito bianco in lino a spalle scoperte, è semplice ma le arriva alle ginocchia e il suo profumo, che mi è mancato, ruba la mia parte di pensiero casto che da un po' non mi prendeva. Mi alzo sorridendo, Giuly vuole scendere a giocare con Kevin e la lascia andare.

«Denis, prendo dell'acqua dal frigo!»

«Ok!» Mi avvicino e le lascio un bacio sulla spalla al quale si blocca. «Sei bellissima, come sempre! Vado a lavarmi!» Annuso forte il suo odore e vado sotto la doccia a rilassarmi. Ammetto che non mi dispiacerebbe sentirla entrare in bagno quindi chiudo la porta non a chiave, ma da illuso quando esco e mi rivesto sperando di raggiungerla in sala o in terrazza, lei è scappata.

Vado in giardino, la trovo seduta con le ragazze, credo abbia preso sole, le sue guance sono rosse e le braccia anche. Mi siedo a fianco e la serata trascorre tranquilla, mangiamo e continuiamo a ridere da buoni amici, ora siamo al completo davvero. Vuole andare a casa e a fine serata la riaccompagno con Giuly che cammina come una sonnambula per il sonno. La aiuto a metterla nel suo letto dopo che le ha infilato il pigiama lentamente, le lasciamo un bacio sulla guancia poi andiamo via facendola dormire sonni sereni.

Quando siamo in sala ci sediamo sul divano e mi dice: «Ti dispiace se ti chiedo di lasciarmi un po' sola?»

«No, non mi dispiace, ma, tutto ok, stai bene?» Si appoggia con la testa a una mano sul divano e ci guardiamo, la accarezzo e chiude gli occhi.

«Va tutto bene, ma non voglio correre!» Fa una pausa. «Non so se è davvero giusto.»

«Rispetto i tuoi spazi, ma la vera domanda che dovesti farti è "mi ami ancora"?» Mi alzo lasciandole un bacio sulla fronte, poi la lascio sola dicendole: «Buonanotte!»

Punto e a capo

Mi sveglio tardi per la nottata insonne, avevo lei ovunque e la mia testa è un circo. Guardo il telefono sperando in una sua chiamata, ma niente di lei. Provo a chiamarla ma non risponde, lascio passare l'ora di pranzo poi vado a casa sua ma non c'è e incontro sua nonna in giardino.

«Buongiorno, giovanotto!»

«Buongiorno, nonna Ginevra! Sto provando a chiamare Sara ma non risponde, a casa non c'è.»

«Sara è andata a Ostia stamattina presto con Giuly, sono andate alla casa al mare, voleva lavorare tranquilla ma non voleva annoiare la piccola!» Rimango un po' male, poteva dirmelo e sarei andato con loro.

«Capisco.»

Mi dice dispiaciuta: «Raggiungile, sai dov'è la casa. In verità l'ho vista strana, ha detto di non aver dormito tanto e voleva stare sola! Tutto bene fra di voi?»

«Non lo so, dice di essere confusa.»

«Dalle il suo spazio mentale, piano piano vedrai che poi si avvicina! Vi amate ma… avete sofferto così tanto che quasi vi siete abituati a trovare la pace lontani, è facile ma non semplice!» Si avvicina e mi dice: «Ti va un caffè, parliamo un po'!» Accetto e si fa accompagnare in cucina, fa il caffè e lo porta in tavola, spesso ho avuto questi momenti con nonna Ginevra negli ultimi anni, devo ammettere che è sempre stata un buon supporto.

«Nonna Ginevra, sto cercando di comportarmi bene in tutto per tutto! Ma sapere che non si fida a volte è frustrante.»

«Ha sofferto, piccola, io l'ho vista dopo il parto ed era uno straccio, Denis. Quelle due bestie le hanno rubato la pace per anni! Sono stati il suo incubo anche da sveglia, era sempre pallida e con occhiaie profonde, aveva paura di dormire e le servivano le forze per la piccola Giuly!»

«Davvero mi chiamava mentre l'ha partorita?»

«Sì!» Ammette. «Piangeva, implorava il tuo nome fra parole di odio e amore, per me e Benedetta era una tortura! Volevamo chiamarti, lo volevamo davvero, te lo giuro! Ma lei si agitava di più e non voleva, diceva che tu l'avevi tradita, che non eri innamorato e non voleva la tua pena!»

«Ogni giorno mi pento di quello che ho fatto e di come l'ho trattata! Anche io l'ho odiata e amata, ma più amata… so che il mio posto è con lei, senza di lei non sono niente! Voglio prendermi cura di lei!»

«Odiare e amare sono due sentimenti alla pari, forza, siete legati entrambi e non solo per Giuly, voi due siete quello che l'altro non ha! Vi completate, vai da lei, passate del tempo insieme. Il tempo ha risanato un po', ma con l'amore tutto cambia, migliora!»

«Vado da lei, grazie ancora!»

Vado a casa a mettere il costume, carico uno zaino, poi vado e la raggiungo. Percorro la strada il più veloce possibile e non mi interessa, anche se non mi ha cercato, il mio posto è con lei. Parcheggio di fronte la piccola casa, una villetta tutta su un piano con un piccolo portico tutto ricoperto da edera, ma non suono, percorro il parco che conduce al molo e faccio un piccolo pezzo di lungomare, anche se non dovrei, perché sono aree di spiaggia privata per chi ci abita, ma vorrei sorprenderla. La vedo sulla spiaggia, è sotto al gazebo su una sdraio grande e credo che Giuly sia di fianco a dormire. Sono sempre più vicino, è a pancia in giù, indossa un costume simile a quello di ieri ma fucsia a fascia, il suo sedere è in mostra mentre da un tablet guarda credo delle foto, mi avvicino e ne sta guardando una nostra vecchia, la riconosco subito, eravamo a Posillipo sulla balconata degli innamorati. Per la verità è un selfie e mi ero appena riscoperto innamorato di lei, mi batte forte il cuore, so che mi ama, ma è ancora bloccata. Guarda delle nostre vecchie foto, questo vuol dire che mi pensa, mi avvicino lentamente, ma credo si accorga di me dalla mia ombra, poi si accorge della mia presenza e si volta verso di me per poi spegnere subito il tablet.

«D-Denis, che ci fai tu qui? Da dove sbuchi?» Si mette a sedere per poi alzarsi e venirmi incontro lentamente.

«Non rispondi al telefono, a casa non c'eri… sono venuto qui!» Mi guarda come se fosse in colpa.

«Volevo stare sola! Ho visto le chiamate, ma…» Incrocia fra di loro le braccia e credo sia in imbarazzo.

«Volevi stare sola.» Ripeto guardandola. «Possiamo stare soli, ma insieme!» Distoglie lo sguardo e sorride.

«Soli ma insieme… credi sia giusto? Che possa servire?» Non capisco la domanda vera e propria.

«Possiamo anche non parlare per forza… Giuly dorme, possiamo approfittarne, vorrei rilassarmi con te! Potremmo fare una partita a pinnacolo!» Ride alla mia richiesta.

«Sei qui per giocare a carte, Denis?» Non resisto a quel sorriso e mi avvicino.

«No, Sara, sono qui per prendermi la mia famiglia! Quindi vorrei scoprire le carte!» Metto le mani fra i suoi capelli, stringendola la bacio, tirandola a me, la riempio di piccoli baci accarezzandole il collo, assaporo le sue labbra morbide e anche le sue mani sul mio petto sono come un'ancora di salvezza. Tutto di lei mi salva, anche un solo piccolo contatto. Ci stacchiamo delicatamente, poi la abbraccio forte a me.

«Ti rivoglio tutta per me, Sara!» Il mio cuore batte per lei, trattengo il fiato con paura di una sua reazione. Ci troviamo sdraiati a pancia in giù sulla sdraio, guardiamo quelle foto che lei guardava sul tablet quando sono arrivato, riusciamo a parlare di noi e mi racconta qualcosa dei suoi avvenimenti di questi cinque anni. Mi è mancato parlare con lei, il suo sorriso è una scia al cuore riaperta, la sua calma nel coinvolgermi nei discorsi mi fa stare bene e ridona il calore al mio umore che mi è tanto mancato. Ci giriamo a qualche sospiro di Giuly, mi racconta della gravidanza e di quando è nata, di come ha studiato senza mai arrendersi, sapevo già quanto fosse matura e forte, ma sentirlo dalle basi è ancora meglio. Finalmente vedo cosa ha scritto sulla schiena "Il nostro amore attraversa i tuoi occhi", parole dalle mille sfaccettature ma profonde, vere in una unica frase tatuata bene in corsivo a lettere oblique.

Giuly si sveglia, la coccoliamo ed è felice di vederci insieme, giochiamo e Sara le fa fare merenda sulla sabbia con yogurt e frutta. Giochiamo in riva al mare, sembra tutto bello, sembriamo una cosa unica come sarebbe dovuto sempre essere. Passeggiamo anche lungo la scogliera fino a tornare a riva, gioco con la mia bimba a fare le formine, scriviamo il suo nome con le conchiglie poi arriva sera e raccogliamo le nostre cose per tornare a casa. Mentre guido verso casa, la chiamo e chiedo di andare a casa a cambiarci per poi mangiare insieme una pizza, quindi la nostra giornata non è ancora finita perché nel proporre di mangiare insieme Giuly diventa felice.

Passiamo altro tempo insieme anche in serata, i nostri occhi si cercano e qualche volta anche le nostre dita si toccano e si incrociano, ma al dolce Giuly è stanchissima, le porto a casa e aiuto Sara a metterla nel suo letto. Do un bacio alla piccola e annuso il suo odore di buono e pulito, tutto nella mia vita in una settimana è cambiato ma ne sono così felice da avere paura che tutto possa finire, ma non deve e farò il possibile. Vedo Sara al telefono scambiare qualche messaggio, lo fa dandomi le spalle in cucina mentre si versa dell'acqua. Provo a non chiedere con chi si scrive, cerco di non essere geloso, anche se la tentazione è forte. Mi avvicino lentamente, la abbraccio affondando il viso nel suo collo, lei velocemente scrive qualcosa e leggo il nome di Borghi in alto. Sospiro pesantemente e non so come reagire.

«Denis, mercoledì sera terresti Giuly, devo andare con le ragazze a bere qualcosa!» Continua a scrivere e non dico nulla al riguardo.

«I ragazzi però vogliono bere qualcosa insieme, non so, come vuoi organizzarti?»

«Vabbè se no chiedo a mia madre!» Poi non resisto e sbotto. «Sara, ti senti con Borghi?» Si gira lentamente e mordendosi il labbro ci guadiamo seri. «Sara, io ci sto provando, ma tu con me devi essere sincera e non ti voglio con un piede in due scarpe! Non prenderti gioco di me!»

«Non mi prendo gioco di nessuno! Sì, ci sentiamo ma nulla di che e poi ti avevo detto che ero confusa e che…»

«Che volevi stare sola!» Ci guardiamo a lungo. «Sola non vuol dire sentire altri quando il tuo ex morirebbe per tornare con te e ti bacia, per di più, cosa che ricambi!» Sono calmo ma ferito.

«Denis…» Sibila.

«Sara, per me oggi è stata una giornata bellissima, di quelle che dovrebbero essere sempre così! Ne vorrei tante altre, ma anche tu dovresti crederci, se no non vale! Io non sto giocando!» Mi sento preso in giro, perché si sente con quell'uomo quando non lavorano più insieme?. «Hai davvero bisogno di pensare! È vero… stai un po' sola… pensa a modo!» Dico tutto con tono tranquillo ma deciso, sono calmo ma dentro mi logoro, mi trattengo dal rompere quel telefono sbattendolo contro il muro. Lascio quegli occhi dolci, spero in una sua reazione e invece rimane immobile lasciandomi andare via da casa sua.

Sara

Forse ho rovinato tutto in un istante, non lo so. Volevo stare sola, ma l'ho ritrovato a Ostia, sono stata felicissima di stare con lui, ma la confusione è così tanta che non ho potuto fermarlo nell'andare via, non riesco a dire niente mentre va via.

Stavo rispondendo a una serie di messaggi ricevuti, le mie amiche mi hanno chiesto conferma per mercoledì sera e ho raccontato alla svelta la giornata con Denis, poi ho letto dei messaggi di Borghi, mi ha chiesto se domani pomeriggio può passare da casa e ho risposto di sì. Non so il perché, ma forse ho davvero bisogno di capire quanto posso resistere a Denis, oppure è tutto sbagliato e dovrei dire di no a Borghi e basta. Sarebbe bello anche rimanere da soli, ma per davvero. Passo il resto della notte sul divano a guardare qualche film, ma non ho seguito niente di quello che rifletteva il televisore fino ad addormentarmi abbracciando un cuscino.

Il lunedì si ripete una solita routine fino al pomeriggio, Denis mi dice che va a prendere Giuly scrivendomi un semplice messaggio col quale acconsento. Nulla di più, rispondo per chiedere se la può riportare prima di cena. Sento il freddo fra di noi, ma l'ho voluto di proposito.

Nel pomeriggio nel mio studio ricevo dei pazienti, leggo le diagnosi e guardo degli esami importanti. Libero la mente dal mio cuore in subbuglio aprendola al mio lavoro. Visito accuratamente il paziente, trascrivo altri esami e quando va via non sembra esserci nessun'altro. Apro la finestra affacciandomi, intravedo il maneggio poi malinconica vado ad analizzare dei campioni e studio ancora.

Sento bussare alla porta mentre sono al microscopio, senza voltarmi dico: «Avanti!» Continuo a guardare dentro le lenti.

«Sempre al lavoro!» Mi volto nel sentire quella voce.

«Ciao, Alessandro, scusami, ero presa da questi esami!» Entra sorridente.

«Tranquilla.» Mi alzo e gli vado incontro per essere cordiale, si avvicina per lasciarmi due baci sulle guance, poi noto un mazzo di fiori, girasoli con boccioli di rosa e ortensia, a guardarlo bene sembra pura confusione, come quella che ho già in testa. «Li ho presi per te, spero ti piacciano!» Avverto una sensazione strana, come di disagio verso la sua presenza, qualcosa di negativo e fastidioso.

«Grazie, non dovevi disturbarti!» Penso alla rosa rossa che Kevin mi aveva regalato fuori al parcheggio dell'università e la malinconia torna. Siamo imbarazzati ma lo invito a sedersi, mentre prendo un vaso e li metto dentro. «Spero che tu non sia venuto come paziente, non hai alzheimer o altre patologie strane, vero?» Ride.

«No, Sara, sto bene, è solo che volevo vederti! Mi piacerebbe frequentarti e uscire più spesso insieme!» Devo eliminare anche lui insieme a questo disagio e ora ne ho la conferma. Osservo l'insieme di questo bosco di fiori del quale non comprendo bene il significato. Vado poi a sedermi di fronte a lui e per fortuna ci tiene distanti la scrivania dello studio.

«Alessandro, sarò sincera con te, non voglio illuderti, mi fa piacere vederti, davvero, e anche sentirti! Ma proprio solo come amici, non me la sento di fare altro con nessuno!» Abbassa lo sguardo.

«Scusami, forse ho interpretato io male il tutto, però mi sei sempre piaciuta davvero! Non mi sono mai esposto per via del lavoro, non volevo causarti problemi e… poi stavi con Denis, ho evitato.»

«Scusami ancora, ma…»

«Vedi ancora il tuo ex, vero?» Mi schiarisco la voce e distolgo lo sguardo fuori dalla finestra. «Siete tornati insieme?»

«Forse non ci siamo mai davvero lasciati. Non lo so. Però la mia vita è un vero casino! E farne parte vuol dire capirci qualcosa! Lui… penso di esserne ancora innamorata, sì. Quindi non me la sento di prenderti in giro!» Ci accompagna un lungo silenzio, lui poi si alza e lo seguo fin fuori la porta. «Mi dispiace!» Gli sibilo, scendiamo insieme le scale.

«Grazie per la sincerità!» Mi dice. «Quando vuoi cercami, non è un problema per me, anche solo per un caffè!» Lo dice sorridendo, poi proprio mentre mi lascia un bacio sulla guancia arriva Denis con Giuly, io mi sento sprofondare nell'imbarazzo più totale. Ci guardiamo tutti in silenzio e Alessandro dice: «Ciao, Denis.» Poi mi guarda ritirandosi. «Ciao, Sara, alla prossima!» Se ne va, Giuly mi viene a salutare mentre osservo Denis guardare Borghi andarsene nella sua Ford Kuga. La bimba mi racconta in modo felicissimo che è caduta sulla ghiaia e si è sbucciata un ginocchio.

«Amore, ma ti sei fatta male?!» Dico guardando il ginocchio con delle gocce di sangue, lui non ha ancora detto una parola.

«No, mamma! Pizzica un pochino ma non fa niente.»

«Vieni, andiamo su nello studio che ti disinfetto.» Denis è ancora a testa bassa, mandibole serrate e sguardo serio. Ci segue nello studio, dove metto la piccola a sedere sullo sgabello e le disinfetto il ginocchio, ma lui sta guardando ardentemente i fiori sul piccolo tavolo.

«Mamma, quanti fiori! Sono tutti colorati!»

«Hai visto?!» Li osservo ancora, poi vedo lui, il quale sembra davvero arrabbiato e provo ad avviare un argomento. «Tutto bene, Denis? Hai avuto problemi nel prenderla da scuola?»

Apre la bocca, si blocca poi risponde: «Tutto bene! E tu? Tutto bene, a quanto sembra.»

«Diciamo di sì!» Rispondo appoggiando Giuly a terra, mi alzo per togliere il camice e appenderlo all'appendiabiti mentre entra mia madre.

«Ciao, ragazzi, piccola!» Si rivolge poi alla bambina.

«Nonna!» Le corre incontro e dice contenta: «Sai, oggi è venuto a prendermi papà da scuola!» Sorridiamo alle sue parole, mia madre la abbraccia.

«Davvero? Ne sei felice?!»

«Sì, tanto.» Si volta e dice: «Mamma, domani perché non venite insieme a prendermi poi giochiamo al parco!»

Risponde in modo gentile verso di lei. «Domani io non riesco, tesoro, ho del lavoro e delle cose da fare.» Poi si rivolge a me per dirmi: «Devo andare a fare gli ordini all'azienda agricola e non so quando finisco.»

«Ok, ci penso io!» Rispondo.

«Se vuoi, potete venire al maneggio lo stesso, di sicuro ci sarà Laura o qualcun altro!»

«Va bene, verremo dopo la scuola!»

«Ora devo andare!» Saluta Giuly poi se ne va, ancora una volta voltandomi le spalle. Ne rimango amareggiata.

Rimango con mia madre, la guardo per poi seguirla in cucina. Prepara una fetta di pane con marmellata a Giuly, poi ne cede una anche a me che sono seduta al tavolo, amareggiata e triste.

«Sara, tutto bene? Chi ti ha portato i fiori, Denis?»

«No, il commissario Borghi! Ci siamo visti a pranzo poi ci siamo sentiti con qualche messaggio ma nulla di che!» Mi guarda in silenzio, mentre mangio la mia fetta di pane.

«Per quale motivo?» Faccio spallucce mentre mastico con lo sguardo perso nel vuoto.

«Così! Volevo provare ad allontanarmi volutamente da Denis! Da quando sono tornata non c'è che lui, il maneggio e il passato sempre addosso!»

«Tesoro, il passato, anche se è indietro, rimarrà sempre, ci penserai comunque a prescindere da tutto! La vera domanda è: la vuoi questa famiglia? Ami il papà di quella bambina?» Guardo Giuly giocare in sala con delle bambole.

«Non so il perché, ma... senza di Denis mi sento persa, lo amo ancora, lo so! Ma allo stesso tempo sto male e ho paura sempre di una sua prossima reazione. Non so che fare!»

«Dovresti darvi una possibilità! Lui ci tiene e ha capito i suoi errori! Tu, invece, scappando ti rendi conto di cosa hai impedito a te e Giuly? Amore mio, ascoltami bene, i vostri problemi sono già passati quindi non aggiungerne altri!»

«E se mi fa soffrire ancora? Io non lo sopporterei!»

«Se ti fa soffrire ancora puoi dire di averci provato, ma se non provi non puoi sapere! Se ti fa soffrire ancora io sono sempre qua e sarai libera di comportarti come meglio credi! Ma pensaci, ne vale di Giuly ma anche del tuo cuoricino! Lo ami, non negarlo, ne sei sempre stata innamorata!» Ed è proprio così, non si sbaglia, ma ho così tanta paura.

Passo la serata con Giuly a giocare alle Barbie nella casa a maneggio regalata da Denis, non faccio che pensare a lui, la piccola mette su un cavallo una Barbie con Ken e mi dice: «Guarda, mamma! Tu e papà!» Sorrido.

«E ti piace?» Chiedo dolcemente, mi viene fra le gambe e si siede dandomi le spalle.

«Mamma, mi fai i grattini qui?» Mi indica il collo, è una coccola che qualche volta le piace farsi fare, si rilassa mentre le accarezzo quella parte, mi dice: «Mi piace quando siamo insieme a papà, a te no?»

«Sì che mi piace!» Dormo con la mia piccola, o perlomeno ci provo, sperando di non passare proprio tutta la notte insonne.

L'indomani stessa routine, lavoro nello studio del paese, casa e poi vado a prendere Giuly a scuola che porto al parco a giocare con qualche bimba in classe con lei. Ne approfitto per socializzare con qualche mamma, mi rilasso e riesco per qualche ora a non pensare a lui e al tutto. Scopro anche che quasi tutte sono mie pazienti, ma che ancora non ho avuto modo di conoscere in studio. Chiacchieriamo al chiosco del parco e riscopro anche altri interessi legati alla mia bimba. Sono le 18.00 quando siamo sulla strada, di lui neanche un messaggio, decido quindi di andare al maneggio provando ad avvicinarmi.

Quando arrivo parcheggio a fianco alla sua nuova jeep, accattivante come lui, per poi scendere. Io e Giuly, mano per mano, ci avviciniamo osservando da lontano il solito gruppetto di amici chiacchierare davanti alla staccionata e li raggiungiamo. Giuly mi lascia la mano per corrergli incontro.

«Papà... papà... ciao!» Lui si inchina a sollevarla in braccio sorridente, io a quel quadretto sorrido sognante mentre mi avvicino sotto gli occhi di tutti, tutto ha un suo effetto insolito ma piacevole.

«Ciao, principessa! Sei stata al parco?»

«Sì, siamo state tantissimo e abbiamo mangiato il gelato!»

«Mmm, domani se vuoi ti ci porto anche io! Cosa ne pensi?»

«Sììì, viene anche la mamma, vero?» Tutti mi guardano e saluto. «Ciao a tutti.»

«Mamma, domani andiamo insieme al parco, vero?» Chiede Giuly.

«Per me va bene! Se papà non ha impegni, ovviamente.» Mi guarda diventando serio.

«Non ho impegni domani, si potrebbe fare!» Si avviano discorsi normali e le ragazze mi parlano del piccolo addio al nubilato, verrà con noi anche Laura e qualche ragazza dello studio legale, ridiamo di come ci sbarazzeremo degli uomini ma a quell'argomento non posso lamentarmi, io vorrei averlo al mio fianco e avverto proprio la vera nostalgia di Denis.

Passiamo qualche ora e in modo molto freddo io e Giuly ci ritiriamo andando verso casa, non riesco a non pensare a come io e Denis non ci siamo minimamente considerati se non per un breve "Ciao, a domani!".

Un'altra notte insonne, mi manca e sto male, mi alzo in piena notte e mentre bevo una tisana rilassante scrivo cinque pagine sfogando a pieno i miei sentimenti, dubbi, frustrazioni verso Denis e l'amore, certo, ma con tante paure confuse mescolate a tanta rabbia non seppellita. Ho quella sensazione, che una parte del vecchio Denis rimarrà sempre a galla. Non voglio soffrire, dargli una possibilità ancora, vorrebbe dire concedergli di stritolare ciò che è rimasto illeso di me verso di lui. Ho paura di farmi ancora male anche solo provandoci. Mi risveglio con le guance appiccicate alle pagine del diario e il collo indolenzito. Guardo la sveglia, sono anche in ritardo sulla tabella di marcia.

Accompagno Giuly a scuola poi mi fiondo in studio, oggi è pieno sommerso perché l'indomani terrò chiuso per via della serata. Mi dedico l'intero giorno ai pazienti mangiando una barretta proteica al volo, cosa che credo di non fare quasi mai se non per emergenza. Invio un messaggio a Denis nel primo tempo libero: «Ciao, Denis, oggi portiamo Giuly al parco?» Vedo che lo legge ma impiega un po' a rispondere.

«Va bene, ci vediamo fuori dalla scuola!» D'altronde il parco è situato di fronte alla scuola e così facciamo.

Ci incontriamo fuori dai cancelli salutandoci imbarazzati.

«Ciao, Denis!» Sembra abbia passato anche lui una notte insonne.

«Ciao, Sara!» Ci guardiamo a lungo, forse abbiamo avuto gli stessi tormenti o almeno credo.

Entriamo insieme a prendere Giuly, la quale impazzisce nel vederci insieme. Chiacchieriamo con le maestre e amichevolmente le salutiamo. Lei lo loda standogli in braccio, lui la riempie di baci e coccole, impazzisco nel vederli così dolci e mentre camminiamo verso il parco come se fossimo una famiglia sibilo: «Siete bellissimi insieme, vi amo!» Mi esce in modo naturale, senza pensarci, e l'ho detto a bassa voce, era una frase più per me che per lui che si blocca, mi guarda e mette a terra la piccola. Abbassa lo sguardo serio, irrigidendo le mandibole distolgo anche io lo sguardo e Giuly prende entrambi per mano trascinandoci verso l'altalena. Non dice nulla finché la piccola non si sperde con altri bimbi su un castello in legno e ripercorre un sacco di volte per scendere dallo scivolo.

Ha le mani in tasca, capisco che è nervoso da come tamburella il piede, poi dice: «Sei consapevole di quello che hai detto prima? Perché io ti ho sentita anche se non volevi fosse così!» Mordo il labbro nervosamente.

«I miei sentimenti sono sempre stati sinceri, come anche tutte le altre cose che ti ho sempre detto! Sono i tuoi a farmi paura!» Ci guardiamo a lungo, mi prende la mano accarezzandola con le dita come per cercare un consenso, la stringe forte. Sorridiamo ma rimaniamo in silenzio per poi guardare Giuly.

Dopo qualche ora seguo con la macchina Denis al maneggio, Giuly ha insistito per andare in macchina con lui. Ridiamo mentre entriamo in casa da Laura, siamo solo noi ma poi ci raggiungono Cristian, Massimo con Alice e Marta. I ragazzi escono a controllare i box e si portano dietro i bimbi, Stefano ha la piccola Sofia nel passeggino, Kevin palleggia con una palla e da lì parte una piccola partita a calcio fra maschi, noi donne chiacchieriamo sotto al gazebo, è presto per la nostra serata fra donne e ce la prendiamo con calma.

Arriva un piccolo doblò bianco con delle scritte ai lati con fiori. Al volante vedo la sagoma di una persona che riconosco subito dal seno prosperoso, la commessa dell'azienda agricola. Parcheggia a fianco dei box e Laura subito dice in modo brusco: «Ma cosa sta facendo? A quest'ora non portano mai le scorte!»

Eccola, scende e tutti si bloccano alla sua vista e Denis è paralizzato nello spostare gli occhi dai miei a quelli di Laura per poi guardare la nuova arrivata. Ha degli shorts in jeans fin sotto le natiche ben evidenti, delle scarpe da ginnastica della Nike, una canottiera fucsia, la quale mette in evidenza il seno ben prosperoso e avverto quel suo modo fastidioso di masticare il chewing gum. Sculetta legandosi i suoi capelli lunghi e biondi, lo fa dirigendosi verso Denis.

«Buonasera a tutti!» Che voce da civetta. «Denis, finalmente ti ho trovato!» Nessuno ricambia il saluto ma soprattutto dall'atteggiamento dei presenti nessuno sembra averla invitata.

«Samanta, cosa fai qui?» Risponde lui paralizzato, bruciandola con gli occhi. Osservo la scena inarcando le sopracciglia perché so che fra meno di cinque minuti tutto il buono che ho pensato di noi lo rimangerò senza pietà e fa male solo al pensiero.

«Ti ho portato qualche pannocchia secca che hai ordinato oggi, mi aiuti a scaricarla per favore? Dai, vieni...» Lo prende per mano e lui la lascia fare. Si avvicinano al doblò, scarica delle cose come se fosse un manichino e lei lo segue come un cagnolino, mi tocca anche guardarli entrare nella porta del magazzino e lei di propria volontà va a chiudere la porta alle sue spalle. Serro le labbra piene di rabbia e la delusione è immensa. Mi alzo e dico: «Giuly, andiamo, dobbiamo lavarci!» Mi giro verso Alice per dire: «Ci vediamo alle 20.00!»

«Mamma, voglio salutare papà!» Prendo la mano di Giuly.

«Tesoro, papà è impegnato! Andiamo, lo saluti domani, va bene?» Ne rimane male quanto me, ma ho promesso che non gli avrei permesso di fare del male alla mia bambina, e ora ne prenderà le conseguenze con tutti gli interessi, io che pensavo fosse davvero cambiato e invece mi sono solo sbagliata e illusa.

«Sara...» Si alza Laura.

«No, Laura, ne parliamo dopo se vuoi! Ma c'è poco da dire!» Saliamo lentamente in auto sotto gli occhi di tutti in silenzio per poi dirigerci verso casa, entrambe con l'amaro in bocca.

Notte da leoni ma giorno...

Denis

Quello che è successo in prima serata non ci voleva proprio, mi sono giocato il tutto in pochissimo tempo. L'arrivo di Samanta era inaspettato, ho visto gli occhi di Sara bruciarmi dopo che per due giorni li ho visti guardarmi in modo totalmente diverso. Quando Samanta ha chiuso la porta del magazzino, sono diventato serio e anche furioso oserei dire, le ho detto di andarsene in malo modo anche se le sue mani erano ovunque.

«Samanta, cosa sei venuta a fare qui?»

«Denis, mi sei sempre piaciuto, dai, solo qualche giochetto come l'ultima volta… mi era sembrato ti fosse piaciuto… anche se non eri proprio duro duro, non fa niente, sei venuto con me lo stesso, è stato bello!» Apro la porta e quando esco noto subito che l'auto di Sara non c'è più, mi rivolgo a lei con disprezzo. «Non permetterti mai più di venire qui, hai fatto un casino, lo sai?»

«Che casino vuoi che abbia fatto, due mesi sono passati dall'ultima volta, dai, andiamo…» Mi tocca le parti intime e io mi scosto da lei.

«Devi andartene, non sto scherzando, qui non sei la benvenuta!»

«Mmm, non dirmi che è per la morettina che si porta dietro quella marmocchia, si dice che non si sa chi sia il padre, forse appartiene ai Leucci… sai la storia che è stata violentata, tutti lo sanno, anche i muri!»

«Non provarci!» Mi infastidisco e sono già fuori dal magazzino avvicinandomi al doblò e aprendole la portiera.

«Tutti lo sanno in paese a Sacrofano, non sei al corrente della storia della dottoressa Guidetti?!»

«Informa Sacrofano che quella bambina si chiama Giuly, ed è mia figlia!» Strabuzza gli occhi.

«Ma cosa stai dicendo, playboy?!» Dice toccandomi il petto, si avvicinano Massimo e Cristian, sono seri, e il primo dice: «Ma che problemi hai? Ci senti? Ti ha detto di andartene, vai a fare la puttanella da un'altra parte!» Lei si volta verso di lui e gli ride in faccia.

«Samanta, vattene per favore e non venire più!»

«Come vuoi, quando hai bisogno sai dove trovarmi!» Sale sul doblò ridendo e finalmente se ne va.

Prendo ancora una lavata di testa da Laura, ripete almeno venti volte che sono un coglione e altre parole davvero poco carine spiegandomi la reazione di Sara nell'andarsene e di Giuly, che voleva salutarmi, ma lei le ha risposto che ero impegnato.

Qualche ora dopo sono in macchina con Stefano, lo accompagno da sua madre a portare i bimbi, i quali passeranno tutta la notte con loro per lasciarci liberi alla nostra serata, mentre lo aspetto in macchina prendo il telefono, lo guardo e provo a chiamare Sara ma riattacca. Provo più volte e fa la stessa cosa, sbuffo e maledico Samanta.

Anche noi ci incontriamo a Ostia con i ragazzi, non andiamo allo stesso locale delle ragazze, ma di fronte in modo che Cristian e Massimo, a insaputa loro, possono controllarle a debita distanza. Io e Stefano ne siamo felici ma io sono preoccupato perché non so Sara cosa stia davvero pensando di me. Sono le undici e mezza, abbiamo un po' bevuto ma non siamo ubriachi, non faccio che pensare a lei. Stefano è l'unico davvero sobrio ma nonostante tutto, rido alle stronzate che fanno e partecipo ai brindisi, il locale è pieno, la musica alta. Usciamo per fumare una sigaretta, chiacchieriamo, quando nello stesso momento ci guardiamo in faccia e tiriamo fuori dalle tasche i telefoni squillanti. Tutti abbiamo fra le mani i telefoni lampeggianti e suonanti, sembra uno scherzo, non capiamo cosa stia succedendo quindi guardiamo i display e sorridendo vedo il nome di Sara, guardo loro che fanno lo stesso.

«Ma cosa succede?» Chiede Cristian un po' brillo.

«Rispondiamo!» Dice Massimo e lo faccio anche io, devo sentire la mia piccola cosa deve dirmi, dal momento che fino a ora è riuscita solo a riattaccarmi il telefono.

«Pronto, Sara…» Sento un rumore assordante di musica, poi la sua risata rimbomba nella cornetta, mi concentro sulle sue parole. «…Ah, Denis! …perché sei tu, Denis!» Urla con voce strana.

«Sara, tutto bene?»

«…aaa tutto benissimo… una merdaviglia ug.» Al suo singhiozzo capisco che è ubriaca. «…tu sei un vero stronzo, lo sai, vero?! Hai rovinato tutto… ancora una volta!» La sua voce è impastata e mangia anche qualche lettera.

«Sara, sei ubriaca, quanto hai bevuto?»

«…aaaa che ti importa… allora dimmi, caro Denis… ti è piaciuto quello che ti ha fatto la bionda… la famosa commessa… quanto ti sei divertito?… ug!» Singhiozza e un po' mi viene da ridere, non oso immaginarla dal vivo.

«Se vuoi possiamo parlarne, dimmi dove sei, ti vengo a prendere!»

«…e no, Denis, non funziona così… tu non puoi fare di me quello che ti pare, sai? Prima mi dici "cosa vuoi da me"? Come se implorassi la tua paternità… poi vuoi portarmi via Giuly… e poi no ti amo… aaa… e poi… no… e poi… aaa… stai sola… ma ti ritrovo ovunque… aa… poi ancora incazzato… e io che volevo tornare con te, ma sai che ti dico?» La sua voce traballa fra pianto e ubriachezza.

«Sara, hai bevuto troppo, vuoi che venga da te?»

«No, devi starmi lontano… ora più che mai… vaffanculo, amore… aaa… ti piace?!» Sento ancora casino, tolgo il telefono dall'orecchio poi cade la linea e guardo i ragazzi.

«Sara è ubriaca!» Mi conferma Stefano. «Laura ha detto che è fuori di sé! Hanno parlato e lei era incazzatissima con te, ha iniziato a bere insieme a Marta!» Si intromette Cristian. «Devo andare da Marta, è in una crisi isterica, dice che non vuole più sposarmi!» Strabuzziamo gli occhi.

«Alice ha detto che è fuori di sé! Avete litigato tu e Marta?!» Gli chiede sospettoso.

«Nulla di che… mia madre le ha solo chiesto se alla cerimonia poteva stare al tavolo con noi invece che solo noi due e lei è andata in tilt! Non riesco a farle andare d'accordo, cosa devo fare?»

«Sara mi ha detto che sono uno stronzo e mi ha mandato gentilmente a fanculo, è convinta che abbia fatto qualcosa con Samanta!»

Gli unici a salvarsi forse sono Massimo e Stefano.

«Andiamo al locale, vediamo cosa sta succedendo?» Chiedo un po' preoccupato, provo a richiamarla, ci mette un po' poi risponde: «…e adesso che vuoi ancora!» Ora sta piangendo, lo capisco da come tira su con il naso e il mio cuore si frantuma.

«Sto arrivando, piccola! Stai ferma dove sei!»

Attraversiamo la strada e proviamo a entrare in quel locale, cerchiamo le ragazze, avvistiamo subito la pancia a punta di Alice che nel vederci rimane a bocca aperta. Si avvicina a braccia conserte. «E voi che ci fate qui?!»

«Alice, dov'è Sara?» Chiedo subito, ma lei si rivolge a Massimo. «Spiegami perché siete qui in così breve tempo!» È arrabbiata. «Ti ho solo chiamato per dirti della situazione ma che stavo bene per non farti preoccupare!»

Ma il mio amico risponde. «Alice, sei incinta! Eravamo al locale di fronte perché se ti fosse successo qualcosa sarei corso subito da te… amore, e così, siamo qua!» La musica è alta ma sento bene cosa si dicono, vedo Laura davanti alla porta aperta del retro del locale e ci guardiamo, sventola la mano così che la raggiunga lasciando i due a litigare.

«Sara è fuori, ha vomitato poco fa!» Digrigno i denti. «Ha bevuto tantissimo e da stamattina era praticamente a digiuno!»

«Uff… mi ha telefonato! Ho capito che era ubriaca, ora dov'è?!» Fa segno con la testa verso fuori.

«Un tizio che le ha riempito il bicchiere tutta la sera e che credo non si conoscano neanche… le telefonate erano per ridere ma non credevo che lei chiamasse te e ti dicesse…»

«Forse un po' le merito, che dici?» Mi fa strada verso di lei, è pallida e sorride con una bottiglia di birra in mano, le sue gambe sono in vista e il suo seno anche, ubriaca o no è bella ma è seduta su un muretto ed è sottobraccio a un tizio che ride con lei mentre fuma una sigaretta, lo guardo attento, io lui lo conosco, frequentava la palestra di Leucci.

«Ehi, tu… giù le zampe!» Quando mi vede sobbalza.

«Perril? Ma sei tu?»

«Sì e togli quel braccio da lì!» Si alza di scatto facendo in modo che Sara appoggi la testa al muro, poi mi viene incontro con aria di sfida.

«Sì però calmo, eh?» Si alza con fare minatorio. «Questa è zona nostra!»

«A me non me ne frega un cazzo, lei è cosa mia e tu tieni giù le mani!» La mia rabbia inizia a essere fuori controllo, si avvicinano altri tre, ma dietro di me sbucano fuori tutti i miei amici. «Laura, vai vicino a Sara!» Lei lo fa e si sposta dal mio fianco, mi avvicino a lui e dico: «Cosa le hai fatto bere?» Mi ride in faccia, so che non sono persone pulite.

«Che cazzo te ne frega!» Gli prendo il colletto della maglia.

«Cosa le hai fatto bere?!» Torno a ripetere scandendo le parole.

«Ok, ok, stai calmo, era tequila, nulla di che! Ne ha bevuta tanta, è vero…»

«Avevi intenzione di scopartela da ubriaco, sacco di merda? Era solo tequila, di' la verità?» Ride ancora e lo attacco al muro. «Ma l'hai capito che non sto scherzando?»

«Va bene, ho messo un po' di ketamina dentro! Si fa un bel viaggetto e domani sta bene, giuro che non ho esagerato!» A quelle parole gli do una testata secca sul naso e poi sgancio un destro forte e poi un altro ancora, purtroppo respira ma lo lascio a terra. I suoi amici si avvicinano per venirmi contro, li guardo a malo modo ma poi si allontanano.

«Fossi in voi non lo farei!» Dico a denti stretti, aiutano il loro amico ad alzarsi e se lo portano via, poi vado a concentrarmi su Sara che sembra non reggersi in piedi, dondola con la testa e sussurra: «Chi sei, il mio angelo?» Ride, le sorrido amareggiato e le accarezzo la guancia.

«Sara, vieni, andiamo a casa!»

«Non ci vengo con te… non prendo ancora la tua mano! Non ora!» Poi si volta di scatto facendo cadere a terra la bottiglia di birra e vomita pesantemente, le tengo i capelli dicendo a Laura: «Chiamami un taxi, la porto a casa con me!» Fa sì con la testa mentre aspetto che finisca di vomitare tutto l'alcool. Quando finisce inizia a piangere e ridere, faccio per prenderla in braccio ma lei non vuole e si alza, ma devo sorreggerla.

«Ti sei proprio divertita stasera, eh?» Sbuca fuori Marta, ha una corona in testa con un velo da sposa e una gonna rosa in tulle sui suoi jeans, anche lei è ubriaca ma dice: «Voi uomini non capite proprio un cazzo!» Cristian la carica in spalla mentre lei ancora dice: «Ricordati che ti ucciderò…» Mi urla puntandomi una bacchetta magica finta abbinata al vestito, poi anche lui se la porta via.

Riesco a portare Sara fuori dal locale, un taxi mi aspetta e la infilo in auto, Laura mi segue dandomi le sue cose poi mi dice: «Denis, non arrabbiarti con lei! Stava davvero male per te, e comunque con Borghi non c'è nulla, non è come pensavi! Anzi…» Sorrido a mia sorella che per una volta credo stia dalla mia parte.

«Ok, grazie, mi occupo io di lei ora!» Chiudo la portiera e lascio Sara appoggiarsi alla mia spalla sperando che non vomiti su di me.

Penso stia dormendo quando arriviamo sotto casa mia, lascio i contanti al tassista e prendo in braccio lei dall'auto per poi portarla su in casa, dorme profondamente e non è vigile nel spostare neanche un muscolo. Apro come un giocoliere la porta di casa, poi la vado ad appoggiare in vasca da bagno, le sfilo le scarpe ma a quel gesto si sveglia di scatto e dice: «Devo vomitare…» Si alza da sola e si fionda veloce sul gabinetto con altri conati di vomito.

«Cristo, Sara, ma quanto hai bevuto?!» La puzza di alcool invade il bagno mentre le tengo su i capelli, smette e dice in modo aspro: «Non te ne deve fregare un cazzo di quanto ho bevuto!» Si guarda intorno e dice: «Ma… dove sono? Dove mi hai portata ahahahaha!» Inizia a ridere, la prendo per i fianchi inginocchiandomi di fianco a lei e dice toccandomi il naso: «Denis, ma sei davvero tu? Tu, sei, reale…»

«Sì, sono reale…» Ha gli occhi rossi e sono una fessura, giuro che riesce a farmi ridere.

«Ahahah… siamo a casa tua!» Si guarda intorno. «È tutto così strano!» Si mette nella vasca trascinandosi, la aiuto e noto i vestiti sporchi di vomito. Appoggia la testa all'indietro, le lego i capelli e provo a toglierle i vestiti perché l'odore è opprimente, non la lascio in intimo, le tolgo tutto e metto le sue cose in lavatrice, è vero, la guardo ed è bellissima ancora come la ricordavo, ma non farei mai nulla di ciò che non vuole. Capisco quanto sia davvero fuori di sé quando ride senza un motivo e mugola qualcosa senza senso. Puzza tanto e sono costretto a lavarla come una bimba facendole una breve doccia, credo che si stia riprendendo e lo capisco da come mi conficca le unghie nelle braccia mentre la prendo in braccio con un telo grande.

«Cosa mi stai facendo, depravato!»

«Ti stavo solo lavando, eri piena di vomito ovunque!»

«Grandissimo approfittatore!» Mi prende a pugni ma li serro fortemente.

«Calmati, ti ho spogliata ma giuro che quasi non ti ho neanche guardata!»

«È il quasi che fa paura… chi ti ha detto di lavarmi?» Urla in modo isterico ma poi inizia a ridere e piangere insieme. Quindi no, non è ancora del tutto se stessa, la porto in camera e le metto qualcosa di mio addosso, prova poi ad alzarsi ma la devo prendere al volo.

«Io, con te, qua non ci sto!» Dice ancora con voce impastata, la tengo fra le braccia e mi dice con voce dolce ma con disprezzo: «Perché è sempre buono il tuo profumo! Non lo hai mai cambiato per farmi un dispetto, vero?» Rido alla sua espressione.

«Non lo cambio perché so che ti è sempre piaciuto!» Rispondo allo stesso modo.

«Perché mi tratti sempre male, Denis? Perché non mi capisci mai…» Ora piange, poi inizia a ridere gettando la testa all'indietro: «Ma tu non sei reale, lo so, Denis, quello vero, starà ancora fra le gambe della sua commessa… Dio quanto li odio!» Si asciuga le lacrime e mi punta il dito: «Sai… chiunque tu sia… ahahah gira tutto… wow… gira tutto… credo che sto per svenire!»

«Adesso?!» Chiedo e fa sì con la testa, poi chiude gli occhi accasciandosi su di me, la prendo al volo e la appoggio sul letto. La accarezzo mentre dorme e la copro con un lenzuolo. Vado a ripulire il bagno, passo la notte ancora al suo fianco.

Sara

Faccio fatica ad aprire gli occhi, ma il mio corpo mi dice "basta dormire". Mi guardo intorno e riconosco questa camera. Non so come ma sono in camera di Denis, ma davvero?. Mi metto seduta confusa, Dio che mal di testa, poi ricordo qualche attimo della sera precedente, sono certa di aver bevuto tanto e che ero davvero molto arrabbiata con Denis. Il mio stomaco è sottosopra ma credo di avvertire della fame, mi volto e sul mio comodino vedo un bicchiere di acqua con scritto "1 bevimi", poi in un piattino con un toast un altro biglietto "2 mangiami con calma", e un bicchiere di acqua con a fianco quella che credo sia un'aspirina per il mal di testa e un altro biglietto "3 necessità per mal di testa". Sbuffo e alzo il lenzuolo. Realizzo che ho dei boxer di Denis e una sua t-shirt dei Metallica, direi una delle sue preferite, subito sorrido poi mi chiedo cosa è successo e cosa ci faccio mezza nuda nel suo letto. Provo a cercare il mio telefono ma non lo vedo e di Denis neanche un rumore. Provo a rilassarmi un secondo. Mi viene fame e allungo la mano verso il succo che sorseggio un po', il mio stomaco va in movimento e lo sento brontolare, ecco, è arrivata la fame insieme a Denis, lo sento chiudere la porta di casa. Addento il toast, mi appoggio alla testiera del letto e guardo fuori dalla finestra, lo sento dai movimenti muoversi in cucina, apre e chiude il frigo più volte, sento nel silenzio della casa le sue scarpe avvicinarsi e le mie mandibole sgranocchiare il suo buonissimo toast. Ho gli occhi chiusi e sento lui appoggiarsi alla porta con un bicchiere fra le mani, si siede poi sul letto di fronte a me che lo guardo sorridente.

«Stai meglio vedo!»

«Tranquillo, finisco di mangiare e tolgo il disturbo!» Faccio per alzarmi ma lui mi ferma.

«Aspetta!» È dolce e mi fermo. «Non andare, devo parlarti!»

«Di cosa? Di quello che hai fatto ieri con quella puttana?!» Abbassa la testa e sospira.

«Sì!» Mi guarda deciso adesso. «Sì, perché non è successo nulla, l'ho cacciata subito!»

«Invece di cacciarla, dovevi non seguirla da subito!» Dico con poche forze. «Io Borghi l'ho liquidato subito e volevo parlarti di noi! Oggi volevo venire da te e passare del tempo con te al maneggio dal momento che mi sono presa la giornata libera e invece me ne vado!» Mi volto, prendo l'aspirina e la mando giù con l'acqua.

«Tu non vai da nessuna parte!» Si alza e chiude la porta a chiave, si volta e lancia la chiave dalla finestra, mi volto di scatto.

«Ma sei impazzito?»

«Sì, sono impazzito!» Lo osservo in malo modo.

«E adesso?» Chiedo stupita.

«E adesso ci sediamo sul letto e mi ascolti!»

«Sì, ma… come usciamo da qui?»

«Un modo lo troviamo, ma questo non importa!» Iniziamo a discutere e lui mi accusa di come era frustrato nel vedermi con Borghi e quindi si era allontanato volutamente, ma la bionda si era trovata lì per caso e non perché lui ne fosse felice.

«Ok e quindi cosa vuoi?!» Urlo fuori di me.

«Sara…» Si avvicina. «Ti faccio la stessa domanda, sei gelosa?»

Non rispondo direttamente. «E questo che c'entra? E io che ci sarei anche tornata insieme a te!»

«Ok parliamone, non è troppo tardi!»

«Sì che è tardi! Non avrò mai fiducia di te e starò sempre con l'ansia che tu possa tradirmi!»

«Non lo farei mai!»

«Non ti credo!» Rispondo istintivamente, senza neanche pensarci.

«E comunque sei incosciente!»

«Io cosa?» Urlo.

«Hai capito bene, hai bevuto troppo. Quel tipo, se proprio lo vuoi sapere, è un amico di Leucci e ti ha messo non solo tequila nel bicchiere ma anche ketamina, sei un dottore lo sai cos'è, vero?» Rimango senza parole.

«No è impossibile!»

«Invece sì!» Andiamo avanti fino allo sfinimento delle nostre parole, poi tira fuori il telefono dalla tasca e dice: «Ti faccio uscire dalla stanza solo se mi perdoni! Sono già d'accordo con tua madre, sanno che sei qui e posso chiuderti in casa finché ce ne sarà bisogno!» Mi sventola il telefono, poi tristemente dico: «Quale dei mille errori dovrei perdonarti?» Distoglie lo sguardo. «Hai capito che fra me e Borghi non c'è stato nulla?!»

«Nulla per davvero?»

«L'altro giorno allo studio era venuto solo per fare due chiacchiere ma l'ho liquidato subito! Quindi sì, ti perdono, ma per favore tregua!» Scoppiamo a ridere.

«Ok, ma non per troppo tempo, che sia chiaro! E non bere più così… eri uno straccio!»

«Ok, promesso!» Telefona a Laura che ci viene ad aprire ridendo e trovandoci seduti sul letto mentre parliamo tranquillamente, poi se ne va lasciandoci ancora così.

«Denis, spiegami perché sono mezza nuda nel tuo letto?!» Ride e racconta cosa ho fatto e quanto ha fatto per me la sera precedente.

«Mi hai spogliata e lavata?» Ne sono stupita. «Ma dici sul serio?»

«Dovevo per forza, avevi il vomito ovunque, comunque sei ancora in ottima forma, te lo ripeto!»

«Sei odioso!» Mi alzo e cerco di tornare a casa, anche se la testa tuona.

Due giorni dopo

È venerdì pomeriggio e sono a Roma per consegnare degli esami di pazienti a un laboratorio, un altro giorno vivo di corse e pieno di lavoro è giunto al pieno pomeriggio, decido poi di rilassarmi, cammino da sola per i negozi di Roma centro, passo per la piazza del mercato, mi siedo a un bar per prendere una granita fresca e il mio pensiero va diretto a Denis. Che grande voglia di lui, di noi. Finisco la granita e da sola provo a raccogliere tanti pensieri, ma sempre lui è al mio centro, capace di cancellare anche la gente intorno a me. Le ore passano e la sera si avvicina, ancora non c'è una vera scelta o decisione per me, è ancora tutto congelato fra i miei sentimenti. Ripercorro le strade e vedo un vestito da cerimonia bellissimo, non penserei a qualcosa del genere, anzi ero convinta di mettere un abito rubato dall'armadio di mia madre di tanti anni fa che mi piaceva. Ma ditemi, donne che state leggendo, quando siete malinconiche come me e comprate un vestito bellissimo di quelli che ti potresti sentire non bella ma per lui forse bellissima, anche se ovviamente la cerimonia è per gli sposi, ditemi, dopo, quando uscite dal negozio, ma quanto si sta meglio?!.

Entro e lo provo, mi sento una piccola principessa dal cuore un po' infranto, ma la commessa, pur di vendere, mi riempie di complimenti, ma a parte ciò mi piace e sorrido all'immagine di me nello specchio toccandomi la gonna lunga di piume nere piccole e fini fino a terra. Mi faccio una foto e la invio ad Alice e Marta. Mentre lo tolgo attendo le loro risposte, ma avviano subito una videochiamata.

«Scusa, ma tu fai shopping e non dici nulla?» Dice Marta con i bigodini in testa.

«È stato per caso. Ma davvero e seriamente cosa ne pensate per domani?!»

«Sei stupenda, Sara, ma non avevi scelto il verde speranza di tua madre?!» Ridiamo e dico: «Sì, ma di questo me ne sono innamorata!»

«Allora prendilo perché sei una favola!» Sorrido e accetto il loro consiglio, la commessa è più felice di me e torno a casa con un sorriso infinito.

Appendo l'abito alla cabina armadio e insieme a Giuly faccio un bagno caldo, giochiamo con dei giocattoli e con la schiuma schizzandoci anche l'acqua poi le chiedo: «Giuly, cosa ne pensi di papà?» Sapete quanto i bimbi siano la bocca della verità?.

«È simpatico, quando giochiamo è sempre gentile e poi vedo che ti guarda sempre, ma… mamma, perché noi non possiamo stare tutti insieme nella stessa casa come fanno i genitori delle mie amiche?!» Subito non rispondo.

«Perché non sempre tutto è uguale a quello che fanno gli altri!» Mi guarda con quegli occhi glaciali come quelli di Denis, mi sciolgo.

«Mamma, ma tu vuoi bene a papà?» Sorrido.

«Tantissimo!»

«Secondo me anche lui a te ne vuole!»

«E a te lui piace?»

«Sì… e a te lui piace, mamma, nel senso… secondo me potrebbe essere un bel fidanzato per te, no?» La guardo perplessa, pensando a quanto sarebbe bello riconciliare tutti i cocci.

«Non lo so, dovrebbe piacermi?»

«Io ieri ho guardato con la nonna "Frozen" e secondo me lui assomiglia a Kristoff e tu ad Anna!» Rido a quell'ennesimo esempio.

«E tu chi sei?»

«Mamma, io sono Elsa, ovvio! Guarda, faccio il ghiaccio...» Schizza tutta l'acqua con la schiuma e iniziamo a ridere.

Giuly crolla sul divano davanti ai cartoni e mentre la metto nel suo letto sento suonare il campanello, vado ad aprire e si presenta davanti a me Denis con un sacchetto da gelato.

«Non dirmi che Giuly già dorme!»

«Sì, dorme, ma entra! Il gelato lo posso mangiare anche io!» Ride ed entra.

«Non avevo dubbi!» Entra e mangiamo un gelato davanti alla tv e come i giorni precedenti ci addormentiamo abbracciati sul divano, senza un bacio ma con piccole parole e qualche carezza regalata.

Vuoi ballare?

Dopo il bellissimo risveglio abbiamo fatto colazione insieme per poi dare le indicazioni della giornata a mia madre e alla nonna riguardo al grande evento che si terrà. Denis non fa che ridere insieme a Giuly, complici, per i bigodini giganti che mi sono sistemata in testa e di come oscillano ai miei movimenti. Le due mamme sono in cucina una di fianco all'altra, come bambini si scambiano sguardi furtivi, sembrano capire ciò che dico, invece Denis non sembra molto preoccupato ed è andato via ridendo, l'ho accompagnato alla porta e mi ha lasciato un bacio sulla guancia come se stesse rubando qualcosa senza darmi neanche il tempo di ribattere. Mi giro verso la mamma e la nonna, le guardo, ma da quel gesto mi sto sciogliendo, non mi rimane che dire: «Lo so cosa state per dire e credo di aver preso una decisione definitiva!» Le abbraccio forte perché nel tutto stare con Denis è ciò che più vorrei.

Alice passa a prendermi in taxi con il suo pancione per andare da Marta, la quale è in preda a una crisi isterica perché sembra che la torta sia stata sbagliata e da maniaca del controllo qual è, potrebbe uccidere il pasticcere. Giuly ci raggiungerà insieme a mia madre e alla nonna, non potevano perdersi un evento così importante. Sono in auto con ancora i bigodini e una tuta, il mio vestito appeso al mio fianco con un piccolo borsone contenente il tutto per oggi. Solo io e Alice abbiamo l'esclusivo consenso di stare con la sposa e quindi ci vestiremo insieme.

Arriviamo alla location, tutto è come nelle favole, fontane e tappeti rossi ci fanno strada e il profumo dei fiori ci avvolge sognanti di un nostro futuro sì.

Raggiungiamo Marta in una stanza bellissima e lussuosissima, tutto è stile imperiale e lei piange disperata alle prese con il parrucchiere che non riesce a completare l'acconciatura da quanto si muove. Io e Alice sappiamo già cosa ci aspetta, guardiamo quanto è gonfia e rossa di pianto.

«V-vi rendete conto… ug… dopo s-sei volte che ci siamo accordati… ug… sono riusciti a sbagliarla! Doveva essere bellissima e loro hanno p-pensato di farla come volevano!» È un fiume in piena.

«Marta, forse si sono confusi, vediamo!» Dico cercando di calmarla.

«G-guarda!» Mi mostra la foto e per me è bellissima, io e Alice ci guardiamo confuse.

«Scusa ma non capisco, è bellissima! Dov'è l'errore?»

«B-bianca, doveva essere tutta bianca con qualche rosa rossa e invece è color crema e le rose sono bianche, non è la mia prima comunione! Capite? Mi sto sposando, cazzo!!!» Faccio fermare un attimo il parrucchiere che ormai anche lui sta esaurendo la pazienza, mi siedo di fronte a lei prendendole il viso fra le mani, cercando di calmare una crisi senza senso.

«Ascoltami, sai quale sarà il vero disastro di oggi? Tu! Tu perché sei la sposa e la devi smettere di piangere perché sei tutta rossa e non ti si appiccicherà mai il tuo bellissimo trucco scelto costosamente da un'estetista, la tua torta, tesoro, è bellissima e chi se ne frega se non è quella che volevi, nessuno lo saprà e nessuno se ne accorgerà ma avrai sposato l'uomo che ami e farai un taglio della torta come sognavi! Quindi ora basta panico!» - Con una salvietta le pulisco il viso -. «Sei in piena crisi, ma noi siamo qua e cercheremo di risolvere il tuo problema per quanto possibile, e anche se non riusciamo…» - faccio spallucce -. «Andrà tutto bene, ok?!» Fa sì con la testa.

«Alice, tu stai qua con lei, io vado a cercare la torta!» E lo faccio, perché se un'amica lo merita devo e Marta lo merita. Quindi in tuta con ancora i bigodini che ondeggiano sulla mia testa corro per i corridoi di una villa immensa e bellissima trovando già la soluzione al problema, per poi raggiungere la cucina e chiedere della benedetta torta che vedo subito ed è bellissima.

«Signorina, ha bisogno?»

«Sì, sono la testimone della sposa e vorrei fare una modifica alla torta!»

«Sì, siamo consapevoli dell'errore che è stato fatto.»

«Bene, visto che ci siamo già capiti, può prendere delle forbici e venire con me!»

«Come scusi?» Sorrido, lui confuso poco dopo è con me al piano di sopra davanti a un vaso di rose rosse a tagliare dei boccioli. «Se lo saprà il mio capo mi ucciderà!»

«Pensi che la sposa vuole uccidere il suo capo per lo sbaglio fatto!» Mi guarda preoccupato e mentre ripercorriamo tutto, vediamo l'arrivo di qualche invitato e capisco che inizio a essere in ritardo, quindi ci sbrighiamo e raggiungiamo la torta, il ragazzo mi dice: «E adesso?» Lo guardo in malo modo e ironicamente rispondo: «Ci mangiamo la torta, che dici? Aiutami, togli quelle che sono già infilate e inseriamo queste, anche solo qualcuna, e tutti saremo salvi!» Lui inizia a ridere.

«Sei simpatica, sai, come ti chiami?»

«Mi chiamo… che sono in ritardo e devo sbrigarmi prima che alla sposa venga un'altra crisi!» Sembra quasi come la voleva Marta, faccio una foto e ripercorro il corridoio dove intravedo lo sposo con Massimo e Denis, il mio cuore si ferma di colpo e penso di essere impalata davanti a lui.

«E tu dove vai?» Chiede distraendomi Cristian, anche lui elegante e bello.

«Ho risolto…» Faccio segno allo sposo.

«Il problema della torta?» Mi dice contento.

«Ci ho provato, sembra quasi uguale, ora scusatemi ma sono davvero in ritardo!» Sorridono e me ne vado quasi correndo sentendo la scia di quel suo buon profumo da uomo, Denis non l'ho mai visto elegante.

Apro la porta, mi ci appoggio prendendo piccoli respiri per ciò che ho appena visto. Guardo le mie amiche, Alice è già vestita in un abito blu premaman, truccata e le stanno raccogliendo i capelli con tante spille, Marta la stanno truccando e il parrucchiere sembra soddisfatto di essere finalmente riuscito a pettinarla e a infilarle il suo velo corto bianco. Mi guardano e dicono: «Cosa è successo?»

«Ho visto Denis!»

«E quindi?»

«Era bellissimo, ha un completo grigio chiaro… e la camicia… e una cravatta che gli sta alla perfezione ed è pettinato…» Mi blocco e le guardo: «Cosa c'è che non va?» Si mettono a ridere.

«La prima volta che lo hai visto non eri minimamente così emozionata!» Chiudo gli occhi e rido.

«È vero, ma…» Li riapro.

«Ma vai a vestirti o farai tardi, testimone di nozze!» Devo davvero sbrigarmi.

Siamo tutte pronte e noi tre ci abbracciamo, Marta è un incanto, ha uno scollo a cuore, il corpetto pieno di strass e una gonna ampia a tulle, mi ringrazia per aver rimediato alla torta e dice: «Dobbiamo fare un brindisi solo noi tre!» Apre una bottiglia di buon spumante e fa un piccolo discorso. «Siete le mie migliori amiche, sorelle e persone alle quali voglio davvero bene! Non saprei proprio come fare senza di voi quindi grazie per avermi dato l'onore di essere cresciuta insieme a voi! Vi voglio bene!» Uniamo i bicchieri: «Brindo a noi tre amiche uniche sperando di essere sempre tutte felici e di non lasciarci mai!» I bicchieri tintinnano e noi ci abbracciamo.

Accompagniamo Marta dal suo papà, i quali percorreranno il tappeto rosso insieme, Giuly sarà davanti a lei lasciando dei petali rossi e bianchi sul tappeto, ha un abito come la sposa ma più corto e sgonfio. Viene subito incontro a me: «Mamma, sei bellissima!»

«Anche tu, amore!» La abbraccio abbassandomi poi le dico: «Adesso vado con Alice, tu ricordi cosa devi fare, vero?» Fa sì con la testa e le lascio un piccolo bacio sulla fronte per poi camminare a passo svelto sul tappeto e raggiungere le nostre postazioni accanto alla sposa. Tiro su la testa e lui non mi toglie gli occhi di dosso, ha la bocca aperta ed è come ipnotizzato, Massimo gli dà una gomitata, gli dice qualcosa all'orecchio, si riprende e lo guarda per poi tornare a non togliermi gli occhi di dosso. Sorrido a quel suo gesto. Lo sposo è emozionato e quando Marta entra è bellissima, la mia Giuly fa come tutte le volte che abbiamo provato a casa ed è bravissima. Mia madre e la nonna sono in seconda fila, anche loro sono eleganti e belle. Tutto è bello in questo momento, anche come lui mi guarda e deglutisce, lo sorprendo ancora per poi distogliere lo sguardo su Giuly e fare quel suo meraviglioso sorriso.

Passano ore da quel momento, il sì è stato detto e il bacio alla sposa è stato dato, il tutto già da un po'. Noi testimoni siamo tutti allo stesso tavolo con anche Laura, Stefano e Kevin con Sofia e Mario, il proprietario del club. Ho il piacere di tenere in braccio Sofia mentre Giuly è distratta a giocare insieme ad altri bimbi con degli intrattenitori, gli sposi stanno facendo il giro dei tavoli per salutare tutti e un po' distante da me, Massimo e Denis parlano con dei calici in mano, la sento ancora quella sensazione primitiva dei suoi occhi addosso. Io e Alice intratteniamo la piccola e ridiamo ai suoi versi, poi gli sposi si avvicinano per salutarci e per fare altre foto insieme, non mi accorgo di quando Denis si mette alle mie spalle. Sembra sia venuta una foto davvero molto bella e tutti diciamo di volere una copia come prenotazione. Metto lentamente Sofia nel suo passeggino, perché si è addormentata, vedo Denis giocare con Giuly, poi capisco che stanno facendo un gioco dove l'argomento è il papà e sono davvero contenta nel vederli divertirsi. Sono bellissimi e anche se non è tutto perfetto, sono felice per Giuly. Mi avvicino lentamente a loro vedendoli ridere e mia nonna mi ferma dicendomi: «Sono proprio belli insieme! Hai fatto bene a tornare, vedrai, sarai felice anche tu!» Mi abbraccia e mi dice: «Devi solo guardare le cose con più coraggio, perché l'amore c'è!»

«Nonna!» Dico sospirando.

«Tesoro mio, non vivere di rimpianti!» Mi lascia andando da mia madre e torno a guardarli avvicinandomi, lui si accorge che sono lì e mi sorride in tutta la sua bellezza.

«Vieni, mamma, noi stiamo facendo le farfalle con le mani!» Mi chiama lui prendendomi in giro, mi avvicino sedendomi sulle piccole sedie.

«Denis, sei troppo grande per queste sedie!» Ride e penso seriamente che sia scomodo.

«Guarda la mia farfalla e quella di Giuly!» Risponde facendola vedere, la sua è enorme, quella di Giuly è piccola e ci guardiamo ridendo, giochiamo insieme a qualche altro gioco e coloriamo dei disegni, poi la lasciamo ai suoi giochi con altri bimbi, un fotografo si avvicina e dice: «Una foto per questi bellissimi genitori?!» Ci guardiamo e io dico. «Em… non so…» Fa un sorriso splendido.

«Sì.» Ci mettiamo in posa e lui appoggia una mano alla mia spalla, è calda e quel contatto mi fa salire i brividi dal basso ventre.

«Più vicini!» Intima il fotografo e noi ci abbracciamo istintivamente, gli appoggio una mano sul petto e lui mi stringe forte, sento un clic mentre i nostri occhi si incontrano. «Ora guardatemi, siete bellissimi! Complimenti!» Scatta, poi ci mostra la foto e ha ragione, siamo bellissimi e ancora abbracciati. Il fotografo se ne va e lui mi dice: «Nella foto la parola bellissima era riferito a te, di sicuro!»

«Geloso?»

«No, è un complimento! Sara sei… bellissima… uno schianto! Vorrei rapirti, credimi!»

«E comunque anche tu sei… cioè stai bene! Molto bene.» Mi sono un attimo inceppata e lo osservo da vicino come si sta mordendo l'interno del labbro. «È la prima volta che ti vedo elegante!» Dichiaro apertamente.

«Sara, mi stai facendo un complimento? Non hai la febbre, vero?!» Mi appoggia una mano alla fronte e con la scusa ne approfitta per accarezzarmi le guance delicatamente.

«Dai, smettila!»

Il taglio della torta si sta avvicinando e il sole sta per essere inghiottito dalla città. Noi in questo momento veniamo chiamati per assistere, raggiungiamo la sala, vicini, uno di fianco all'altra e forse visti così possiamo sembrare una coppia, becco qualche ragazza guardare Denis che però ha occhi solo per me e Giuly. Gli sposi tagliano la torta e viene servita, ballano una canzone dalle note romantiche, sono bellissimi e arriva l'ora del lancio del bouquet al quale io però non mi associo ma prendo Giuly in braccio, sembra molto stanca, è sera tardi e non è abituata a stare sveglia fino a quell'ora. Denis toglie la giacca, arrotola le maniche della camicia e allenta la cravatta per poi avvicinarsi premuroso e chiedere: «Vuoi che la tengo io?» Mi si siede di fianco, mentre accarezzo la bimba teneramente.

«Vuoi prenderla tu?» La prende in braccio e lei si accovaccia al suo petto, nel frattempo arriva mia madre con la nonna.

«Sara, noi andiamo a casa, se tu vuoi rimani, la piccina viene con noi! Guardala, fra un po' si addormenta!» Dice la nonna.

«Sicure?» Chiedo e la mamma insiste. «Ma sì, rimani a divertirti, tu, Denis, porteresti in macchina Giuly, per favore?» La prende con sé, vado anche io con loro e appoggio la mia stola sulla piccola.

«Sara, tu sei andata via in taxi?» Mi chiede la mamma mentre Denis le sistema la bimba in braccio.

«Sì, non preoccuparti per me.» Lui subito: «La porto a casa io, Benedetta, non preoccuparti!» Si guardano sorridendo.

«Allora sono tranquilla!» Si fanno l'occhiolino e lui fa il suo solito sorriso, le chiude lo sportello e si salutano con la mano. Siamo solo noi due all'ingresso, ripercorriamo il tragitto appena fatto in silenzio ed è imbarazzante.

Dalla musica che si sente sembra ci sia un po' di movimento e andiamo verso la pista, ma lui va a sedersi a fianco a Massimo, invece io insieme alla sposa mi scateno con Alice che ha in mano il bouchet e ridiamo. Dopo aver ballato fino a farmi venire il fiato corto e caldo vado al tavolo, il quale è vuoto, bevo dell'acqua e mi guardo intorno per cercarlo, ma sono sola. La musica si abbassa e cambia in qualcosa di più tranquillo, sembra di essere quasi alla fine di un bel film, quando si avvicina Denis e mi tende la mano dicendomi: «Vuole ballare con me, signorina?» Mi imbarazzo ma lo voglio più di qualsiasi altra cosa, appoggio la mano alla sua e mi lascio trascinare. Mi appoggia la mia mano al suo petto, le sue ai fianchi, iniziamo a ondeggiare su un lento "Helium Sia", è romantico, scelto dagli sposi. Quando finisce, noi ci fermiamo ma lui non mi molla: «Non ti lascio più, Sara! Sappilo!» Lo guardo confusa. «E penso che anche tu con questa canzone non te ne andrai!» Ed eccola "You're Special", i ricordi tornano a farmi sognare e mentre ridiamo lo abbraccio sorridendo, mi dà un bacio sulla guancia e all'orecchio mi sussurra: «In questi anni spesso l'ho riascoltata!» Mi fa fare una piccola piroetta su di me per poi riprendermi e ridiamo.

«Anche io, la ballavo con Giuly!» Dico sorridendo, lui mi riprende tra le sue braccia.

«Davvero?» Faccio sì con la testa, quel mare profondo sembra dire tante cose. «Prima eri sola al tavolo e mi chiedevo se ti andasse di ballare, sembri ancora timida quando prendi la mia mano!»

«Era da tanto che non la prendevo!»

«Ne sei felice?»

«Mi fa paura!»

«Avresti voluto ballare con un altro, no perché... io ho sempre solo ballato con te e non mi ci vedo a farlo con un'altra!»

«Allora non farlo!» Mi sorride ancora ed è dolce, appoggia la fronte alla mia.

«Sai, quando ti guardo è come vedere splendere il cielo nell'acqua e tutto il mondo per me si ferma, spesso mi chiedo cosa mi hai fatto davvero? Ho sempre riscoperto con te nuove emozioni da quando ti conosco, fino ad adesso sempre, che siano belle o brutte. Penso anche di conoscerti e di sapere quanto sei forte e ieri… mi hai ancora aperto nuove sensazioni, mi piace come ti confidi con me, mi è sempre piaciuta la tua piccola innocenza e quando piangi, Sara… mi fa male e mi chiedo se è giusto che per tutto questo tempo non sia mai riuscito a darti una vera carezza… con dolcezza. Tu all'amore ci hai sempre creduto, lo vedo ancora nei tuoi occhi come sogni e lo fai, mi innamoro sempre di più di te e vederti sola, saperti sola e vuota di questi sentimenti mi mette amarezza.» Lo ascolto in silenzio, non siamo più sulla pista da ballo perché ondeggiando mi ha portato a fianco di una fontana dove la musica si sente ancora e noi continuiamo a ballare, la mia gola è completamente asciutta per l'emozione delle parole che mi ha appena detto e non si ferma, va avanti ancora. «Vederti senza forze per rispondere mi fa capire quanto hai paura di essere ancora ferita, vorrei solo che chiudessi gli occhi e ti fidassi ancora di me!» Lo faccio, chiudo gli occhi con la mia fronte sulla sua e mi accarezza dolcemente, mi stringe fra le braccia, lui non lo sa, ma in realtà a me basta per togliere la mia amarezza.

«Denis…»

«Shhh… lo so che sei confusa e io non ho fretta… ti aspetterò sempre, l'ho fatto per soli cinque anni… non ho fretta, sono qui, con te, stasera, domani e domani ancora!» Mette una mano in tasca e tira fuori una scatolina che apre e vedo un punto luce azzurro brillare: «Sai, questa ti sta aspettando da cinque anni, volevo dartela la sera che mi hai detto di essere incinta, volevo chiederti di vivere insieme perché io a noi ci ho sempre creduto, ma poi abbiamo litigato e, beh, il resto lo sai! Ma questa volta ti giuro che non rovino più nulla e cercherò di non essere impulsivo! Adesso è un'altra situazione e non posso chiederti di vivere insieme ma vorrei che la indossassi lo stesso… se vuoi… e quando vuoi!» Non so quando ho iniziato a piangere, ma le mie lacrime non hanno sosta, anche i suoi occhi brillano, penso che più di così altro non potrei più sentire e fra qualche singhiozzo riesco a ripetere solo: «Convivere! Mettimela…»

«Davvero? Ti piace?» Scoppio a piangere e sorrido allo stesso istante, perché altro non posso dire, mi volto tirando su i capelli e mi aiuta a metterla.

«Sul gancio… c'è una piccola targhetta con la mia iniziale!» Mi asciugo gli occhi poi mi giro lentamente, sta per dire qualcosa ma lo prendo per il viso e appoggio le mie labbra alle sue.

«Basta parlare, Denis!» Sorride, forse non ci crede, ma mette le sue mani fra i miei capelli e ci perdiamo in un bacio appassionato, mi sono mancate le sue labbra, lui vuole me e io voglio lui, messi insieme ci amiamo follemente e questa volta deve funzionare. Le nostre lingue ballano e lui non mi molla più, mi prende qualche lacrima con i pollici e quando finalmente ci stacchiamo, sentiamo degli applausi ai quali ci voltiamo e i nostri amici ci guardano felici, sorridenti, con urla, fischi e calici di spumante fra le mani. Ci torniamo a guardare e scoppiamo a ridere abbracciandoci e lui mi riempie di baci.

«Ti amo, Sara!»

«Anche io ti amo, Denis!» Non smette di baciarmi e il mio viso fra le sue mani è piccolo, siamo contenti e prendendomi in braccio mi fa girare senza smettere di baciarci.

Sono le tre del mattino e siamo in macchina mentre andiamo verso casa.

«Denis, a me è venuta fame, e a te no?»

«Hai fame? Ti va un panino con la porchetta?» Sorridiamo.

«Non credi sia pesante a quest'ora?»

«Non devi per forza prendere il panino, le patatine e il supplì per poi finirli… puoi prendere anche solo il panino!»

«Ma è tutto così buono il cibo di strada!» Dico come una bambina imbronciata e mi accontenta subito, prendiamo solo i panini per poi andare in una terrazza di Roma e guardare la notte sopra la città. Mi appoggia la giacca sulle spalle e ci sediamo sulla collinetta, mangiamo chiacchierando della giornata e io a piccoli morsi divoro tutto il mio panino.

«Era buono, con la maionese era perfetto!» Mi lascia un bacio all'angolo della bocca.

«Vieni a casa da me stasera?» Mi chiede dolcemente. «Solo per dormire, tranquilla!» Rido a quella frase distogliendo lo sguardo, ma lui prende il mio mento per riportarlo al suo sguardo: «Ti voglio fra le mie braccia, voglio solo dormire con te per sempre!» Mi lecco le labbra perché sono secche dal tanto che le ho usate stasera.

«Va bene!» Sussurro.

Nel tragitto fino a casa sono preoccupata e in tensione. Il vero problema è che io vorrei tanto fare l'amore con lui, ma spero tanto che sia bello per entrambi come lo è sempre stato.

Arriviamo da lui e saliamo in casa mentre mi tolgo i tacchi sulle scale per non fare troppo rumore. Mando un messaggio a mia madre per non farla preoccupare l'indomani, entriamo in casa e mi sento in imbarazzo. Appoggio la giacca di Denis su una sedia.

«Ti do qualcosa per dormire, vieni!» Lo seguo in camera, noto che ha appeso già la nostra piccola foto fatta in spiaggia per il compleanno di Giuly, prendo le cose che mi passa e dico: «L'hai già stampata?» Noto una piccola di una donna, sembra avere il viso di Denis e Laura, immagino chi sia. «È tua madre?» Fa sì con la testa. «L'ho trovata l'altro giorno fra delle vecchie foto, Laura ne aveva in casa e nel riguardarle me l'ha data!»

«Vi somiglia molto, avete gli stessi occhi!»

«L'altro giorno quando abbiamo litigato, Laura mi ha urlato che mamma e papà non sarebbero stati contenti di quello che avevo detto di volerti fare! Non ci ho dormito la notte e poi mi è salita la febbre alta, sarei venuto da te il giorno dopo stesso a chiederti scusa!» Mi avvicino ad accarezzarlo.

«Ci siamo detti entrambi cose cattive e che sicuramente non pensavamo, adesso è tutto finito e in veste di tuo dottore ti comunico, signor Perril, che la sua febbre è stata dovuta a un forte stress, dove le difese immunitarie si sono abbassate!» Mi tira verso di sé.

«E tu le hai tirate tutte su, anche solo dormendo con me sul divano! Il problema è che per cinque anni sapevo che non c'eri e stavo per impazzire, a volte mi rassegnavo al fatto che non ci fossi ma adesso saperti qui da me, è come sapere che in circolazione è tornata la mia sopravvivenza e devo tenerti! Potrei andare in astinenza e morirci, piccola!» Ci baciamo a lungo, mi lascia tantissimi piccoli baci sul collo e il suo calore mi fa sentire elettrizzatamente rinata.

«Mi aiuti a slacciare il vestito?» Ed ecco il suo sguardo, pieno di voglia da uomo cacciatore che è, mi giro, slaccia la stoffa dal collo lentamente, io provo a tirare giù la zip ma non ci riesco e sento le sue dita calde sulle mie.

«Aspetta… ti aiuto.» La tira giù poi infila le mani ai lati della mia pancia, fa dei cerchiolini piccolini che mi fanno salire i brividi e mi dà piccoli baci sul collo fino alla spalla, si ferma ma chiudo gli occhi e sento la voglia di lui rinascere in me.

«Non smettere, Denis, non smettere di fare quello che stai facendo.» Le sue mani si spostano fino ad arrivare al mio seno e appoggia sopra le due mani calde e ruvide.

«Sara, così mi fai morire!» Tiro giù il vestito con un piccolo movimento, sento la stoffa cadere a terra per poi rimanere solo in perizoma e autoreggenti, riprende a baciarmi sulla spalla e io lentamente mi giro, gli tiro via la cravatta per poi iniziare a slacciare un bottone alla volta. So cosa voglio e siamo occhi negli occhi in silenzio.

«Sara, sei bellissima!»

«Anche tu, Denis, ho sognato tante volte questo momento!»

«Ed è come lo hai sognato?» Lo bacio lievemente.

«Anche meglio!» Sorridiamo, si toglie la camicia e mi dedico ai pantaloni, apro la lampo togliendoglieli, lui mi aiuta per poi farmi sdraiare sul letto delicatamente. Ci baciamo, le nostre mani si uniscono, per poi assaporarmi delle sue carezze con due piume pesanti come se avesse paura di farmi male. Mi sfila le calze mordicchiando l'interno coscia, tiro via i suoi slip mentre lui fa lo stesso con i miei per poi metterci sotto le coperte.

«Sara, ho paura… per te!»

«Anche io ne ho tanta… ma ho così tanta voglia di essere tua che… ti voglio, Denis!»

«Non devi per forza, se non te la senti… capisco, volevo davvero solo dormire…»

Mi preoccupo: «Non mi vuoi?»

«Oh… piccola, sì che ti voglio e da morire, ti desidero con tutto me stesso!!» Mi divora di baci mettendosi fra le mie gambe, mi bacia i seni e stuzzica i capezzoli nel modo in cui mi è mancato ed è delicato ma comunque eccitante fino a farmi inarcare la schiena. Accarezzo la sua erezione alla quale geme lievemente, è forte, dura e possente, tocco con l'indice il suo glande fino a percorrere la sua vena pulsante.

«Sei sicura, piccola? Io davvero volevo dormire… non devi per forza!» Ha uno sguardo davvero preoccupato e mentre ci baciamo dico di sì con la testa e lui entra dentro di me delicatamente. La sua invadenza mi fa sussultare, lo sento fermarsi e mi guarda. «Tutto bene?»

«Sì...» Comincia ad affondare dentro di me, fino a riprendere con piccole spinte che mi fanno impazzire e bagnare per lui. Appoggio le mie mani alle sue spalle e i miei talloni sono sulle sue natiche, ansimiamo cancellando la rabbia con l'amore e la passione del momento.

«Quanto mi sei mancata...» Mi bacia le clavicole approfittando di me che butto la testa all'indietro per poi scendere ai seni e tormentarli. Le spinte aumentano, inizia a grugnire, esse smuovono in me piccoli momenti di flash che tornano alla mia mente della violenza, chiudo forte gli occhi e cerco di affondarli aggrappandomi a lui. «Sto per venire!» Mi ansima alle orecchie e poi mi accendo.

«N-non prendo nessuna precauzione, Denis...» Si ferma un attimo e dice: «Non mi interessa, Sara... io con te ne farei cento di figli!» Strabuzzo gli occhi e si sofferma sulle mie labbra baciandole, impedendomi di ribattere ma sento il suo pene pulsare e deduco sia troppo tardi. Affonda dentro di me, io scoppio in un pianto liberatorio, lui mi tiene salda a lui. Piango e rido.

«Ehi!» Mi accarezza piano le lacrime.

«È stato bellissimo!» Dico sulle sue labbra e lo abbraccio forte fino ad addormentarci.

Ci siamo svegliati di domenica mattina tardi, durante la mattinata abbiamo fatto l'amore ancora e l'ho sorpreso a leggere la mia frase sulla schiena mentre la baciava: «"Ogni giorno rivivo il nostro amore guardando i suoi occhi".» L'ha letta e riletta un sacco di volte, percorso la scritta con le dita e baciata. «È bellissima, la scriverò anche io!» Mi volto a guardarlo.

«Perché?»

«Hai scritto tutto in così poche parole parlando di noi, me e Giuly... ti amo! E so che mi hai sempre amato!»

«Come lo sai?» Sono a pancia in giù mentre parliamo.

«L'ho sempre saputo, ma la conferma l'ho avuta la sera del mio compleanno... quando abbiamo litigato... il modo in cui mi guardavi e io ti distruggevo con le mie parole ma tu c'eri... e dopo c'eri ancora! Distrutta, rotta, ma ci sei sempre stata.» Mi accarezza la schiena. «Ti ho fatto tante volte male, non ti merito!» Mi avvicino mettendomi su di lui.

«Entrambi abbiamo sbagliato, ma ti amo e ti perdono! Tutte le coppie litigano per poi fare pace, dobbiamo solo capire come far funzionare il tutto!» Mi bacia ancora accarezzandomi.

«Dobbiamo farcela allora e anche se urlo e dico cose senza senso.» Gli do un pizzicotto al capezzolo.

«Questa volta ti punirò dormendoti di fianco e ti strizzerò le palle!» Mi scaraventa sul letto per una scarica di solletico e morsi dolci sul corpo.

Nel pomeriggio fa caldo, i ragazzi ci raggiungono e organizziamo una grigliata da fare in serata, passo a prendere Giuly con qualche cambio e mentre torniamo da Denis li vediamo al laghetto tuffarsi e divertirsi. Noi abbiamo già il costume indosso e Denis non perde tempo a prendere la bimba e a giocare in acqua con lei. Tutto è bello e perfetto, in un momento mi ritrovo sulle gambe di Denis a dondolarci sulla ruota da trattore e mi butta in acqua per poi giocare con Giuly a fare i fanghi. Torniamo in casa stremati e brindiamo ancora agli sposi, Massimo è nel mirino per il bouchet ricevuto da Alice e io sono fra le braccia di Denis che mi accarezza dolcemente sotto gli occhi di tutti. Ci porta a casa in tarda serata per poi rimanere con noi a dormire e lo facciamo in tre nel letto grande.

Il giorno dopo parte una routine di lunedì mattina ma con lui presente nelle nostre vite. Giuly è serena e con lui accanto sembra tutto bellissimo.

«Stasera dobbiamo andare al club per festeggiare Alice, lo sai, vero?» Chiedo.

«Sì, me lo ha detto ieri Massimo, andiamo insieme! Giuly viene con noi!»

«Preferisco che rimanga con mia madre, potrei smettere tardi oggi, il lunedì è sempre un caos lo studio medico!»

«Ok allora ci sentiamo più tardi!» Ci salutiamo davanti all'auto che poi accendo per portare Giuly a scuola e dopo andare in studio, dove la mia giornata procede al rallentatore.

Libera del passato

Denis

Il giorno del matrimonio di Cristian per me è stato uno dei più belli della mia vita, non solo per lui che ha sposato Marta ma perché finalmente Sara ha lasciato il passato alle spalle. Era bellissima, quando ha percorso la navata dal tappeto rosso insieme ad Alice, l'ho guardata a bocca aperta e ho faticato a respirare. Sarei potuto impazzire nel pensare di non averla ancora e dovevo provarci fino alla fine delle mie forze. Ballare con lei è stato speciale, intenso e travolgente, le ho aperto il mio cuore per poi darle quella piccola pietra azzurra e si è emozionata. Mi ha baciato e il mio cuore è impazzito, io ho perso la testa e non ho potuto che ricambiare.

Ma la cosa più bella è stata riaverla nel mio letto e rifare l'amore con lei. Si è completamente lasciata andare e siamo ancora solo noi ad arrivare a oggi. Mentre racconto tutto a Polly sono l'uomo più felice del mondo e anche papà di una bambina che mi sta conquistando lentamente con la stessa dolcezza di Sara. Averla riavuta e non sentirla poi tutto il giorno è straziante, mi sono già cambiato per la sera e le mando qualche messaggio, le chiedo quando torna, la scongiuro di cenare insieme ma sembra non leggere i messaggi, così vado alla villa ad aspettare che rientri, almeno starò con Giuly. Prendo un caffè con sua mamma e nonna Ginevra, ridiamo su quando ci hanno chiuso in cantina.

«L'ho detto da subito che ne avevate bisogno! Quindi adesso state insieme, vero?»

«Spero di sì!»

«Come, "spero"?» - Ci voltiamo a vedere Sara che nessuno ha sentito arrivare e ridiamo, bacia subito Giuly poi mi viene incontro lasciandomene uno sulla fronte e rimango male. «Hai detto "spero" quindi vuol dire che non stiamo insieme?» Ruba un pezzo di torta.

«Non intendevo quello, lo sai bene!» Ridiamo.

«Mmm, poi ne parliamo!» Ci racconta la sua giornata poi parla del sindaco di Sacrofano, racconta che hanno pranzato insieme ed è stato insistente e subito mi infastidisco. «Io ho detto "sono impegnata" e che sono mamma! E tu te ne esci con "spero"?»

La tiro fra le mie braccia dicendole: «Con chi hai pranzato oggi?» Ridiamo, lei è bellissima al mio solletico poi però le do tregua per andare a cambiarsi. La seguo in casa e mentre è sotto la doccia il telefono suona, risponde. La sento parlare, un paziente sembra sia grave e deve andare.

«Denis...» Si sta infilando una tuta. «Io non so quanto ci metto, vi raggiungo dopo al club con un taxi, va bene?»

«Ti accompagno e aspetto!»

«No, davvero! Non si può fare e non so quanto ci vuole, è un malato terminale e sta facendo i suoi ultimi giorni a casa, i figli mi hanno chiesto di andare, finalmente si sono decisi a dargli la morfina per non farlo soffrire!» Mi spiega velocemente mentre siamo già in cortile. «Vi raggiungo appena possibile, va bene?»

«Ok ,doc!» Dico amaramente.

«Doc?» Ride e capisce che la sto prendendo in giro.

Vado a Roma, entrando nel club mi sento perso, già mi manca e io che volevo fare la mia entrata con lei! Raggiungo le coppie di miei amici, saluto Laura dietro il bancone e Alice è triste nel non vedere subito Sara.

«Avete già litigato per caso?» Mi chiede.

«No, tranquilla! Si stava cambiando ma è dovuta andare da un paziente urgente, dovrebbe raggiungerci a breve!» Chiacchieriamo e iniziamo una partita a biliardo noi maschi. Si avvicina una sagoma che conosco, Katia insieme a Samanta, la ragazza del negozio di alimentari per animali e, che Dio mi fulmini, fa' che non arrivi in questo momento Sara, perché ho già addosso gli occhi di Alice e Marta.

«Ciao, Denis!» Samanta mi si struscia addosso e mi allontano a quel contatto. «Vedo che siete ancora insieme tutti voi... la pecorella smarrita mi hanno detto che è tornata, come mai non la vedo?!» Digrigno i denti perché so che sta stuzzicando Sara, parecchie volte lo ha fatto in questi anni e l'ho sempre trattata con poco interesse.

«Voi due vi conoscete? Fate una bella coppia insieme...» Rispondo maliziosamente, Katia percorre un suo dito sul mio braccio scoperto dalla camicetta a maniche corte: «Che belli i tuoi disegni... chissà fin dove arrivano!»

Samanta abbassa il suo top mostrando due zampe di gatto, una per seno. «Ti piace, tesoro, se vuoi ti faccio accarezzare il pelo!» Mi gratto la fronte. «Ti va se facciamo una cosa a tre? Dai!» Scoppio a ridere.

«Ma non avete davvero di meglio da fare!» Quasi urlo. «Ci sono tanti volontari in giro, levatevi di dosso per piacere, fra un po' arriva la mia donna e credetemi… lei fa per tutte e due!» Ridono ma io divento serio, nel frattempo vedo Sara al bancone, non mi sono neanche accorto di quando è arrivata e il mio umore diventa preoccupato. «Fossi in voi me ne andrei all'istante!» Osservo Sara parlare con Laura, ha un vestito troppo corto, le sue bellissime cosce sono agli occhi di tutti e ha un tailleur sopra stretto da mettere in mostra i fianchi e il seno si intravede dal vestito tutto in paillettes nero.

«Ma di cosa hai paura? Di non farcela… ti aiutiamo noi… e poi devo proprio dirtelo… mi sei sempre piaciuto!» Dice Katia, Alice e Marta mi guardano, Massimo dice: «Ma non riesci a smollartele 'ste due?» Sara a quelle parole si gira verso di me mentre le due ridono di fronte, strabuzza gli occhi, la guardo teso e pronto alla lite che sta per arrivare. Fa segno di aspettare un momento con il dito a Laura che si volta a guardami, sono sicuro che a questo giro la mia donna tirerà dei capelli a qualcuno e sinceramente sapere che possa essere Sara un po' mi eccita, due donne che si picchiano mi ha sempre ispirato cose strane, ma da come sta arrivando stasera mi sa che ne ha anche per me. Metto una mano davanti alla bocca strofinandomi la leggera barba ispida e mi appoggio al biliardo con la stecca fra le mani. Eccola, sta arrivando con un bicchiere grande di birra in mano, ondeggia i suoi capelli e sui tacchi è molto sexy, appoggia la borsa da Alice, non sento cosa dicono ma le due che ho a fianco a me non hanno fatto altro che parlare fino a ora, secondo me stanno rischiando davvero grosso.

«Ciao, amore!» Sara si avvicina e mi lascia un bacio sulle labbra che ricambio molto volentieri, le due si guardano diventando serie. «Katia! Sai, mi sei mancata! Come stai? Misuri ancora la pressione o la fai solo salire?»

«Sara, allora è vero che sei tornata!»

«Oh sì, cara, sei tu che non ti togli mai dai coglioni!» Le prende la mano appoggiata sul mio bicipite e la sposta in malo modo dicendo: «Giù i tentacoli dal mio uomo!» Poi guarda Samanta. «Se sei in calore, nel tuo negozio ci sono sacchi da venti chili di carote, sfogati con quelle!»

«Ehi, ma come ti permetti!» Ed ecco, lo fa, Sara getta la birra in un modo così perfetto da beccarle entrambe in viso e io mi copro la faccia con una mano. Poi le si avvicina molto vicino puntandole il dito, temo nel peggio e vi garantisco che gli schiaffi di Sara con quelle manine sono dolorosi e lasciano il segno per qualche minuto. Ma la prendo per i fianchi. «È la seconda volta che provi a fare la troia con il mio fidanzato davanti a me quindi, sì, mi permetto!!» Le prendo le braccia e vedo i ragazzi avvicinarsi insieme anche a Laura.

«Sara, basta, calmati, ora se ne vanno.» Le dico nell'orecchio, le guardo: «Vero che ve ne andate? E se non mi sbaglio ve lo avevo anche già detto!!» Cerco una piccola difesa anche per me.

«Ragazze basta!» Si intromette Laura. «Ho visto tutto già da prima e ora andate via, è da un po' che vi tengo d'occhio e non mi piace quello che state facendo fra mio fratello e mia cognata! Dovreste solo vergognarvi, certe cose fatele da un'altra parte!» Se ne vanno silenziose e Sara dice: «Scusa, Laura, mi dispiace, è solo che...»

«Dovevi marcare il territorio, hai fatto proprio bene, Sara! Però te lo dico, lui non c'entra davvero!» Laura se ne va, al bancone la stanno aspettando, ma Sara si volta per guardarmi bruciandomi con gli occhi.

«Sara, lo giuro che ho anche chiesto di andare via!» Lei cosa fa? Dai pantaloni riesce perfettamente a darmi un pizzicotto beccandomi un testicolo e lo tiene forte in mano. «Ahi, ahi... no, amore, te lo giuro, è così, le ragazze possono confermare!» Ha gli occhi iniettati di rabbia e sottili per incenerirmi.

«Denis, te lo giuro che te le strappo e te le faccio ingoiare!» Provo a tirarle via la mano, ma in quella piccola presa un movimento troppo brusco potrebbe lasciarmi senza parti intime.

«Va bene... va bene... messaggio afferrato, ti prego, mi stai facendo male!!»

«Non prendermi per il culo perché ti castro, intesi? Giuro che ti ci lascio senza per tutta la vita!!»

«Va bene... va bene, scusa... scusa!!» Le lascia facendomi male ancora volontariamente e io mi divincolo massaggiandomi le parti intime, voltandomi di spalle fino ad appoggiare i palmi al muro e sperando che il mio dolore passi. Giuro che ho afferrato il messaggio.

Mi sento la faccia bollente e quando torno da lei, che è girata di spalle, la vado lo stesso ad abbracciare: «Sara, mi hai fatto davvero male!» I ragazzi ridono e io affondo con la fronte nella sua spalla.

«La prossima volta le mandi via in modo più convincente!» Mi si volta, poi si addolcisce appena mi guarda Alice che prende le mie difese: «Quelle due stronze hanno istigato, Sara, lui non ha fatto niente di male!» Massimo interviene: «Sara, mi spieghi come hai fatto perché giuro che sei stata il top!» Tornano a ridere. «Hai lanciato la birra in modo perfetto, con tutta tranquillità, e hai beccato le palle di Denis in modo professionale.» Si sta divertendo come un matto e io le dico nell'orecchio: «Se rimango senza come fai?»

«Torno a pranzo con il sindaco! Non ci sei solo tu, dovresti saperlo ormai, quindi dipende solo da te la salute delle tue parti intime!»

Rido a quella affermazione e le dico: «Mi fai impazzire quando fai la gelosa, facciamo pace!» La stuzzico trascinandola con me al biliardo.

«Tu pensa che invece mi fai incazzare!» La tiro al mio petto fra le mie gambe.

«Sara, ti giuro che sono state loro a venire da me, le ho mandate via più di una volta!» Mi guarda ancora arrabbiata, quel piccolo muso che prendo con una mano. «Tu piuttosto...» La guardo dai piedi fino al seno e le tocco con un dito quella coscia percorrendone il tragitto dal ginocchio fino sotto la natica, sento per fortuna la stoffa di un pantalone. «Ti rendi conto come sei uscita?!»

«Sì, lo so, ho preso le prime cose che ho trovato per fare presto! Non ti piaccio, per caso?»

«A me sì, tanto. Ma è troppo corto e tutti ti guardano, potevi prendere qualche pezzo in più di stoffa!» Ride.

«Ma ti ascolti? Ovvio che le persone mi guardano, esisto!»

«Bene, da stasera questo vestito lo eliminiamo, ok?!»

«Assolutamente no, l'ho comprato a Oxford in una fiera degli introvabili!»

«Appunto noi lo facciamo sparire così nessuno lo trova, va bene?»

«Facciamo così...» Mi piace la sua aria di sfida, strizzo leggermente gli occhi e mordo le labbra mentre lei va ad appoggiarsi al biliardo alle sue spalle in modo sensuale. «Giochiamo a biliardo, se tu vinci il vestito sparisce, se perdi la prossima volta lo metto anche senza pantaloncini, senza la tua presenza e in più non avrai nessun diritto di ingresso alle mie parti intime!» L'ultima parte la sussurra avvicinandosi per dirlo alle orecchie e io rido per poi diventare serio.

«Scordatelo... e poi non sai giocare a biliardo!» Ride lei adesso, allontanandosi.

«Tante cose di me non sai più, Denis, e comunque hai paura di perdere!»

«Io... cosa?» Se la ride ma fa sul serio, si toglie la giacca e ha anche le spalle scoperte, devo vincere questa partita per forza ed eliminare quel pezzo di stoffa, va al tavolo dalle ragazze alle quali mi avvicino e dice. «Alice, aspetti, vero, per il brindisi, devo giocare a biliardo stasera!» Giuro che sono eccitato, sistema le palle da gioco nel triangolo poi si sistema i capelli in avanti, mi avvicino.

«Hai bisogno di una mano?» Le chiedo e fa no con la testa. «Ok, spacchi tu?» Le do questo vantaggio.

«Ok!» Mi guarda con sfida. «Tu sei pronto?» Rido, ma sembra davvero convinta e non so se preoccuparmi. Prende la stecca e passa il gessetto sulla punta poi soffia lievemente, la fa oscillare fra le dita e si mette in posizione, quella posizione dove posso vedere i muscoli delle gambe prendere forma e nella quale farei altre cose, comprerò un biliardo. Prende la mira concentrata, io mi avvicino posizionandomi dietro di lei ma un po' distante appoggiandomi al muro, lei colpisce e sento il rumore delle bilie, il triangolo si apre e vanno nelle rispettive buche.

«Non male, complimenti!» Dico, tira su le sopracciglia e la cosa si fa eccitante in tutti i sensi, segue la bilia bianca e colpisce ancora.

«Sara, straccialo!» Urla Cristian.

«Vai, Sara!!» Marta incita, prende un'altra mira e la palla ne manda correttamente altre nelle buche e io sono senza parole. Inizia la musica dal vivo con "Io sono bella" di Emma e lei batte il pugno al cielo seguendo il ritmo con le ragazze dietro che la seguono e rido, perché mi sta davvero stracciando, ma è da tanto che non la vedevo così raggiante. Arriva il mio turno quando mira male a una buca e tocca a me che mi avvicino al biliardo ma lei è contenta lo stesso, fa finta di cantare usando la stecca come microfono, Laura la incita da lontano battendo forte le mani, muove quel culetto che io morderei.

«Grande, Sara... vaiii!!»

Arrivo alla postazione, anche io inizio ad avere la mia rivincita, sto già pensando a cosa farne di quel vestito. Iniziamo ad andare alla pari, so giocare bene a biliardo ma lei mi ha davvero stupito, mi avvicino quando tocca ancora a lei spaccare il triangolo e le dico chinandomi insieme a lei e parlandole nell'orecchio. «Devo ammettere che sei molto sexy mentre giochi!» Lei ride poi tira. «Quando hai imparato a giocare?»

«A Oxford, Robby ed Erick ne hanno uno in casa e mi hanno insegnato, abbiamo passato parecchie serate a giocare fino a tardi!» Dopo qualche buca tocca a me e lei beve qualcosa veloce con le ragazze per poi tornare da me, qualcuno le si avvicina e non mi piace come la guarda, la sta mangiando, lei gli appoggia la mano sul braccio e la vedo fare no con la testa, il tizio fa per andarsene ma si volta e lo sento che dice: «Sicura, baby, guarda che ci divertiamo!»

«Sicurissima, mi sto già divertendo con il mio fidanzato!» Poi si dirige verso di me e guardo il tizio in malo modo che poi se ne va. Lei è in piedi di fianco a me e dice: «Non distrarti!»

«Tutto bene? Cosa voleva?» Fa spallucce.

«Che giocassi con lui!»

«Se vuole, può giocare con me!» Tiro quasi alla cieca la mira e sento le bilie andare in buca, mi alzo infastidito dopo aver sentito. «Sara, sei troppo provocante stasera!»

«Ma io l'ho messo per te, giuro!» Lo dice dolcemente e la tiro a me.

«Lo hai davvero messo solo per me?» Le rubo un bacio che ricambia. «Dio, quanto mi fai impazzire!» La tiro a me e sento Massimo. «Sara, allora? Non dirmi che cedi per così poco!» Ridiamo e poi lei dice: «Ha ragione però, non puoi vincere per così poco!» Mi scappa dalle braccia e mi fa continuare la partita, andiamo avanti fino alla sua vittoria. Ride poi si avvicina lentamente alle orecchie: «Non tolgo adesso i pantaloncini solo perché ci sei tu, mi tengo buona per il compleanno di Marta!» Dice mentre si siede sulle mie gambe al tavolo dai ragazzi e io le sposto i suoi capelli, non dico niente a riguardo tanto so già che distruggerò quel vestito. Rispondo facendo un lieve sorriso pensando a come mi abbia battuto e devo assolutamente comprare un biliardo e metterlo in casa.

«Complimenti, potresti insegnare anche a loro due!» Intima Massimo verso Alice e Marta.

«Troppo noioso, Massi...» Dice lei toccandosi la pancia, Sara si volta a toccarla e io ricordo quella di mia sorella quanto faceva impressione gli ultimi mesi.

«Bella panciotta che sei diventata!» Le dà un bacino sulla punta del ventre.

«Una mongolfiera...» Ridono. «Ho delle tette che sembrano palloncini appesantiti!» Ridiamo ma Massimo: «A me piacciono, avrai come minimo preso due taglie e sono bellissime, dovresti fare sempre figli, amore mio!»

«Mmm... il mio scimmione!!» Si baciano e io mi stringo la mia piccola al petto, alla quale dico all'orecchio. «Mi prenderò una rivincita dopo aver comprato un biliardo per metterlo in terrazza!» Sono molto eccitato dalla serata che ne sta venendo e lei sulle mie gambe non aiuta, ride.

«Addirittura! Non sai perdere, vero, Denis?» Risponde lei che non sa fra un po' cosa le aspetta.

Facciamo tanti brindisi alla promozione di Alice, sembra una cosa molto importante, Sara ordina da mangiare una bistecca e dei contorni misti, non ha ancora cenato, ma Laura le ha riservato una piccola fiorentina occasionale solo per lei da cinquecento grammi e per una volta la vedo fare fatica a mangiare. La serata è quasi conclusa, fra qualche sbadiglio ci alziamo per uscire dal club. Andiamo alla cassa per pagare, Sara infila la giacca quando un ragazzo forse della mia età, le si avvicina, sembra un bel tipo e mi gusto il tutto in prima fila in modo diabolico. La prende per un fianco, già da lì sono sull'attenti, lei lo respinge ma si dicono qualcosa e lui le lascia un bigliettino, sono seduto su uno sgabello, la mia pressione sale a duecento. Il tipo se ne va, Sara si volta e incontra subito il mio sguardo, molto, molto infuriato.

«Cosa vuole il tipo?» Indico la direzione cercando di stare calmo.

«Nulla di che, tranquillo!» Infila il biglietto velocemente nella tasca della giacca, la sto bruciando.

«Nulla? Ok...» Mi volto, saluto tutti, do ancora gli auguri ad Alice, aspetto che faccia lo stesso Sara, ma non le faccio raggiungere la porta, la carico in spalla come un sacco di patate coprendole il sedere con un canovaccio rubato dal bancone. Non vedo più nulla e non sento nessuno solo rabbia e sono geloso, perché le persone non riescono a stare al loro posto inizio proprio a non capirlo. La sento darmi dei colpi con la borsa alle mie natiche.

«Sei un uomo primitivo, mettimi giù, Denis!»

«No, adesso andiamo subito a risolvere il problema di questo vestito! Giuro che lo brucio!»

«No, non puoi portarmi via in questa maniera!» Sto percorrendo il parcheggio, tiro fuori le chiavi dalle tasche così che l'auto si apre, apro la portiera per poi infilarla dentro stando però attento a non farle sbattere la testa.

«Incivile!!» Sbatto la portiera.

«Voglio essere incivile, tu mi ha fatto diventare così!» Salgo in macchina. «Dammi subito quel biglietto che ti ha dato!» Mi guarda sfidandomi.

«No!»

«Sara, sono molto incazzato!»

«Prenditelo da solo il biglietto, io non ti do niente!» Lo faccio, ha le braccia conserte ma io infilo le mani nelle sue tasche dicendo: «Arriverò a rinchiuderti in casa e quando usciamo ti metterò un burqa, ti legherò a me con una catena!» Mi guarda in malo modo, forse sto esagerando, trovo il biglietto e leggo il numero di telefono e poi con sopra scritto "Ciao, bella, quando hai voglia di parlare chiamami", lo infilo in tasca e accendo l'auto per poi sgommare partendo, guido in modo nervoso, apro il finestrino e butto il biglietto fuori. Ha ancora le braccia conserte, prende il canovaccio che le avevo messo sulle gambe e me lo lancia.

«Rozzo e cafone!» È bellissima anche da arrabbiata, quindi accosto sulla destra a un parcheggio mettendo le quattro frecce.

«Tu invece sei bellissima!» Faccio per spostarle i capelli ma lei si scosta. «Ehi… scusa, va bene? Ho esagerato ma io perdo le staffe se qualcuno si avvicina, lo sai!!»

«Ma non puoi comportarti così!» Si volta verso di me e dice passandomi un dito sul bicipite. «"Ma che bei disegni chissà dove arrivano", ti dice niente questa frase?!» Socchiudo gli occhi.

«Sì ma pare poi che abbiano capito e se ne sono andate!»

«Solo io ti posso toccare, ok?! È chiara questa cosa? E io a quello non ho dato nulla a cui pensare male mentre tu non riesci proprio a smollartele di dosso ed è fastidioso, capito?!» La blocco con un bacio.

«Ok, siamo due perfetti cretini.» Le dico mentre lei ricambia parlandomi da sopra le labbra.

«Non mi piace che siano altre donne a toccarti e poi quelle due!»

«Mmm, neanche a me piace…» Le prendo il viso fra le mani e lei mi spinge salendomi a cavalcioni sopra, diventiamo una bolla di ormoni scoppiati, le nostre mani sono ovunque, le bacio il collo e lei si sfrega con l'intimo al mio dai pantaloni così che sono già duro come il marmo.

«Denis, ti voglio ora!»

«Oh, piccola, anche io e non sai quanto, ma con te in macchina non lo farò mai!» Si blocca.

«Perché di solito con chi lo fai?»

«Con nessuna, è solo che in macchina non lo faccio con te, siamo una coppia, non ti ho conosciuta stasera!» Le sto palpando una natica e lievemente cerco di metterla al suo posto.

«Con chi lo hai fatto in questa macchina?» Le prendo il viso e le dico: «Con nessuna, amore mio, è una macchina nuova e vergine in tutto! Andiamo subito a casa così facciamo pace, ok?» Fa no con la testa.

«Non pensare di cavartela con così poco!» Sorrido e mi metto subito al volante cercando di fare il più veloce possibile ad arrivare a casa. Ma Sara ha deciso proprio di non lasciarmi, mentre guido mi dà baci sul collo, mi slaccia la camicia per poi passare sul petto le mani, arriva ai jeans e li slaccia tirando fuori la mia erezione e a quella vista dice: «Ciao, volevo farmi perdonare per prima!» Rido.

«Sara, che intenzioni hai?»

«Di assicurarmi che tutto sia ok e che non si sia fatto troppo male!» Non faccio in tempo a dire niente che inizia a baciare i testicoli in modo passionale e già lì inizio a sussultare lievemente, le cedo un attimo un'occhiata.

«Sara, così mi fai impazzire.» Mi guarda e il modo con cui lo fa è fantastico, mi mordo il labbro, le accarezzo leggermente la nuca.

«È quello che ho intenzione di fare…» Guardo subito la strada ma sento la sua lingua percorrere l'asta lentamente, cerco di concentrarmi sulla guida ma non è semplice, avvolge il glande con la bocca e inizia a leccarlo, io accelero sperando di arrivare subito a casa. Lo infila poi in bocca e inizia ad andare in fondo per poi tornare su e ancora affondare, le accarezzo i capelli, inizio a gemere appoggiando la nuca al poggiatesta, comincio ad avere caldo, molto caldo.

«Sara, sto impazzendo!» È brava, lo sta facendo nel modo più bello e sensuale.

«Non distrarti, concentrati e portarmi subito a casa!» Imbocco la tangenziale che sembra vuota e tiro giù il piede, lei prende più ritmo e io mi sento il dio delle strade di Roma. Sento qualche schiocco delle labbra, si dedica anche ai testicoli e mi piace perché non trascura nulla, ma sono all'apice di tutta una eccitazione molto travolgente, intravedo il cartello stradale per l'uscita Sacrofano.

«Sto per venire…» Ma lei non si ferma, mi avvolge il pene spingendosi nell'incavo delle sue profondità e la sua saliva insieme alla sua bocca sono così calde da farmi quasi piangere per il piacere che provo. «Ehi, piccola, non ce la faccio più…» Provo a distrarmi passandole una mano sulla natica e cerco di infilare un dito nel suo intimo, ringrazio per questo chi ha inventato il cambio automatico, accelero ancora e penso di aver preso un velox, ma non mi interessa, prendo l'imbocco per l'uscita, mi immetto nelle stradine del mio paese ma sto per esplodere quindi sono poi costretto a rallentare ed eccomi, l'apice del desiderio raggiunto da spasmi ed eiaculazione.

«Aaa… aaa… Ssara…» Ma lei continua a prendersi tutto ciò che è mio. Sto facendo i venti all'ora e quando penso di essermi un po' ripreso torno ad accelerare, stasera il mio nome dovrà sentirlo urlare tutta Sacrofano da Sara. Si stacca orgogliosamente dalla presa e si asciuga le labbra delicatamente con le dita, mentre mi guarda poi dice: «E queste cose le fai solo con me perché tu sei mio!» Messaggio ricevuto, non lo abbiamo fatto in macchina ma per la prima volta ho fatto sesso orale mentre guido ed è stato FAN-TA-STI-CO!!!

Arrivo a casa sua, tolgo al volo la cintura e la prendo io questa volta su di me, ma fa la preziosa mentre la divoro baciandola. Apre lo sportello e scende, a me non rimane che rincorrerla fino al portone di casa sua, ho ancora i pantaloni slacciati ma li tiro su in tempo senza allacciarli, mentre si volta, le infilo una mano nel piccolo shorts nero e una da sotto quel pezzo di stoffa per raggiungere un capezzolo. «Sara, muoviti o te lo infilo qua sotto casa e non aspetto i tuoi tempi…» Ride ma ha aperto il portone e corre sulle scale per arrivare davanti alla porta di casa dove mi butto ancora su di lei, sembra che ci siamo quasi ma io torno alla carica e le mie mani entrano entrambe nei suoi pantaloni striminziti spingendola contro la mia erezione, mi struscio alle sue natiche quando di colpo si accende una luce e noi ci blocchiamo. Nonna Ginevra.

«Ma che cavolo...» - Siamo ancora bloccati a quella parola, la guardiamo e lei fa lo stesso -. «Ooh... scusate spengo la luce!» Lo fa, ma mentre va via poi urla. «E daje!!» Noi ridiamo ma appoggio Sara alla porta che sta impiegando troppo tempo, quando finalmente la apre ci buttiamo dentro. Le sfilo la giacca, torniamo a baciarci, il mio pensiero va a quel vestito, mi tira via la camicia liberandomi da scarpe e pantaloni, poi ecco la libertà da tutti i pensieri oscuri. Prendo quel vestito tenendolo con due mani e tiro forte fino a sentire la stoffa strapparsi, tutte le perline con pailettes esplodono sul pavimento, io mi sento orgoglioso come non mai.

«Denis!!» Urla lei.

«Così scampiamo al pericolo!» Ride ma ributtandosi ancora sulle mie labbra, le mie mani vanno sulle natiche, la prendo in braccio mettendomi fra le sue gambe, strappando il resto mentre mordo e lecco i suoi capezzoli. Siamo due tornadi in preda alla voglia di divorarci, la stendo sul divano ad angolo, le apro le gambe per fondarmici sopra e la mangio, ansima proprio come voglio, le sue mani mi scombinano i capelli, si arriccia inarcandosi così mi dedico ai seni prima stringendoli con le mani poi baciando quei due capezzoli rosei scuri mordendoli appena.

«Dovrebbero essere dichiarate patrimonio dell'Unesco!!» Ridiamo per un attimo.

«Poi però ne avrebbe diritto chiunque...» Rido a questa sua replica.

«E io te le strappo!!» Le mangio di baci i suoi seni e divento animalesco, la faccio mettere a cavalcioni dandole una piccola sculacciata, prendo posizione poi entro nella sua piccola fessura già bagnata ma stretta come sempre, la faccio ansimare e dire il mio nome a voce alta, spine di piacere ci avvolgono. La faccio poi alzare per portarla nel suo letto dopo il suo primo orgasmo ma sono ancora dentro di lei, ha ancora i tacchi, mi piace così e anche in piedi continuo a prendermi tutto di lei, la faccio appoggiare al muro della sua camera e la prendo ancora. Decido poi di farla sdraiare e continuare finché riesco ad avere le forze.

Siamo tranquilli sotto le lenzuola, ma sfiniti, quasi non riesco a riprendermi e le accarezzo la schiena mentre la sento sveglia al mio fianco. Mi lascia qualche piccolo bacio sul petto e appena cerco il suo sguardo sorride.

«Ti amo! È stato bellissimo…»

«Anche per me, ma dopo ricorda di ripulire tutto per terra!» Ridiamo, poi mi perdo stringendola a me e dormendo fino a mattina.

Passano poi giorni più belli, dove mi diverto a stupirla e lei anche, momenti di quelli dove sembriamo ragazzini alle prime armi. Un giorno a pranzo mi cambio togliendomi i vestiti da lavoro, mi faccio una doccia e mi vesto con jeans e maglietta sotto la mia giacca di pelle per raggiungerla a sua insaputa allo studio medico. Percorro le scale dove mi accoglie una segretaria, sotto a quei ricci biondi mi guarda spaesata, forse pensa che le rose rosse siano per lei e invece no.

«Buongiorno, posso chiederle di far recapitare questi fiori alla dottoressa Guidetti? Dentro c'è un bigliettino!» Li prende, io torno fuori ad aspettarla, andando alla trattoria lì vicino e da quanto mi sono orientato, la finestra del suo ufficio si affaccia proprio dove sono seduto io, se tutto va secondo i miei piani fra meno di 5-4-3-2-1… ecco, sta aprendo la finestra e le urlo: «Buongiorno, principessa! Spero di non dover aspettare molto per un pranzo insieme!» Ride.

«Tu sei pazzo!» I passanti del piccolo paese si fermano per guardarci e sorridono.

«Sì, di te… mi hai fatta impazzire e adesso da buon dottore quale sei, scendi e occupati di me… della mia testa e del mio cuore!» Ride.

«Arrivo subito!» E lo fa, arriva, mi alzo a baciarla, ci sediamo per pranzare insieme, passiamo qualche ora per le campagne girando in moto, rilassandoci insieme, non privandoci solo di noi.

Come nelle favole

Sara

Passano i giorni più belli della mia vita, Giuly ha ottenuto il cognome di Denis e lui ne è così fiero da averci portato a Napoli a trovare zio Carmine e zia Mimma. L'accoglienza è stata emozionante, ci hanno ospitati per tre giorni e siamo stati trattati con tutto rispetto. Denis ci ha fatto girare la città, la nostra bimba è felice, proprio come noi.

Nel tragitto in autostrada per tornare a casa Giuly dorme e noi non possiamo che guardarla sorridendo, sembra davvero tutto perfetto. Al rientro a casa ci aspetta una sorpresa bellissima che mai mi sarei aspettata, ha fatto ripulire la seconda camera di casa sua e ritinteggiare di giallo con l'arredo nuovo per una cameretta da bimbi a tutti gli effetti. Giuly ne è felice e da quel momento ci trasferiamo da lui.

Una domenica dopo pranzo siamo in terrazza, Massimo telefona agitato dicendoci che Alice è in travaglio e alle urla che sento in sottofondo mi si spacca a metà il cuore. Lasciamo Giuly insieme a Laura e noi ci fiondiamo in macchina verso la mia migliore amica in ospedale.

Quando arriviamo Massimo è con la testa fra le mani, sembra che qualcosa non vada bene.

«Massimo, perché non sei con lei in sala parto?» Chiedo mentre lo vedo piangere disperato.

«Le stanno facendo un cesareo di urgenza, all'ultimo minuto il bambino si è girato ed era rischioso!» A quelle parole Denis lo abbraccia e noi ci uniamo alle sue stesse preoccupazioni.

Le ore passano lente, l'angoscia sale, ci raggiungono Marta e Cristian, la sala di attesa si riempie anche di parenti, poi finalmente esce l'ostetrica.

«Prego, il suo bambino e la mamma stanno aspettando il papà!»

«Dottoressa, stanno tutti davvero bene?» Chiede Massimo emozionato.

«Sì, siamo intervenuti in tempo!» Ci abbracciamo poi Denis gli dice: «Vai da lei, non farla aspettare!» Lo lasciamo entrare per poi rilassarci sulle sedie, mi abbraccia forte poi dice: «Morirei di paura se ti dovesse succedere qualcosa, soprattutto mentre...» Lo bacio stringendolo forte.

«Ehi, cosa vai a pensare, stai tranquillo!» Attendiamo il nostro turno per vedere la mia amica esausta insieme al suo piccolo bimbo mentre lo allatta. Ci abbracciamo, piangiamo e ci consoliamo per l'ennesima volta.

Un giorno sono nel mio studio di casa, vado in bagno e mi accorgo di avere il ciclo, rimango un po' male ma senza farne un dramma, anzi forse segue un sospiro. Mi raggiungono Denis e Giuly, lui quando riesce la va anche a prendere da scuola, sono felici e carichi talmente tanto da sentirne le risate dal cortile e gli schiamazzi mentre salgono le scale. Entrano rumorosamente e per fortuna non ci sono dei pazienti.

«Ehi, ma cos'è questo baccano, è uno studio medico!» Mi vengono incontro.

«Mamma, mamma… papà ci porta nel castello delle principesse!»

«Cosa? In che senso!» Denis si avvicina con un sorriso splendido e leccandosi le labbra dice: «Buongiorno, principessa.» Mi dà un piccolo bacio. «Non prendere impegni per tutto agosto!»

«Denis, sono un dottore, cosa stai organizzando a mia insaputa?!»

«Le vacanze dei sogni della nostra principessa, a grande richiesta Euro Disney ci aspetta!»

«Sìììì!!!» Urla Giuly.

«Denis, ma da dove ti viene in mente questa idea?!»

«Stavamo mangiando un gelato e in tv hanno dato la pubblicità di quel famosissimo parco divertimenti!»

«Mamma, dai… è bellissimo, conosceremo Topolino e Topolina, ci portano la colazione in camera, mamma!! Poi conoscerò Frozen…» Dice lei con entusiasmo urlando.

«Poi noi abbiamo un viaggio a Parigi in sospeso, voglio portarvi sulla Tour Eiffel, sul battello lungo la Senna, tra l'altro quel famoso albergo di anni fa esiste ancora e hanno una camera per noi tre!»

«Sì, ma, Denis, se Giuly ti dice di andare al Polo Nord non dobbiamo per forza andare e fare come ti dice!»

«A Natale stavo guardando per la casa di Babbo Natale.» Rido a quelle parole.

«Denis, sei serio?»

«Sì… e… ah, prima che mi dimentichi, ti ho detto un mese perché l'ultima settimana andremo a Oxford… Giuly ha voglia di stare con Erick e Robby!» Rido e abbraccio l'uomo più fantastico del mondo.

La sera, mentre Giuly dorme nel suo letto, io ho appena finito di mangiare un pacco di Oreo e un secchiello di gelato da duecento grammi alla nocciola, sono sul divano a leggere esami importanti di alcuni pazienti.

«Sara, sei nervosa o incinta? Quanto stai mangiando? A cena hai divorato cinque cosce di pollo e le patate al forno con l'insalata le hai ingoiate!»

«No, amore, ho il ciclo!» Dico in modo disinvolto e tranquillamente, poi lo guardo e lo vedo serio -. «Tutto bene? Cos'è quella faccia?!»

«Davvero hai il ciclo? È già il secondo mese e niente?» Sembra preso da questa cosa.

«Denis, davvero aspetti che io rimanga incinta?» Chiedo stupita.

«Non usiamo precauzioni e giuro che non mi interessa, quindi sì, lo spero, e pensavo che fosse già successo.»

«Non pensavo ci tenessi così tanto. È vero, non usiamo precauzioni, ma… non sempre è uguale alla volta precedente!»

Mi ascolta in silenzio e dice: «Tu non vuoi un altro bimbo? Eppure ci diamo così tanto da fare!» Si avvicina cercando un bacio.

«Sì, ci diamo da fare, ma forse non è il nostro momento!» Si mette a cavalcioni per venire a prendermi come se fossi la sua preda.

«Sei troppo tranquilla nel dirlo! Non vuoi un altro figlio… io non scherzavo quando dicevo che ne farei anche duecento con te!» Mi fa il solletico sotto al collo con il naso e io inizio a ridere.

«Beh, io seriamente ti dico che sarei felice di fare un altro figlio con te, ma se non arriva non me ne faccio una problema!» È fra le mie gambe e spinge prepotente scrutandomi negli occhi.

«Perché?»

«Denis, ci siamo ritrovati da poco e ne sono contenta, ma… non dobbiamo per forza fare subito tutto in fretta! Abbiamo tutta la vita, se ovviamente vuoi, ma…»

«Ma?»

«Ma non prendo nessuna precauzione quindi sono consapevole del fatto che se rimanessi incinta ne sarei felice, davvero!» Mi divora con un bacio.

«Ti amo tanto, piccola!» Gli sorrido sulle labbra.

«Anche io ti amo!»

Nonostante sia felice della mia vita e della piega che ha preso, non posso non continuare a scrivere sul diario, tanto che in una notte di piena felicità, dopo che abbiamo fatto l'amore, lui mi chiede: «Sara, vedo che scrivi ancora in quel diario, va tutto bene o vuoi dirmi qualcosa?»

«Tutto va a meraviglia! Non posso scrivere solo cose brutte!»

«Posso leggere qualche pagina? Solo per sapere davvero cosa è successo in questi cinque anni, in assenza di te!» Ci penso un attimo in silenzio e forse non è così sbagliato.

«Va bene, ma nessuno dovrà sapere il contenuto, il diario è fra i miei libri! Non voglio sapere quando lo fai e cosa ne pensi! Quindi non voglio nessuna paranoia e nessuna mano sulla spalla come se ti facessi pena!»

Fa esattamente come ho chiesto, quasi come un ladro lo prende e lo rimette allo stesso posto, nella stessa posizione in cui io lo lascio, senza dirmi nulla, mi accorgo però che viene a conoscenza delle pagine che legge perché ogni volta, a fine racconto, lascia all'interno una margherita e un piccolo post-it con su scritto "Ti amo".

Come sono andate le vacanze? Le più belle della mia vita. Giuly nella favola di Euro Disney è impazzita e l'albergo ci ha fatto sognare momenti indimenticabili. Anche io e Denis siamo stati travolti dalla magia tornando bambini. Parigi ce la siamo goduta e anche se c'era Giuly, io e lui non ci siamo mai trascurati, anzi. Abbiamo cenato sul battello in modo romantico noi tre, siamo stati nei negozi più belli di Parigi, ci siamo deliziati dei croissant più croccanti e buoni del mondo. Sulla Tour Eiffel Denis mi ha ancora aperto il suo cuore chiedendomi di sposarlo, mettendosi in ginocchio, Giuly si è presentata con un cofanetto e io ho pianto per poi dire sì, i turisti intorno applaudivano e sorridevano mentre noi ci abbracciavamo.

Quando andiamo a Oxford da Robby ed Erick, siamo più che felici di rivederci e do loro la bellissima notizia. Racconto tutto e mostro il solitario luccicante.

Ridiamo per come Denis aveva pensato che fra me e Robby potesse esserci qualcosa ed Erick con modi suoi: «Oh, tesoro, mi dispiace, ma giù le mani dal mio Robby…» Ridiamo e ci guardiamo più innamorati che mai ridendo.

Passano mesi felici e il mio ciclo puntualmente arriva a ogni data prevista, le scuole ricominciano e l'autunno ci abbraccia con le sue foglie, che ormai iniziano a cadere, scricchiolanti al tocco delle scarpe. Io mi sono trasferita da Denis a tempo pieno, tranne che per il pomeriggio quando sono allo studio, approfittando comunque degli abbracci di mia madre e mia nonna.

Mi rifiuto di organizzare il compleanno di Denis e lui ne rimane un po' male. «Dai, Sara, andiamo al club e festeggiamo come a te piace, ci tengo davvero!»

«Ho un brutto ricordo e io non ti organizzo nulla!»

«Devo organizzare da solo il mio compleanno?!»

«Sì, così capisci la fatica e l'impegno che ci vuole, ricordati che tutto torna indietro!»

«Non mi hai ancora perdonato, qualunque cosa farai ne sarò felice, giuro!»

«Bene, allora ordina una torta in pasticceria e spegni la candela in casa con solo noi tre!» - Sbuffa, mi sento parecchio nervosa dalla sua richiesta, proprio infastidita, ma lui al ricordo di anni fa non insiste ma dice solo -: «Ok, allora ci penso io… organizzo tutto io e farò una super festa!»

«Problemi tuoi, non voglio sapere nulla!»

«Sei invitata e spero che tu venga almeno!» Mi fa ridere come lo dice e dico: «Va bene, se proprio ci tieni!»

Mi sto sistemando i capelli davanti allo specchio dopo averli asciugati dopo una doccia calda e sono particolarmente stanca, si avvicina abbracciandomi e mi sussurra: «Ti stupirò e invidierai il mio compleanno! Me ne chiederai uno uguale!» Mi sfila l'asciugamano e mi gira per farmi sedere sul piano del bagno. «Giuly dorme, se ti porto così in camera non hai idea di cosa ti faccio!»

«Ne sarei curiosa…» Gli bisbiglio all'orecchio, così lui mi prende di peso per portarmi in camera e mettermi a cavalcioni su di lui.

«Stai diventando sempre più sfacciata e impertinente… ma ti amo troppo!» Mi fa sedere sulla sua erezione dura, tenendomi per le natiche e stringendole forti, mi accompagna ai suoi movimenti e godiamo insieme di un piacere immenso.

Arriva il giorno del suo compleanno e io sono parecchio nervosa, ho un ritardo di due settimane e un test comprato in farmacia ma ancora impacchettato che non ho il coraggio di fare, ma la mia nausea e stanchezza mi danno quasi la risposta.

Festeggiamo il suo compleanno al club, il tema è "hamburger e patatine" con la collaborazione di Giuly, tutti lo prendono in giro. Si è scelto da solo una torta immensa e ha seriamente festeggiato anche brindando. Giuly più volte ha insistito per spegnere le candele insieme e abbiamo riso come matti alla vista di lui con anche il cappellino a cono, ha aperto i suoi regali e io gli ho dato una piccola scatolina con un braccialetto in caucciù e i particolari in oro con su scritti i nostri nomi. Lo ha apprezzato e se lo è fatto mettere subito.

Torniamo a casa e infiliamo Giuly a letto, mi infilo la canotta da notte con la vestaglia dopo averlo sentito dire all'infinito quanto gli fosse piaciuto il suo compleanno, poi mi chiudo in bagno da sola con la mia scatola. Lui si accorge subito di questa stranezza e mi segue, ma sono chiusa dentro mentre faccio la pipì sulla piccola asta bianca… e tac due linee rosa.

«Sara, perché ti sei chiusa dentro?» Non rispondo e piango. «Sara, apri la porta per favore… ho detto o fatto qualcosa di sbagliato? Se è così, non chiuderti a riccio, parliamone.» Bussa e mi parla dalla porta in modo dolce così decido che in qualche modo devo pur dirglielo, giro la chiave e apro lentamente la porta, ma appena lo vedo scappo in sala. Nascondo il test nella tasca della vestaglia, lui mi segue.

«Ehi, piccola…» Apro la portafinestra e faccio entrare aria, prendo dell'acqua e lui si siede su uno sgabello con le braccia conserte, è in box e scalzo, la divina bellezza.

«Denis…» Mando giù un lungo sorso e penso ancora al passato, è ciò che mi distrugge senza rendermene conto, inizio a fare avanti e indietro, mi asciugo le lacrime. «Non so come dirlo…» - Bevo ancora. «È che proprio non so come dirtelo!»

Socchiude gli occhi e dice lentamente: «Vuoi lasciarmi?» Mi blocco e lo guardo.

«No, non voglio lasciarti, è che forse dopo che ti avrò detto quello che devo dirti… tu sicuramente vorrai lasciarmi!»

Mi prende dai fianchi per tirarmi a sé e dice: «Facciamo che nessuno lascia nessuno, allora?»

«Nessuno lascia nessuno...» Ripeto sussurrando.

«Perché questo panico?»

Chiudo gli occhi e dico: «Sono incinta!» Mi copro la faccia con le mani ma lui inizia a urlare.

«Cosa? Davvero? Giura!» Apro le dita come fessure.

«Sembri sul serio contento! Sei davvero così contento?»

«Sono contento?» Mi abbraccia e tirandomi su, gira per tutta la stanza roteando insieme. «Questo è il più bel regalo di compleanno!»

Ecco cos'è la felicità! Ci abbiamo messo tempo ma sembra di vivere davvero un'altra vita, le cose che anni fa mi avevano deluso le ripercorriamo insieme ma felici, spesso mi lascia senza parole e ci concediamo le svolte più belle della nostra vita.

Facciamo insieme un albero di Natale gigante, le decorazioni le hanno volute azzurre e argento e Denis aiuta Giuly a mettere la stella sulla punta, faccio loro un sacco di foto per poi riguardarle insieme. Litighiamo ogni giorno, anche per cose banali, ma non riusciamo a stare con il broncio per più di un'ora e a questa cosa ridiamo per come abbiamo imparato a gestirla. Appoggia Giuly a terra, poi viene a darmi un piccolo bacio al ventre leggermente gonfio. Sarà una femminuccia e sul nome siamo ancora in lotta. Tutte le notti si addormenta con la mano sulla mia pancia ed è molto paziente nell'accontentare le mie piccole richieste di voglie anche strane.

I mesi passano, la mia pancia alle ultime settimane è ingombrante e la primavera è ancora alle porte, abbiamo appena festeggiato i sei anni di Giuly in giardino e mi siedo appoggiando la mano alla schiena e sbuffando dico: «Oggi mi sento a pezzi!» - Alice mi massaggia le caviglie e Denis dice -: «Amore mio, sei enorme... sembri una balena!» Lo dico in generale, mai usare parole simili con una donna incinta, soprattutto se siete il padre. Laura gli dà uno schiaffo a ciocco sul collo.

«Stronzo, non si dice!» E io seriamente rimango offesa anche perché so quanto lui tiene alla forma fisica, ormai sono al termine e i miei quindici chili in più non so quando li riperderò.

«Ahi! Laura, che fai?!»

«Deficiente! Non si dicono queste cose a una donna incinta!» Continua lei picchiandolo con un canovaccio mentre io mi alzo e dico: «Vado in bagno!»

Salgo in casa mentre li sento ancora parlare e fare battibecchi fra di loro, ma io sono davvero stanca del peso della pancia, ho male all'inguine e non riesco a camminare, stare in piedi per molto sta diventando una sofferenza. Vado al bagno e mentre mi guardo allo specchio inizio a piangere, ormoni all'impazzata. Mi guardo le occhiaie e la pelle bianca del viso, tutte le mattine sono impegnata a vomitare ogni cosa che mangio e il mio doppio mento mi fa sentire goffa, sono gonfia, le mie caviglie non hanno più pieghe ma solo rigonfiamenti e fanno male anche solo a toccarle.

Qualcuno bussa alla porta proprio mentre mi pizzico i fianchi diventati larghi, non dico niente ma lui entra mentre ho un rotolino fra le mani. Denis mi guarda colpevole. «Ehi, non volevo farti arrabbiare!» Entra senza che io gli dica niente. «Ehi, Sara?»

«Dopo che avrò partorito rimarrò ancora una balena…» Scoppio in una crisi. «E tu andrai dalle tue amiche bellissime senza figli con il fisico da fotomodelle!» Mi abbraccia da dietro e ride dolcemente.

«Non dirlo neanche per scherzo!» Ci guardiamo dallo specchio. «Sei enorme perché hai dentro di te la nostra bambina e tu sei bellissima!»

«S-sì, ma sono e-enorme… guarda che tette!» Dico mostrandole alzando la maglia, lui non perde tempo a prendere il seno fra le mani.

«Sono bellissime, stavo scherzando prima e poi anche se rimarrai con qualche chilo in più, a me non dispiace, se vorrai potremmo fare ginnastica insieme! Cosa ne pensi?» Mi asciugo le lacrime.

«Mmm, va bene!»

«Non sembri convinta!» Mi lascia un bacio sul collo. «Non fare così, davvero mi sciogli, se piangi per colpa mia mi sento uno stronzo!»

«Lo sei!»

«Ecco, lo sapevo!» Mi gira per prendermi il viso fra le mani, mi abbassa la maglia e mi dice: «Guarda l'effetto che mi fai, balena!» Lo guardo male e lui mi prende una mano. «Sara, metti la mano nei miei pantaloni, ti ho solo toccato il seno e guarda che effetto mi fai?»

«Non mi interessa!»

«Ah no!» Mi porta sul letto prendendomi in braccio a modo di sposa e mi ci mette delicatamente mentre si slaccia i pantaloni e io inizio a ridere.

«Sei uno stronzo!» Ride, perché sa quanto non gli resisto e da quando sono incinta le mie voglie non sono solo di cibo, mi fa mettere a cavalcioni e dopo essersi infilato con labbra e lingua nel mio intimo mi penetra delicatamente e lo facciamo dolcemente.

Ci diamo una rinfrescata veloce e ci ricomponiamo, mi chiede mille volte scusa ancora per poi raggiungere i ragazzi che giocano in giardino a calcio.

La notte stessa cammino da sola per casa a vuoto e sento dolori al basso ventre quando finalmente decido di svegliare Denis che salta dal letto: «Ehi, piccola, che succede?» Mi sono già vestita.

«Denis, ci siamo… ho dolori alla pancia!»

I minuti dopo sono una pura corsa verso l'ospedale, Laura prende con sé Giuly mentre dorme, noi veniamo presi e accompagnati in sala parto.

«Signora, a momenti la sua bimba nasceva in macchina!» Dice che sono dilatata di almeno otto centimetri e che dalle contrazioni che diventano più intense posso iniziare a spingere. Denis rimane al mio fianco per tutto il tempo.

«Aaaaahhhh… Dio che male!!»

«Signora, ci siamo quasi, la sua bimba sta arrivando!» Mi lascio andare respirando pesantemente, lui mi asciuga la fronte.

«Dai che ci sei quasi…»

«Non ce la faccio più, non ho più forze!» Mi accarezza delicatamente e occorre un'altra spinta sperando che tutto il mio corpo smetta di far male, mi libero di quel bruciore poi la sento che piange, un piccolo guaito e la guardiamo insieme la nostra piccola Chiara che poi mi mettono fra le braccia e noi piangiamo come non mai.

Un anno dopo coroniamo il nostro sogno e finalmente sigilliamo il nostro amore con il sì. Ci sposiamo in modo intimo con qualche parente a Villa Borghetto e le nostre principesse ci portano le fedi. Passiamo dieci giorni solo io e lui alle Maldive, affittiamo un bungalow sul mare e ci dedichiamo interamente a noi… forse in attesa di un'altra gravidanza, chi lo sa?!

E vissero felici e contenti?? Forse... ma direi proprio di sì!!

The End

L'amore, qualcosa di così duro da affrontare, che quando trafigge il cuore,
impaziente e capriccioso, è capace di farti impazzire.
È quel sentimento assurdo, ma così bello proprio per le sue mille sfaccettature.
Ma l'amore più bello e puro, è quello per se stessi e per i propri figli.

Stefania Romualdo.

Ringraziamenti

Ringrazio immensamente chi ancora ha creduto in me
dandomi ancora la possibilità di espormi,
dicendomi di non fermarmi,
cogliendo così l'occasione non solo per me di sognare,
ma anche per chi potrà leggermi.

Grazie alla mia famiglia e ai miei amici,
a chi mi è stato vicino nei momenti difficili e bui credendo di non farcela,
ma anche al Gruppo Editoriale WritersEditor, che mi ha permesso ciò,
continuando a realizzare i miei sogni.

Stefania Romualdo

www.ingramcontent.com/pod-product-compliance
Lightning Source LLC
LaVergne TN
LVHW050540160826
845677LV00011B/2118

* 9 7 8 8 8 3 1 9 6 2 8 8 9 *